La musique du sang

GREG BEAR

La musique du sang

TRADUIT DE L'AMÉRICAIN
PAR MONIQUE LEBAILLY

ÉDITIONS J'AI LU

A Astrid...
Volupté, nécessité, obsession,
Avec tout mon amour

La nouvelle qui a servi de base à ce roman a paru dans Univers 1985 sous le titre :

LE CHANT DES LEUCOCYTES

Ce roman a paru sous le titre original :

BLOOD MUSIC

INTERPHASE

Chaque heure qui passe voit naître et mourir des myriades de milliards de petits êtres vivants – microbes, bactéries, les rustres de la nature – qui ne comptent guère que par leur nombre considérable et l'accumulation de leurs minuscules existences. Ils ont un champ de perception bien limité et ne souffrent pas. La mort d'une centaine de milliards d'entre eux serait loin d'être comparable à celle d'un seul être humain.

Dans l'échelle de grandeur des créatures, qu'elles soient petites comme les microbes ou grandes comme les humains, il y a une égalité d'« élan », exactement comme les rameaux d'un grand arbre, réunis, égalent la grosseur des branches inférieures, et celles-ci, la grosseur du tronc.

Nous y croyons, de la même manière que les rois de France croyaient à la hiérarchie de droit divin. Qui, de notre génération, serait d'un avis différent ?

ANAPHASE

juin-septembre

1

La Jolla, Californie

Le panneau rectangulaire, noir ardoise, était planté sur un petit tertre herbu aux touffes d'un vert éclatant, entouré d'iris; à ses pieds, un ruisseau grouillant de carpes coulait dans un lit cimenté. On pouvait lire, gravés en caractères Times d'un rouge drapeau, le nom GÉNÉTRON et, au-dessous, la devise : « Petites choses, grands effets ».

L'édifice abritant les laboratoires et les bureaux de Génétron était en béton brut, style Bauhaus, et encadrait sur trois côtés un jardin intérieur rectangulaire. Le bâtiment principal s'élevait sur deux niveaux, avec des couloirs à ciel ouvert. Au-delà du jardin, et juste derrière un monticule de terre, artificiel et pas encore recouvert de verdure nouvelle, se dressait un cube de trois étages aux parois de verre noir, clôturé de barbelés électrifiés.

C'étaient là les deux faces de Génétron; les laboratoires où s'effectuaient au grand jour les recherches sur les bio-puces, et ceux de la Défense où l'on étudiait leurs applications militaires.

Les règles de sécurité étaient strictes, même

dans les labos du premier bâtiment. Ceux qui y travaillaient portaient des badges gravés au laser et l'accès de toute personne étrangère était soigneusement contrôlé. Les cinq diplômés de Stanford qui avaient fondé Génétron, trois ans après leur sortie de l'université, savaient très bien que l'espionnage industriel présentait un risque bien plus vraisemblable qu'une percée dans les services de renseignements du cube noir. Pourtant l'atmosphère semblait sereine et l'on faisait tout pour alléger les mesures de sécurité.

Un homme, grand, dos voûté, cheveux noirs en bataille, s'extirpa de sa Volvo, éternua deux fois et traversa l'aire de stationnement du personnel. Les graminées étaient prêtes à déclencher une orgie estivale d'allergie précoce. Il salua avec désinvolture Walter, le garde entre deux âges, maigre et nerveux comme un lévrier. Ce dernier valida son badge avec tout autant de désinvolture en le faisant passer dans le lecteur laser.

– Pas assez dormi cette nuit, monsieur Ulam ?

Vergil fit la moue et secoua la tête.

– Ce sont ces soirées, Walter.

Il avait les yeux rouges et le nez gonflé à force d'avoir été essuyé avec le mouchoir qui reposait maintenant, trempé et soumis, dans sa poche.

– Je me demande comment quelqu'un qui travaille comme vous arrive à sortir en semaine.

– Une exigence des dames, Walter, lança Vergil en passant devant lui.

Le garde hocha la tête en souriant, mais il doutait sincèrement que Vergil soit si actif que cela, fête ou pas. À moins que les normes n'aient sérieusement décliné depuis sa jeunesse, un homme pas rasé depuis une semaine ne devait guère avoir l'occasion de se fatiguer beaucoup !

Ulam n'était pas le personnage le plus séduisant de Génétron. Il surplombait d'un mètre quatre-vingt-sept ses grands pieds plats. Il pesait une douzaine de kilos de trop et, à trente-deux ans, il avait mal au dos, faisait de l'hypertension et n'arrivait jamais à raser convenablement un menton toujours bleu.

Sa voix rauque et légèrement discordante n'était pas faite pour attirer la sympathie et il avait tendance à parler trop fort. Dix ans de Californie avaient atténué son accent texan mais lorsqu'il se passionnait ou se mettait en colère le terroir remontait avec un mordant presque douloureux.

Il ne se distinguait que par de merveilleux yeux émeraude, grands et expressifs, surmontés de cils somptueux. Plus décoratifs que fonctionnels, ces yeux, car une grosse paire de lunettes à monture noire les dissimulait. Vergil était myope.

Il grimpa l'escalier quatre à quatre, faisant résonner les marches d'acier et de béton sous ses longs pas vigoureux. Au premier étage, il s'engagea dans le couloir qui menait à la salle de coéquipement du département des bio-puces, appelé le labo-commun. Le matin, il commençait par jeter un coup d'œil sur ses spécimens, dans l'une des cinq centrifugeuses. Sa plus récente fournée tournait depuis soixante heures à 200 000 G et elle était maintenant prête pour l'analyse.

Pour un homme de sa corpulence, Vergil avait des mains étonnamment délicates et sensibles. Il ôta de la centrifugeuse un rotor de titane noir hors de prix et referma le couvercle hermétique. Il déposa le rotor sur la paillasse, souleva un à un pour les examiner les cinq tubes à essais, courts et épais, fermés par une capsule en forme de champignon. Plusieurs couches beiges bien délimitées s'étaient formées dans chacun d'eux.

Vergil fronça ses gros sourcils noirs, qui se rejoignirent derrière l'épaisse monture de ses lunettes. Il sourit, laissant voir des dents tachetées de brun par l'eau naturellement fluorée qu'il avait bue étant enfant. Il allait aspirer la solution tampon et les couches inutiles lorsque le téléphone du labo sonna. Il remit le tube dans le support.

– Ulam, au labo-commun.

– Vergil, c'est Rita. Je vous ai vu arriver mais vous n'étiez pas dans votre labo...

– C'est mon deuxième chez-moi. Qu'est-ce qu'il y a, Rita ?

– Vous m'avez demandé... vous m'avez dit... de vous prévenir si un certain visiteur arrivait. Je crois qu'il est là.

– Michael Bernard ? demanda Vergil, un ton plus haut.

– Je crois bien. Mais...

– J'arrive.

– Vergil...

Il raccrocha et, dans tous ses états, se demanda que faire de ses tubes, puis finit par les laisser là.

La réception de Génétron était une excroissance circulaire du rez-de-chaussée, au coin est du bâtiment, entourée de fenêtres panoramiques et abondamment garnie d'aspidistras plantés dans des pots de céramique chromée. Lorsque Vergil franchit la porte intérieure, la lumière blanche et éblouissante du matin tombait obliquement sur la moquette bleu ciel. Rita se leva de derrière son bureau.

– Vergil...

– Merci.

Son regard s'était posé sur un homme aux cheveux gris, l'air distingué, debout près de l'unique banquette de l'entrée. Pas de doute : c'était bien Michael Bernard. Vergil le reconnut d'après les photos que le *Times Magazine* avait publiées trois ans auparavant. Il lui tendit la main avec un grand sourire.

– Ravi de faire votre connaissance, monsieur Bernard.

Le visiteur lui serra la main, l'air perplexe.

Gerald T. Harrison était dans l'embrasure de la grande porte à deux battants du luxueux bureau d'apparat, le combiné du téléphone coincé entre l'oreille et l'épaule. Bernard lui lança un regard interrogateur.

– Je suis très heureux que vous ayez reçu mon message..., poursuivit Vergil avant de s'apercevoir de la présence de Harrison.

Celui-ci se hâta de mettre fin à sa conversation téléphonique et raccrocha bruyamment.

– Les privilèges de la hiérarchie, Vergil, dit-il en souriant trop largement et en venant se poster à côté de Bernard.

– Je suis désolé, dit ce dernier, mais de quel message parlez-vous ?

– Je vous présente Vergil Ulam, l'un de nos meilleurs chercheurs, dit Harrison avec obséquiosité. Nous sommes tous très heureux de vous avoir parmi nous, monsieur Bernard. Vergil, je vous verrai plus tard, au sujet de ce que vous avez à me dire.

Il n'avait pas demandé à lui parler.

– Bien sûr.

Encore une fois, il était ulcéré; on l'écartait, on le rejetait. Bernard ne le connaissait ni d'Ève ni d'Adam.

– À tout à l'heure, Vergil, dit Harrison d'un ton sec.

– Oui, d'accord.

Il recula, jeta un regard suppliant à Bernard, puis fit demi-tour et repassa la porte de derrière d'un pas traînant.

– Qui est-ce ? demanda le visiteur.

– Un type plein d'ambition, dit sévèrement Harrison. Mais nous l'avons bien en main.

Le bureau du directeur était au rez-de-chaussée, à l'extrémité ouest du premier bâtiment. Les murs étaient garnis d'étagères en bois pleines de livres bien rangés. Celle qui était derrière le bureau, à hauteur d'homme, contenait les habituels classeurs à spirale de plastique noir de Cold Spring Harbor. En dessous, il y avait une rangée d'annuaires téléphoniques – Harrison en faisait collection – et plusieurs rayonnages d'ouvrages consacrés à l'informatique. Sur son bureau noir gradué, il n'y avait qu'un sous-main en cuir et un terminal d'ordinateur.

Des fondateurs de Génétron, seuls Harrison et William Yng étaient demeurés assez longtemps pour voir les laboratoires commencer à fonctionner. Ils s'intéressaient davantage aux affaires qu'à la recherche, bien que leurs diplômes de doctorat soient exposés sur le mur lambrissé.

Harrison se laissa aller dans son fauteuil, les bras levés, les mains jointes derrière la nuque. Vergil remarqua de très légères taches de sueur sous ses aisselles.

– C'était très gênant pour moi, Vergil.

Ses cheveux d'un blond pâle étaient habilement coiffés afin de dissimuler un début prématuré de calvitie.

– Désolé, fit Vergil.

– Pas tant que moi. Alors, vous aviez demandé à M. Bernard de venir visiter nos laboratoires ?

– Oui.

– Pourquoi ?

– Je pensais que nos travaux l'intéresseraient.

– Nous avons eu la même idée. C'est pourquoi *nous* l'avons invité. Je ne crois pas qu'il ait eu connaissance de votre message, Vergil.

– Apparemment non.

– Vous avez agi dans notre dos.

Vergil, debout devant le bureau, regardait d'un œil morne l'arrière de l'écran.

– Vous avez fait ici du très beau travail. Rothwild soutient que vous êtes, pour nous, d'une valeur peut-être inestimable. (Rothwild était le directeur du projet des bio-puces.) Mais d'autres disent que l'on ne peut pas compter sur vous. Et maintenant... cette histoire.

– Bernard...

– Il ne s'agit pas de M. Bernard, Vergil, mais de ceci.

Il fit pivoter le terminal et appuya sur un bouton. Le fichier informatisé secret de Vergil défila sur l'écran. Ses yeux s'agrandirent et sa gorge se serra mais il faut reconnaître qu'il ne s'étouffa pas. Il savait contrôler ses réactions.

– Je ne l'ai pas consulté jusqu'au bout, poursuivit Harrison, mais j'ai l'impression que vous fabriquez quelque chose de très suspect. Peut-être même d'immoral. Ici, à Génétron, nous suivons les directives officielles, surtout étant donné notre entrée imminente sur le marché. Mais pas seulement pour cela. J'aime à croire que nous dirigeons une firme qui a une morale.

– Je n'ai rien fait de contraire à la morale, Gerald.

– Vraiment ? (Harrison arrêta le déroulement des images.) Vous élaborez de nouveaux compléments de l'ADN pour plusieurs micro-organismes contrôlés par l'Institut national de la santé. Et vous travaillez sur des cellules de mammifères. Nous ne sommes pas équipés pour affronter les bio-hasards – pas dans les laboratoires de ce bâtiment. Mais je suppose que vous pouvez me démontrer que vos recherches sont anodines et ne présentent aucun danger. Vous n'êtes pas en train de créer une nouvelle épidémie à vendre aux révolutionnaires du tiers monde, n'est-ce pas ?

– Non, répondit Vergil d'un ton catégorique.

– Bien. Il y a là des choses que je ne comprends pas. J'ai l'impression que vous essayez d'étendre notre projet de BAM. Il y a peut-être quelque chose de valable là-dedans. (Il se tut un instant.) Que diable fabriquez-vous, Vergil ?

Celui-ci ôta ses lunettes et les essuya avec un pan de sa blouse. Brusquement, il éternua – à grand bruit et en projetant des postillons. Harrison prit un air légèrement dégoûté.

– Nous n'avons découvert votre code qu'hier. Et presque sans le faire exprès. Pourquoi nous avoir caché vos travaux ? Vous ne vouliez pas que nous soyons au courant ?

Sans ses lunettes, Vergil avait l'air d'un hibou et paraissait désemparé. Il se mit à bégayer puis s'arrêta et releva la tête. Il fronça ses épais sourcils noirs, dans une expression de perplexité douloureuse.

– On dirait que vous êtes en train de travailler sur notre appareil à gènes. Sans autorisation, bien sûr, mais vous n'avez jamais montré beaucoup de respect pour l'autorité.

Le visage de Vergil était devenu cramoisi.

– Vous êtes souffrant ?

Harrison prenait un plaisir pervers à le mettre au supplice. Un sourire perçait presque sous son expression interrogatrice.

– Je vais bien, bredouilla Vergil. J'étais... je suis... en train de travailler sur des bio-logiques.

– Des bio-logiques ? Je ne connais pas cette expression.

– C'est une branche latérale des bio-puces. Ce sont des ordinateurs organiques autonomes.

La perspective de devoir en dire plus le mettait à la torture. Il avait, apparemment sans résultat, écrit à Bernard pour lui demander de venir voir son travail. Il n'avait pas envie de remettre tout cela à Génétron, comme la clause de travail à la tâche de son contrat l'obligeait à le faire. C'était une idée tellement simple, même si cela faisait déjà deux ans qu'il y travaillait – deux années de secret et de labeur.

– Je suis intrigué. (Harrison retourna l'écran vers lui et reparcourut le dossier.) Il ne s'agit pas seulement de protéines et d'acides aminés. Vous tripotez des chromosomes. Vous recombinez des gènes de mammifères, et même, à ce que je vois, vous y incorporez des gènes de virus et de bactéries. (Ses yeux s'éteignirent et devinrent d'un gris terreux.) À cause de vous, Vergil, nous pourrions être obligés de fermer définitivement Génétron du jour au lendemain. Nous n'avons pas de sauvegarde pour ce genre de truc. Vous ne travaillez même pas dans les conditions P-3.

– Je ne touche pas aux gènes de la reproduction.

– Y en a-t-il d'autres ?

Harrison se redressa brusquement, furieux que Vergil essaie de lui faire avaler des couleuvres.

– Les introns. Des chaînes qui ne codent pas pour structurer des protéines.

– Et alors ?

– Je travaille seulement dans ces zones-là. Et... j'ajoute un peu plus de matériel génétique non reproductif.

– Pour moi, il y a contradiction dans les termes, Vergil. Nous n'avons pas de preuve que les introns ne codent pas quelque chose.

– Oui, mais...

– Mais... (Harrison leva la main.) C'est tout à fait hors de propos. Quoi que vous fabriquiez, le fait est que vous étiez prêt à violer les termes de votre contrat, à rencontrer Bernard dans notre dos et à essayer d'obtenir son appui pour un projet personnel. C'est exact ?

Vergil ne répondit pas.

– Je suppose que vous n'êtes pas très fin, Vergil. Vous ne connaissez rien au monde des affaires. Vous n'aviez peut-être pas compris la portée de ce que vous faisiez.

Vergil déglutit péniblement. Son visage était toujours empourpré. Le sang battait fortement dans ses oreilles, la tension nerveuse lui donnait une impression désagréable de vertige. Il éternua deux fois.

– Eh bien, je vais vous les exposer, moi, les conséquences de vos actes ! Vous êtes à deux doigts d'être foutu à la porte et votre peau ne vaudra pas tripette.

Vergil haussa les sourcils.

– Vous avez votre importance dans le projet BAM. Sinon, je vous aurais déjà mis dehors et aurais fait, personnellement, mon possible pour que vous ne puissiez plus jamais travailler dans un laboratoire privé. Mais Thornton, Rothwild et les autres croient que vous pouvez vous racheter. Oui, Vergil, vous racheter. Ils pensent vous sauver de vous-même. Je n'ai pas consulté Yng. Cela n'ira pas plus loin... si vous vous conduisez bien. (Il fixa Vergil, les sourcils froncés, d'un air menaçant.) Arrêtez tout de suite vos activités hors programme. Nous garderons votre dossier ici; je veux qu'il soit mis fin à toutes les expériences qui ne concernent pas les BAM et que tous les organismes que vous avez altérés soient détruits. Je vais venir moi-même inspecter votre labo dans deux heures. Si ce n'est pas fait, vous prenez la porte. Deux heures, Vergil. Pas d'excuses, pas de délais.

– Oui, monsieur.

– Ce sera tout.

2

Si Vergil avait été renvoyé, cela n'aurait guère affligé ses collègues. Durant ses trois années passées à Génétron, il avait enfreint d'innombrables fois l'étiquette du labo. Il ne lavait pour ainsi dire jamais ses ustensiles de travail et on l'avait accusé deux fois de ne pas avoir essuyé des éclaboussures de bromure d'éthidium – un mutagène puissant – sur la paillasse du labo. Et il manquait un peu de prudence avec les nucléides radioactifs.

La plupart de ses collègues n'étaient pas des modèles d'humilité. Après tout, c'était la crème des jeunes chercheurs dans un domaine très prometteur; beaucoup espéraient s'enrichir et fonder leur propre société dans quelques années. Vergil ne cadrait avec aucun de leurs modèles. Il travaillait avec discrétion et ardeur pendant la journée et faisait le soir des heures supplémentaires. Il n'était pas sociable, mais pas désagréable non plus; il ignorait tout simplement la plupart des gens.

Il partageait un laboratoire avec Hazel Overton, la personne la plus méticuleuse de toute l'équipe. C'est à elle qu'il manquerait le moins. C'était peut-être Hazel qui s'était introduite dans son fichier; elle se débrouillait bien avec les ordinateurs et avait peut-être trouvé ce moyen de lui faire des ennuis. Mais il n'avait aucune preuve et cela ne rimait à rien de devenir parano.

Lorsque Vergil entra dans le laboratoire, il était plongé dans l'obscurité. Hazel pratiquait un examen par fluorescence sur la matrice d'un gel d'électrophorèse, avec une petite lampe à ultraviolets. Vergil alluma la lumière. Elle leva les yeux et enleva ses lunettes protectrices, de mauvaise humeur.

– Vous êtes en retard, dit-elle. Et votre partie de labo ressemble à un lit pas fait. C'est...

– ... un vrai foutoir, termina-t-il à sa place en jetant sa blouse sur un tabouret.

– Vous avez laissé des tubes à essai sur la table du labo-commun. J'ai bien peur que la culture soit endommagée.

– Je les emmerde.

Hazel ouvrit de grands yeux.

– Oh ! la la ! quelle humeur !

– Ils me court-circuitent. Il faut que je liquide tout mon travail hors programme, sinon Harrison me flanque à la porte.

– Ce n'est que justice, fit Hazel en retournant à son analyse. (Un mois plus tôt, Harrison avait mis fin à l'un de ses projets de recherche.) Qu'avez-vous fait ?

– Si cela vous est égal, je préférerais être seul. (Vergil lui lança des regards mauvais.) Vous pouvez finir ça dans le labo-commun.

– Je pourrais, mais...

– Si vous ne filez pas d'ici, dit-il d'un air menaçant, je barbouille le plancher avec votre petit morceau d'agarose.

Hazel le regarda un instant, d'un air furieux, et décida qu'il ne plaisantait pas. Elle rassembla son matériel, débrancha les électrodes et se dirigea vers la porte.

– Toutes mes condoléances.

– C'est ça.

Il lui fallait élaborer un plan. Tout en grattant son menton mal rasé, il cherchait un moyen de sauver les meubles. Il pouvait sacrifier certaines parties de son expérience qui n'étaient pas irremplaçables... les cultures d'*E. coli,* par exemple. Il avait depuis longtemps dépassé ce stade. Il les avait gardées en souvenir et comme une sorte de réserve, au cas où l'étape suivante n'aurait pas réussi. Mais tout s'était bien passé. Ses recherches n'avaient pas encore abouti, mais il en était si proche qu'il sentait déjà le goût du succès, comme une gorgée de vin fraîche et pure.

La partie du labo où travaillait Hazel était propre et bien rangée; la sienne, un chaos d'instruments et de récipients de produits chimiques. L'une de ses rares concessions à la sécurité du labo, un paillasson blanc destiné à absorber les éclaboussures, pendait à moitié de la surface de travail noire, retenu par un coin sous un pot de détergent.

Vergil se planta devant le panneau blanc; en se frottant la barbe, il regarda les messages sibyllins qu'il y avait griffonnés la veille :

De petits ingénieurs. Les plus petites machines du monde. Mieux que des BAM ! De petits chirurgiens. En guerre contre des tumeurs. Des ordinateurs à capacités humaines (des ordinateurs ès tumeurs, HA !) de la taille d'une volvox.

C'étaient les divagations d'un fou et Hazel n'avait pas dû y faire attention. À moins que… ? Tout le monde gribouillait couramment des idées farfelues, des inspirations ou des plaisanteries sur les tableaux, en sachant que tout cela serait effacé par le prochain génie affairé. Pourtant…

Ces notes avaient pu éveiller la curiosité de quelqu'un d'aussi malin que Hazel. Surtout depuis que son travail sur les BAM avait été retardé.

Il avait, de toute évidence, manqué de prudence.

Les BAM – des bio-puces applicables en médecine – allaient être le premier produit fini de la révolution des bio-puces, l'incorporation de circuits moléculaires de protéines à l'électronique du silicium. Cela faisait des années que l'on spéculait sur les bio-puces dans les revues scientifiques, mais Génétron espérait obtenir les premiers spécimens de travail et les présenter, dans trois mois, aux tests et à l'approbation de la FDA[1].

Ils avaient affaire à une vive concurrence. Dans ce site, que l'on commençait à désigner sous le nom d'Enzyme Valley – équivalent biologique de la Silicon Valley –, six sociétés, au moins, s'étaient installées, à La Jolla et dans les environs. Il y avait parmi elles des laboratoires pharmaceutiques qui espéraient tirer profit des produits de la recherche des recombinants de l'ADN. Repoussés de ce champ par des entreprises plus anciennes et plus expérimentées, ils s'étaient orientés vers la recherche des bio-puces. Génétron était la première firme qui, dès le départ, n'avait pensé qu'aux bio-puces.

Vergil prit une éponge et effaça lentement ses notes. Depuis qu'il était au monde, tout avait conspiré à le frustrer. Souvent, il avait causé son propre malheur. Mais il n'avait jamais pu, une seule fois, mener un projet jusqu'à son achèvement. Ni dans son travail ni dans sa vie privée.

Il n'avait jamais su jauger les conséquences de ses actes.

Il sortit quatre épais carnets à spirale du tiroir, fermé à clef, de son bureau et les ajouta à la pile de matériel qu'il voulait sortir en fraude du labo.

Il ne pouvait pas détruire *toutes* les preuves. Il fallait qu'il sauve sa culture de globules blancs – ses lymphocytes extraordinaires. Mais où les garder... qu'en faire hors du labo ?

Rien. Il n'avait nulle part où les mettre.

L'équipement dont il avait besoin était ici et il

1. FDA : Food and Drug Administration *(N.d.T.)*.

lui faudrait des mois pour installer un autre laboratoire ailleurs. Pendant ce temps-là, tout son travail se désintégrerait, au sens propre du mot.

Vergil sortit du labo par la porte qui donnait dans le couloir intérieur et passa devant la douche de décontamination. Les étuves à incubation se trouvaient dans une pièce spéciale, plus loin que le labo-commun. Sept coffres émaillés gris, de la taille d'un réfrigérateur, s'alignaient le long du mur; des moniteurs électroniques contrôlaient avec efficacité, et en silence, les températures et la pression partielle du CO_2, dans chaque unité. Dans le coin le plus éloigné, parmi de vieux incubateurs de toutes formes et de toutes tailles (récoltés dans les ventes de faillites de laboratoires), un modèle d'acier poli et d'émail blanc portait son nom gribouillé sur un morceau de sparadrap fixé sur la porte, avec la mention « Usage exclusif ». Il l'ouvrit et en sortit un support de plaquettes de culture.

Dans chacune d'elles les bactéries avaient formé des colonies d'un aspect tout à fait ordinaire – des taches orange et vertes qui ressemblaient à des cartes aériennes de Paris ou de Washington. Des lignes partaient des amas, en rayons, et divisaient les colonies en sections ayant chacune leur texture particulière et – du moins, Vergil le supposait-il – leur fonction propre. Puisque chaque bactérie de ces cultures avait la capacité intellectuelle potentielle d'une souris, il était tout à fait possible qu'elles aient élaboré des sociétés simples et que celles-ci aient développé des divisions du travail. Il ne les avait pas observées ces derniers temps, occupé qu'il était par les cellules lymphocytes-Beta qu'il avait remaniées.

Il les considérait un peu comme ses enfants. Elles étaient devenues tout à fait exceptionnelles.

Nausée et culpabilité l'envahirent tandis qu'il

allumait un brûleur à gaz et exposait à la flamme, à l'aide d'une paire de pinces, chaque plaquette d'*E.coli* modifiés.

Il revint au labo et jeta les plaquettes de culture dans un bain stérilisant. Il avait fait le maximum. Il ne pouvait rien détruire de plus. Il éprouvait pour Harrison une haine qui dépassait tout ce qu'il avait jamais ressenti pour un autre être humain. Des larmes de rage brouillaient sa vue.

Vergil ouvrit le Kelvinateur et en sortit un flacon centrifugeur et un râtelier de plastique blanc contenant vingt-deux tubes à essai. Le flacon était rempli d'un liquide couleur paille : des lymphocytes dans du sérum. Il avait fabriqué une petite hélice afin de remuer plus efficacement le milieu tout en causant le moins de dommage possible aux cellules – une tige avec plusieurs « ailes » semi-hélicoïdales en téflon.

Les tubes à essai contenaient une solution saline et un sérum nutritif concentré pour nourrir les cellules pendant l'examen au microscope.

Il prit du liquide dans le flacon centrifugeur et en ajouta soigneusement quelques gouttes dans quatre des tubes. Puis il remit la bouteille sur son socle. L'hélice se remit à tournoyer.

Lorsqu'ils se seraient réchauffés à la température de la pièce – processus que Vergil hâtait habituellement à l'aide d'un petit ventilateur afin d'amener doucement l'air tiède au-dessus des tubes – les lymphocytes deviendraient actifs et reprendraient leur expansion, refrénée par le froid du réfrigérateur.

Ils allaient continuer à apprendre, ajoutant de nouveaux segments aux portions remaniées de leur ADN. Puis, au cours de la croissance normale de la cellule, il y aurait transcription du nouvel ADN sur l'ARN qui servirait de modèle pour la production d'acides aminés et ces acides aminés seraient transformés en protéines...

Ces dernières seraient bien plus que de simples unités de la structure cellulaire; d'autres cellules pourraient les décrypter. Ou l'ARN lui-même serait expulsé puis absorbé et déchiffré par d'autres cellules. Ou – et cette troisième hypothèse s'était présentée d'elle-même, après que Vergil eut découvert qu'il pouvait insérer des fragments d'ADN de bactérie dans des chromosomes de mammifère – des segments de l'ADN se détacheraient et circuleraient de cellule en cellule.

Chaque fois qu'il y pensait, ces potentialités lui faisaient tourner la tête – ces milliers de moyens qu'auraient les cellules de communiquer entre elles et de développer leur intellect.

L'idée d'une cellule intellectuelle lui paraissait toujours merveilleusement étrange. Il en resta figé, regardant fixement le mur; puis il se secoua, reprit ses esprits et se remit au travail.

Il releva un microscope et inséra une pipette dans l'un des tubes. L'instrument calibré aspira la quantité prévue de liquide qu'il expulsa en un fin anneau circulaire sur une plaque de verre.

Dès le début, Vergil avait su que ses idées n'étaient ni utopiques ni stériles. Ses trois premiers mois à Génétron, passés à constituer l'interface silicium-protéine des bio-puces, l'avaient convaincu que les initiateurs de ce projet étaient passés à côté de quelque chose d'évident et d'extrêmement intéressant.

Pourquoi se limiter au silicium, aux protéines et à des bio-puces d'un centième de millimètre alors que dans presque n'importe quelle cellule vivante, il y avait déjà un ordinateur en état de marche, pourvu d'une mémoire fantastique ? Une cellule de mammifère possédait un effectif d'ADN de plusieurs milliards de paires de base dont chacune agissait comme un morceau d'information. Après tout, qu'était la reproduction sinon un processus biologique informatisé d'une précision et d'une complexité prodigieuses ?

Les chercheurs de Génétron n'avaient pas fait le lien, et Vergil avait décidé depuis longtemps qu'il ne voulait pas qu'ils le fassent. Il effectuerait ses propres recherches, prouverait qu'il avait raison en créant des milliards d'ordinateurs cellulaires efficaces et puis, il quitterait Génétron et fonderait son propre labo, sa propre firme.

Au bout d'un an et demi de préparation et d'études, il avait commencé à travailler le soir sur l'appareil à gènes. En pianotant sur le clavier d'ordinateur, il avait édifié des filaments de bases pour former des codons dont chacun servait de fondation à un grossier organe logique ADN-ARN-protéine.

Il avait inséré ces premières chaînes bio-logiques dans des bactéries d'*E.coli,* sous forme de plasmides circulaires. Les *E.coli* avaient absorbé et incorporé ceux-ci dans leur ADN d'origine. Les bactéries s'étaient alors multipliées et avaient relâché des plasmides, transmettant ainsi les bio-logiques à d'autres cellules. Lors de la phase la plus cruciale de son travail, Vergil s'était servi de la transcriptase inverse virale pour fixer la boucle de rétroaction entre l'ARN et l'ADN. Même la première, et la plus primitive, des bactéries équipées de bio-logiques avait employé des ribosomes comme « codeur » et comme « lecteur », et l'ARN comme « bande d'enregistrement ». Une fois la boucle en place, les cellules avaient acquis une mémoire propre et la capacité de traiter les informations fournies par l'environnement et d'agir sur lui.

Il avait été vraiment surpris en testant ces microbes transformés. La capacité informatique d'un simple ADN de bactérie était énorme comparée à celle de l'électronique fabriquée par l'homme. Il lui suffisait d'utiliser ce qui était déjà là... il n'avait qu'à donner un petit coup de pouce.

Plus d'une fois, il avait eu la désagréable impression que c'était trop facile, qu'il était moins un créateur qu'un serviteur... lorsque les molécules semblaient se mettre toutes seules en place; ou lorsque, s'étant trompé, il voyait tout de suite son erreur et savait comment la réparer.

Le moment le plus effrayant, ce fut lorsqu'il découvrit qu'il n'avait pas seulement créé de petits ordinateurs. Une fois qu'il eut mis en route le processus et amorcé les séquences qui combinaient et répliquaient les segments bio-logiques d'ADN, les cellules commencèrent à fonctionner comme des unités autonomes. Elles se mirent à « penser » pour elles-mêmes et à développer des « cerveaux » plus complexes.

Les premiers *E.coli* mutants avaient présenté la capacité d'apprentissage des vers planaires; il leur avait fait parcourir des labyrinthes simples, en forme de T, en utilisant le sucre comme récompense. Ils avaient bientôt dépassé les planaires. Les bactéries – des procaryotes inférieurs – dépassaient les eucaryotes pluricellulaires ! En quelques mois, elles apprirent à parcourir des labyrinthes complexes à une vitesse comparable à celle des souris – compte tenu de l'énorme différence d'échelle.

Il avait prélevé les séquences bio-logiques les plus réussies des *E.coli* modifiés et les avait incorporées à des lymphocytes-B, des globules blancs tirés de son propre sang. Il avait remplacé de nombreux filaments d'introns – des séquences de paires de bases qui effectuaient seules leur réplication, ne codaient pas pour des protéines et comprenaient un pourcentage surprenant d'ADN de cellules eucaryotiques – avec leurs propres chaînes. En utilisant des protéines et des hormones artificielles pour communiquer avec eux, Vergil avait, depuis six mois, « dressé » les lymphocytes à réagir les uns avec les autres, ainsi que vis-à-vis de leur environnement – un labyrinthe miniature en verre bien plus complexe et spécialement conçu pour eux. Les résultats avaient largement dépassé ses espérances.

Les lymphocytes avaient appris avec une rapidité incroyable à parcourir le labyrinthe et à obtenir leur récompense alimentaire.

Il attendit que l'échantillon se soit suffisamment réchauffé pour redevenir actif puis il inséra l'oculaire dans un pick-up vidéo et alluma le premier des quatre écrans de la console intégrée à la baie. Les lymphocytes, à peu près circulaires, auxquels il avait consacré deux années de sa vie, apparurent très distinctement.

Ils étaient en train d'échanger entre eux, avec zèle, du matériel génétique, à l'aide de longs tubes en forme de pailles qui ressemblaient quelque peu à des cils bactériens. Les lymphocytes avaient gardé certaines caractéristiques acquises lors des expériences menées sur les *E.coli*; comment ? Vergil n'était pas encore sûr de le savoir. Ils ne pouvaient pas se reproduire mais ils s'étaient activement plongés dans une orgie d'échanges génétiques.

Chaque lymphocyte de l'échantillon qu'il étudiait avait, en puissance, la capacité intellectuelle d'un singe rhésus. Si l'on s'en tenait à la simplicité de leurs activités, ce n'était pas évident; mais jusqu'alors, ils avaient eu la vie plutôt facile.

Il ne pourrait pas pousser plus loin le niveau d'apprentissage chimique qu'il leur avait procuré. Leur brève existence arrivait à sa fin... il avait reçu l'ordre de les tuer. Ce ne serait guère difficile. Il pouvait verser du détergent dans les récipients et leur paroi cellulaire se dissoudrait. Ils seraient sacrifiés à la prudence et à la courte vue d'un groupe de planaires aliénés du type cadre.

Il se mit à haleter en regardant les lymphocytes s'affairer.

Ils étaient beaux. C'étaient ses enfants, tirés de son propre sang, soigneusement nourris, éduqués; il avait injecté lui-même le matériel bio-logique dans au moins un millier d'entre eux. Et maintenant, ils s'activaient à transformer sans relâche tous leurs compagnons.

Comme Washoe, la femelle chimpanzé qui enseignait le langage des signes à son petit. Ils se transmettaient la torche de l'intelligence à venir. Comment saurait-il jamais s'ils pouvaient développer toutes leurs potentialités ?

Pasteur.

– Pasteur, dit-il à haute voix. Jenner.

Vergil prépara soigneusement une seringue. Les sourcils froncés, il enfonça la canule au travers du bouchon en coton du premier tube et la plongea dans la solution. Il remonta le piston. Le liquide pastel emplit le cylindre; cinq, dix, quinze centilitres.

Il leva la seringue à hauteur d'yeux, et la regarda pendant plusieurs minutes, sachant que ce qu'il envisageait de faire était imprudent. *Jusqu'à maintenant,* dit-il en s'adressant mentalement à sa création, *vous avez eu la vie vraiment facile. La vie douce. Bien tranquilles dans votre sérum à déconner et à absorber toutes les hormones dont vous avez besoin. Vous n'êtes même pas obligés de travailler pour vivre. Pas de tests éprouvants, pas de stress. Pas besoin d'utiliser ce que je vous ai donné.*

Alors, qu'allait-il faire ? Les mettre à travailler dans leur milieu naturel ? En se les injectant, il pouvait les faire sortir en fraude et en récupérer suffisamment pour reprendre plus tard ses expériences.

– Vergil ! (Ernesto Villar frappa au chambranle de la porte et passa la tête à l'intérieur.) Nous avons le film de l'artère du rat. Nous nous réunissons en 233. (Il tapota le montant et sourit joyeusement.) Vous êtes invité. Nous avons besoin de notre kludger maison.

Vergil baissa la seringue et regarda dans le vide.

– Vergil ?

– J'y serai, dit-il d'une voix blanche.

– Surtout, ne vous pressez pas ! répliqua Villar avec humeur. Nous ne retarderons pas la première longtemps.

La tête de Villar disparut. Vergil écouta ses pas s'éloigner dans le couloir.

Imprudent, certainement. Il réinséra la canule au travers du coton, versa d'un jet le sérum dans le tube et laissa tomber la seringue dans un bocal d'alcool. Il replaça le tube dans le support et le remit dans le Kelvinateur. Jusqu'à ce jour, seul son nom avait été écrit sur le flacon centrifugeur et sur le support. Il l'effaça du flacon et le remplaça par « Échantillon de protéine de bio-puce; fiasco de labo 21-32. » Sur le support, il mit une étiquette portant ces mots, « Culture de foie, fiasco de labo 13-14 ». Personne n'irait tripoter une série de fiascos anonymes et non analysés. Les fiascos étaient sacrés.

Il avait besoin de temps pour réfléchir.

Rothwild et une dizaine de scientifiques les plus essentiels au projet BAM étaient rassemblés autour d'un grand écran télé dans la pièce 233, un labo vide qui servait couramment de salle de réunion. Rothwild était un sémillant rouquin qui servait d'intermédiaire entre la direction et les chercheurs. Il se tenait debout, à côté de l'écran, très élégant dans sa veste crème et son pantalon chocolat. Villar offrit une chaise de plastique vert avocat à Vergil qui s'assit au fond de la salle, les jambes croisées, les mains jointes derrière la nuque.

Rothwild prononça quelques mots d'introduction.

– C'est l'analyse du produit E-64. Vous y avez tous contribué... (Il jeta un coup d'œil hésitant sur Vergil.) Et maintenant, vous allez tous participer au... hum... au succès triomphal. Je pense que l'on peut, sans hésiter, l'appeler ainsi.

» E-64 est un prototype de bio-puce d'investigation, de trois cents microns de diamètre, une protéine sur un substrat de silicium, sensible à quarante-sept différentes variables du sang. (Il s'éclaircit la gorge. Tous savaient cela mais c'était un événement.) Le 10 mai, nous avons introduit E-64 dans l'artère d'un rat, refermé la minuscule incision et laissé la bio-puce s'engager aussi loin que possible dans le vaisseau sanguin. Le voyage a duré cinq secondes. Nous avons ensuite immolé le rat et récupéré la bio-puce. Depuis cette date, le groupe de Térence a « traduit » les renseignements recueillis par la bio-puce et interprété les résultats. En les branchant sur un programme imageur vectoriel spécial, nous avons pu produire un petit film.

Il fit un signe à Ernesto qui appuya sur le bouton du magnétoscope. Des graphiques d'ordinateur défilèrent sur l'écran – le logo animé de Génétron, les signatures stylisées de l'équipe de l'image, et puis ce fut le noir. Ernesto éteignit les lumières de la pièce.

Un cercle rose apparut sur l'écran, s'étendit et se déforma en un ovale irrégulier. D'autres cercles naquirent dans le premier.

– Nous avons ralenti six fois le trajet, expliqua Rothwild. Et pour simplifier les choses, nous avons éliminé les relevés sur les concentrations chimiques du sang du rat.

Vergil se pencha en avant, oubliant momentanément ses soucis. Des serpentins apparurent et traversèrent, comme une flèche, le tunnel fluctuant formé de cercles concentriques.

– Le cours du sang dans l'artère, surenchérit Ernesto.

Le voyage dans l'artère du rat dura trente secondes. Les poils des bras de Vergil s'étaient hérissés. Si ses lymphocytes pouvaient voir, c'était cela qu'ils expérimentaient, ce voyage dans les vaisseaux sanguins… un long tunnel irrégulier, le sang qui coulait doucement, de petits remous, l'artère qui se rétrécissait… des cercles de plus en plus petits, des secousses et des saccades lorsque la bio-puce rebondissait contre les murs… Pour finir, le voyage se termina quand la bio-puce s'enfonça dans un capillaire.

La séquence s'acheva dans un éclair blanc.

La salle résonna d'applaudissements.

– Maintenant, dit Rothwild en souriant et en levant la main, avez-vous des questions avant que nous le montrions à Harrison et à Yng ?

Vergil quitta poliment la petite fête après un verre de champagne et revint à son labo, plus déprimé que jamais. Avait-il perdu tout esprit d'équipe ? Croyait-il vraiment pouvoir s'attaquer seul à quelque chose d'aussi ambitieux que ses lymphocytes ? Il l'avait fait jusqu'à maintenant, mais il allait le payer… de l'arrêt, et peut-être même, de l'annihilation de ses expériences.

Il glissa ses carnets de notes dans une boîte en carton et la ferma avec du scotch. Dans la partie du labo allouée à Hazel, il trouva sur un flacon Dewar une étiquette adhésive « Prière de ne pas toucher » et la décolla. Il l'appliqua sur sa boîte et rangea cette dernière dans un endroit neutre, près de la paillasse. Puis il se mit à laver ses récipients et à ranger sa partie de labo.

Lorsque viendrait l'heure de l'inspection, il jouerait le rôle de l'humble suppliant; il donnerait à Harrison la satisfaction de la victoire.

Et puis, clandestinement – pendant les deux prochaines semaines – il ferait sortir tout ce dont il avait besoin. Il enlèverait les lymphocytes en dernier; il les garderait pendant quelque temps chez lui, dans son réfrigérateur. Il pourrait dérober des provisions pour les garder en vie mais serait incapable de continuer à travailler sur eux.

Il déciderait plus tard des moyens de continuer, au mieux, ses expériences.

Harrison se présenta à la porte du labo.

– Tout est réglé, dit Vergil, l'air vraiment repentant.

3

Ils l'observèrent de près toute la semaine suivante; puis, préoccupés par les derniers tests du prototype de BAM, ils relâchèrent leur surveillance. Son comportement avait été irréprochable.

Il mit alors au point les dernières étapes de son départ volontaire.

Vergil n'avait pas été le seul à dépasser les bornes de la tolérance idéologique de Génétron. La direction, toujours en la personne de Gerald T. Harrison, s'en était prise le mois dernier à Hazel. Elle s'était embarquée sur une voie de traverse avec ses cultures d'*E.coli,* en tentant de prouver que si la sexualité était apparue, c'était à cause de l'invasion des premières formes de vie procaryotiques par une séquence autonome d'ADN. Son principe de base, c'était que la sexualité n'était pas une amélioration de l'évolution – du moins, pas pour les femmes qui, en théorie, pouvaient se reproduire par parthénogénèse –, et qu'en fin de compte les hommes ne servaient à rien.

Elle avait réuni assez de preuves pour que Vergil, jetant un coup d'œil sur ses carnets, tombât d'accord avec ses conclusions. Mais le travail de Hazel se heurtait aux critères de Génétron. Il reposait sur une idée révolutionnaire, qui provoquerait des polémiques. Harrison était intervenu; elle avait dû mettre fin à cette orientation particulière de ses recherches.

Génétron ne voulait pas de ce type de publicité, ni d'une ombre de controverse. Du moins, pas encore. Il fallait que la firme conserve une réputation sans tache jusqu'au jour où elle mettrait ses actions sur le marché et annoncerait qu'elle pouvait fabriquer des BAM fonctionnelles.

Pourtant, ils ne s'étaient pas attaqués aux papiers de Hazel. Ils les lui avaient laissés. Le fait que Harrison ait gardé son fichier inquiétait Vergil.

Lorsqu'il fut certain qu'ils n'étaient plus sur leur garde, il passa à l'action. Il demanda la permission de se servir des ordinateurs de la firme (on lui en avait limité l'accès pour une durée indéterminée); à juste titre, il dit qu'il avait besoin de vérifier ses calculs sur les structures des protéines déroulées et dénaturées. La permission lui fut accordée et il se connecta avec le système, un soir, après 8 heures, dans le labo-commun.

Vergil était devenu adulte un peu trop tôt pour faire partie des petits génies de la programmation des années quatre-vingt-dix, mais il avait tout de même manipulé son chiffre de crédit dans trois grandes firmes et inséré son nom dans la liste des diplômés d'une université célèbre... C'est à cette entrée qu'il devait sa situation à Génétron. Vergil ne s'était jamais senti coupable de ces intrusions et de ces manipulations.

Sa situation ne serait jamais aussi mauvaise qu'elle avait pu l'être autrefois et il n'y avait pas de raison qu'il soit puni pour des indiscrétions passées. Il se savait tout à fait capable de travailler dans les labos de Génétron – son faux dossier universitaire n'était destiné qu'à en mettre plein la vue au directeur du personnel. Et puis, Vergil avait cru – jusqu'à ces derniers temps – que le monde était un casse-tête personnel et que tous les moyens d'en résoudre les énigmes, y compris les tripotages d'ordinateur, faisaient simplement partie de sa nature.

Briser le code de Rinaldi, utilisé pour dissimuler les dossiers confidentiels de Génétron, lui parut ridiculement facile. Les nombres de Godel n'avaient pas de secret pour lui, ni les suites de chiffres pseudo-aléatoires qui défilèrent sur l'écran. Il se glissa dans les nombres et les données comme un phoque dans l'eau.

Il obtint son fichier et inversa l'une des équations clefs du code, pour cette seule section. Puis il décida de ne prendre aucun risque – il y avait toujours la possibilité, si improbable soit-elle, que quelqu'un se montre aussi ingénieux que lui. Il effaça complètement les données concernant ses recherches.

Son deuxième objectif, c'étaient les dossiers médicaux du personnel. Il changea la référence de son assurance puis dissimula cette modification. Si des gens de l'extérieur posaient des questions à ce sujet, même après son départ, on le trouverait totalement couvert, et personne ne se demanderait s'il payait ses primes ou pas.

Ce genre de choses le tracassait. Il n'avait jamais joui d'une très bonne santé.

Il se demanda quel autre mauvais coup il pourrait bien faire, puis y renonça. Il n'était pas vindicatif. Il éteignit le terminal et le débrancha.

Chose étonnante, ils ne mirent que deux jours à s'apercevoir de son acte. Rothwild l'attendait dans l'entrée, tôt ce matin-là, et lui dit qu'il n'avait plus le droit de mettre les pieds dans son labo. Vergil protesta doucement qu'il avait, dans une boîte, des objets personnels qu'il voulait emporter.

– D'accord, mais c'est tout. Pas de bio-logiques. Je veux tout inspecter.

Vergil acquiesça calmement.

– Qu'est-ce qui ne va pas maintenant ? demanda-t-il.

– Franchement, je n'en sais rien. Et je m'en moque. Je m'étais porté garant de vous. Et Thornton aussi. Vous nous avez tous beaucoup déçus.

Vergil réfléchissait à toute vitesse. Il n'avait jamais emporté ses lymphocytes; il les avait crus bien à l'abri, dissimulés dans le réfrigérateur, et il n'avait pas prévu que l'on découvrirait si vite le pot aux roses.

– On me met à la porte ?

– Oui. Et j'ai bien peur que vous n'ayez du mal à retrouver du travail dans un autre labo privé. Harrison est furieux.

Hazel était déjà au travail lorsqu'ils entrèrent dans le labo. Vergil prit la boîte, dans la zone neutre, sous la paillasse, en couvrant l'étiquette de sa main. Il la souleva et, en douce, arracha le scotch, le froissa et le jeta dans la corbeille à papier.

– Il y a autre chose, dit-il. J'ai des fiascos de labo contaminés par un traceur, qu'il faudrait jeter. Proprement. Des nucléides radio-actifs.

– Oh, merde, fit Hazel. Où ?

– Au réfrigérateur. N'ayez pas peur. C'est juste du carbone-14. Puis-je le faire moi-même ?

Il regarda Rothwild. Celui-ci lui fit signe de

poser la boîte sur une table afin qu'il puisse l'inspecter.

– Puis-je le faire ? Je ne veux pas laisser derrière moi quelque chose qui pourrait être dangereux.

Rothwild hocha la tête à contrecœur. Vergil s'approcha du Kelvinateur et jeta sa blouse de labo sur la table. Il fit glisser sa main sur la boîte de seringues et en cacha une dans sa paume.

Le support des lymphocytes était posé sur l'étagère la plus basse. Vergil s'agenouilla et enleva un tube. Rapidement, il inséra l'aiguille dans le bouchon et tira vingt centilitres de sérum. La seringue n'avait jamais servi et il espérait que la canule serait à peu près stérile; il n'avait pas le temps de se désinfecter à l'alcool; c'était un risque à courir.

Avant d'introduire l'aiguille, il se demanda très vite ce qu'il était en train de faire et ce qu'il pensait y gagner. Il y avait fort peu de chances pour que les lymphocytes survivent. Il se pouvait que l'altération qu'il leur avait fait subir les ait changés au point qu'ils meurent dans son sang, incapables de s'adapter; ou bien qu'ils fassent quelque chose d'étrange et que ses propres réactions immunitaires les détruisent.

De toute façon, la durée de vie d'un lymphocyte actif, dans le corps humain, était une question de semaines. Les flics de l'organisme n'avaient pas la vie facile.

L'aiguille pénétra dans sa chair. Il éprouva une légère sensation de douleur, une brève brûlure, et le liquide froid se mêla à son sang. Il retira l'aiguille et posa la seringue au fond du réfrigérateur. Le support des tubes à essai et le flacon centrifugeur à la main, il se redressa et ferma la porte. Rothwild le regarda avec inquiétude enfiler des gants de caoutchouc et verser, un par un, le contenu des tubes à essai dans un becher à demi rempli d'alcool. Puis il ajouta le liquide du flacon centrifugeur. Avec un petit sourire, Vergil boucha le becher et en agita le contenu, puis il le déposa dans une poubelle hermétique. D'un coup de pied, il la fit glisser sur le plancher.

– C'est à vous, dit-il.

Rothwild avait fini de feuilleter ses carnets de notes.

– Je ne suis pas sûr que ce soit une bonne idée de vous laisser les emporter. Vous avez passé pas mal de notre temps à travailler dessus.

Le sourire idiot de Vergil ne s'altéra pas.

– Si vous faites cela, je poursuis Génétron en justice et je vous salis dans tous les journaux possibles et imaginables. Ça ne ferait pas bon effet à la veille de votre entrée sur le marché, n'est-ce pas ?

Rothwild le regarda, les yeux à demi fermés; son cou et ses joues avaient rosi.

– Sortez d'ici, dit-il. Nous vous enverrons le reste plus tard.

Vergil ramassa sa boîte. La sensation de froid qu'il avait éprouvée dans son avant-bras avait maintenant disparu. Rothwild descendit l'escalier avec lui et le suivit dans l'allée jusqu'à la grille. Walter, le visage impassible, récupéra son badge; le chef du labo suivit Vergil sur le parking.

– Rappelez-vous votre contrat, dit-il. Rappelez-vous ce que vous pouvez dire et ce que vous ne devez pas dire.

– Il y a quelque chose que je peux dire, je crois.

Vergil essayait de parler calmement, malgré sa colère.

– Quoi ? demanda Rothwild.

– Je vous emmerde tous.

Vergil passa en voiture devant la pancarte et pensa à tout ce qui lui était arrivé entre ces murs austères. Il regarda le cube noir, plus loin, à peine visible au travers du bouquet d'eucalyptus.

À peu près sûrement, ses travaux étaient maintenant terminés. Durant un instant, il eut une nausée de tension nerveuse et de dégoût. Et puis il pensa aux milliards de lymphocytes qu'il venait de détruire. Son malaise s'accrut et il se força à déglutir pour chasser de sa bouche un goût acide.

– Je vous emmerde, murmura-t-il, parce que tout ce que je touche se transforme en merde.

4

Les êtres humains sont perpétuellement en rut, se dit Vergil qui, perché sur un tabouret, observait les manœuvres d'approche. Une musique d'ambiance moelleuse rythmait les lentes et gracieuses girations de la piste de danse et des flashes de lumière ambrée soulignaient la pulsation des corps entassés, mâles et femelles. Sur le bar, un étonnant étalage de tuyaux de cuivre poli bourdonnait et crachait des boissons, surtout des vins millésimés au verre, et quarante-sept sortes de café différentes. La vente des cafés s'accélérait; la soirée avait viré au petit matin et bientôt *Chez Weary* allait s'éteindre et fermer ses portes.

Les ultimes efforts d'accouplement devenaient plus manifestes; les manœuvres d'approche plus désespérées, moins subtiles; à côté de Vergil, un type de petite taille, au costume bleu tout froissé, s'appariait pour un soir à une brune ondulante de type asiatique. Vergil se sentait à part. Il n'avait pas fait une seule tentative de toute la soirée et, pourtant, il était arrivé à 7 heures du soir. Personne non plus ne l'avait abordé.

Il n'était pas une bonne affaire. Il traînait un peu les pieds en marchant – il n'avait quitté son tabouret que pour se rendre aux toilettes, pleines de monde. Il avait passé tellement de temps dans des labos ces dernières années que sa peau offrait aux regards la pâleur, fort peu à la mode, de Blanche-Neige. Il n'avait pas l'air enthousiaste et n'était pas disposé à faire des conneries pour attirer l'attention.

Dieu merci, l'air conditionné était assez efficace et son rhume des foins s'était calmé.

Il avait passé la plus grande partie de la soirée à étudier l'incroyable variété – et la similitude sous-jacente – des tactiques que le mâle déployait avec la femelle. Il se sentait en dehors, suspendu dans une sphère objective et légèrement solitaire, et peu enclin à en sortir. D'abord, pourquoi était-il venu ici, se demanda-t-il. Pourquoi venait-on là ? De sa vie, il n'avait dragué une femme *Chez Weary*... ni dans aucun autre bar de ce type.

– Bonsoir.

Vergil sursauta et se retourna, les yeux ronds.

– Excusez-moi. Je ne voulais pas vous faire peur.

Il fit signe que non. Elle avait dans les vingt-huit ans et des cheveux blond doré; elle était mince, presque maigre, avec un joli visage, qui n'avait pourtant rien de sensationnel. Ses yeux, grands, bruns et lumineux, étaient son meilleur atout – sauf, peut-être, les jambes, rectifia-t-il en baissant les yeux d'instinct.

– Vous ne venez pas souvent ici, dit-elle. (Elle jeta un coup d'œil par-dessus son épaule.) Ou peut-être que si ? Je veux dire, moi... je ne viens pas souvent. Peut-être que je ne peux pas savoir.

– Non, pas souvent. Pas la peine. Jamais eu un succès faramineux.

– J'en sais plus long sur vous que vous ne le pensez, dit-elle avec un sourire. Je n'ai même pas besoin de lire dans les lignes de votre main. Tout d'abord, vous êtes intelligent.

– Ah, ouais ?

Il se sentait gêné.

– Vous êtes habile de vos mains. (Elle effleura son pouce, posé sur son genou.) Vous avez de très jolies mains. On peut faire des tas de choses avec des mains comme ça. Mais elles ne sont pas sales, donc vous n'êtes pas mécanicien. Et vous essayez de vous habiller convenablement, mais... (Elle eut un petit rire de fille qui a bu au moins trois verres et porta la main à sa bouche.) Je suis désolée. Vous faites vraiment des efforts.

Il baissa les yeux sur sa chemise de coton à carreaux verts et noirs et son pantalon noir. Ses vêtements étaient neufs. De quoi se plaignait-elle ? Elle n'aimait peut-être pas ses souliers; le cuir en était un peu éraflé.

– Votre profession... voyons cela. (Elle se tut et se caressa la joue. Ses ongles étaient un chef-d'œuvre de l'art du manucure, épais et d'un bronze brillant.) Vous êtes un tech.

– Pardon ?

– Vous travaillez dans l'un des labos du coin. Les cheveux trop longs pour être de la Marine, et puis, n'importe comment, les marins ne viennent pas beaucoup par ici. Pas que je sache. Vous travaillez dans un labo et vous ne... vous n'êtes pas heureux. Pourquoi cela ?

– Parce que... (Il s'interrompit. Confesser qu'il était sans travail, ce n'était peut-être pas une bonne tactique. Il toucherait le chômage pendant six mois; avec cela et ses économies, il pourrait dissimuler pendant un certain temps qu'il n'avait pas de travail rétribué.) Pourquoi dites-vous que je suis un tech ?

– Facile à deviner. La poche de votre chemise... (Elle glissa ses doigts dedans et tira doucement dessus.) On voit bien que vous y mettez tout un tas de crayons. De ceux qu'on tourne et dont la mine sort.

Elle sourit délicieusement et sortit l'extrémité d'une langue rose, pour mieux se faire comprendre.

– Ouais ?

– Ouais. Et vous avez des chaussettes écossaises. Aujourd'hui, il n'y a plus que les techs pour porter des chaussettes écossaises.

– J'aime ça, dit-il comme pour défendre ses goûts.

– Oh, moi aussi. Ce qu'il y a, c'est que je n'ai jamais connu de tech. Je veux dire, intimement.

Bon Dieu ! pensa Vergil.

– Que faites-vous dans la vie ?

Aussitôt, il souhaita pouvoir ravaler sa question.

– Et j'aimerais bien m'y mettre, si vous ne me trouvez pas trop directe, dit-elle en ne tenant aucun compte de sa question. Écoutez, le bar va fermer dans quelques minutes. J'ai assez bu comme ça et je n'aime pas beaucoup cette musique. Et vous ?

Elle s'appelait Candice Rhine. Ce qu'elle faisait dans la vie, c'était de la publicité pour *La Jolla Light*. Elle approuva sa Volvo de sport et son logement, un deux pièces en copropriété, au second étage d'un immeuble à quatre pâtés de maisons de la plage de La Jolla. Il l'avait acheté à un prix avantageux, six ans auparavant – juste à sa sortie de l'école de médecine –, à un professeur de l'université de San Diego qui était parti peu après en Équateur achever une étude sur les Indiens d'Amérique du Sud.

Candice entra dans l'appartement comme si elle y vivait depuis des années. Elle lança sa veste de daim sur le divan et son chemisier sur la table. Son soutien-gorge, elle le suspendit en riant à la lampe de verre chromé posée sur celle-ci. Ses petits seins étaient mis en valeur par une cage thoracique très étroite.

Vergil regardait tout cela avec un effroi mêlé d'admiration.

– Tu viens, tech, dit Candice, nue sur le seuil de la chambre à coucher. J'aime ça la fourrure.

Il y avait une couverture d'alpaga sur son lit californien géant. Elle prit la pose, le bout des doigts délicatement appuyé presque en haut du chambranle, un genou relevé, puis elle pivota sur elle-même et entra, d'un pas nonchalant, dans la chambre obscure.

Vergil ne bougea pas jusqu'à ce qu'elle ait allumé la lampe de chevet.

– J'en étais sûre ! s'écria-t-elle d'une voix aiguë. Regardez-moi tous ces bouquins !

Dans l'obscurité, Vergil réfléchissait, bien trop lucidement, à tous les périls du sexe. Candice dormait à côté de lui, profondément, après ses trois verres et avoir fait quatre fois l'amour.

Quatre fois.

Il ne s'en était jamais si bien tiré. Elle avait murmuré, avant de s'endormir, que les chimistes le faisaient dans leurs tubes à essai et les médecins avec patience mais que seul un tech pouvait le faire en progression géométrique.

Quant aux périls... Il avait souvent vu – surtout dans les livres – les conséquences de la promiscuité sexuelle dans un monde où l'on se déplaçait très fréquemment. Si Candice était facile (et il ne pouvait s'empêcher de croire que seule une fille facile pouvait lui faire des avances), alors il ne pouvait dire quel type de micro-organismes installaient maintenant boutique dans son sang.

Pourtant, il ne pouvait s'empêcher de sourire.

Quatre fois !

Candice gémit dans son sommeil et Vergil sursauta, surpris. Il allait mal dormir, il ne le savait que trop. Il n'avait pas l'habitude de partager son lit avec quelqu'un.

Quatre fois.

Ses dents tachetées de brun brillèrent dans l'ombre.

Le lendemain, Candice se montra beaucoup moins effrontée. Elle insista, d'un air solennel, pour préparer le petit déjeuner. Elle s'exerça, en experte, sur les œufs et les languettes de bœuf qu'il y avait dans son vieux réfrigérateur, comme si elle avait été, à un moment donné de son existence, cuisinière dans un bistrot... ou était-ce simplement ainsi que les femmes faisaient les choses ? Il n'avait jamais pu piger le truc pour faire frire les œufs. Cela se terminait toujours par des jaunes crevés et des bords carbonisés.

Assise en face de lui, elle le regardait de ses grands yeux bruns. Il était affamé et mangeait très vite. Ses manières n'étaient pas très raffinées. Et après ? Que pouvait-elle attendre d'autre de lui... ou lui d'elle ?

– D'habitude, je ne reste pas jusqu'au lendemain matin, dit-elle. J'appelle un taxi à 4 heures du matin, quand le type s'est endormi. Mais tu m'as gardée éveillée jusqu'à 5 heures et puis je ne... je n'avais pas envie de partir. Tu m'as épuisée.

Il hocha la tête et sauça ce qui restait de ce jaune parfait, à demi solide, avec son dernier morceau de pain grillé. Peu lui importait le nombre d'hommes avec qui elle avait couché. Il devait y en avoir eu pas mal, semblait-il.

Vergil n'avait eu que trois liaisons, dont une seule relativement satisfaisante. La première à dix-sept ans – un coup de chance incroyable – et la troisième, il y avait un an. C'était celle-là la plus satisfaisante et elle l'avait beaucoup fait souffrir. C'est alors qu'il avait été forcé de s'accepter tel qu'il était, un type vachement intelligent mais guère séduisant.

– Ça a l'air horrible, hein ? Ce que je raconte sur les taxis et tout ça. (Elle continuait à le regarder fixement.) Tu m'as fait jouir six fois.

– Tant mieux.

– Quel âge as-tu ?

– Trente-deux ans.

– Tu te conduis comme un adolescent... au lit, je veux dire. Au point de vue vigueur.

Il ne s'était jamais si bien comporté lorsqu'il l'était, adolescent.

– Tu y as pris plaisir ?

Il posa sa fourchette et leva les yeux, songeur. Il y avait pris beaucoup trop de plaisir. À quand la prochaine fois ?

– Oui.

– Tu sais pourquoi c'est toi que j'ai choisi ?

Elle avait à peine touché à son œuf et mastiquait maintenant le reste de son unique languette de bœuf. Ses ongles étaient sortis intacts de la séance. Au moins, elle ne l'avait pas griffé. Est-ce que cela lui aurait plu ?

– Non.

– Parce que je savais que tu étais un tech. Je n'avais jamais baisé... je veux dire que je n'avais jamais fait l'amour avec un tech. Vergil. C'est bien ça ? Vergil Ian Ullam.

– Ulam, rectifia-t-il.

– Je m'y serais mise plus tôt si j'avais su.

Elle sourit. Ses dents étaient blanches et bien rangées, peut-être un peu grandes. Ses imperfections ne la rendaient que plus séduisante à ses yeux.

– Merci. Je ne peux pas parler... ou faire quoi que ce soit d'autre en notre nom. En leur nom. Les techs. Ou qui que ce soit.

– Je pense que tu es très gentil. (Son sourire s'effaça, remplacé par une expression sérieuse et réfléchie.) Plus que gentil. Vrai de vrai, Vergil. Tu es le meilleur amant que j'ai jamais eu. Tu vas travailler, aujourd'hui ?

– Non. Je travaille quand je veux.

– Bon. Tu as fini de déjeuner ?

Trois fois de plus avant midi. Il n'arrivait pas à y croire.

Candice était tout endolorie lorsqu'elle s'en alla.

– Je me sens comme si je m'étais entraînée pendant un an pour le pentathlon, dit-elle sur le seuil, sa veste à la main. Tu veux que je revienne ce soir ? En visite, je veux dire. (Elle parut anxieuse.) N'importe comment je ne pourrai plus faire l'amour. Je crois que tu as déclenché mes règles.

– Bien sûr, dit-il en lui tendant la main. C'est une excellente idée.

Ils se serrèrent la main d'un air un peu cérémonieux et Candice partit dans le soleil printanier. Vergil resta un moment sur le pas de la porte, en souriant et en secouant la tête d'un air dubitatif.

5

Cela faisait une semaine que Vergil fréquentait Candice lorsque ses goûts alimentaires commencèrent à changer. Jusqu'alors, il avait recherché avec obstination des aliments riches en sucre et en amidon, des viandes grasses et le pain beurré. Sa nourriture favorite était une pizza arlequin; il y avait une petite boutique près de chez lui où l'on entassait de l'ananas et du jambon italien sur les anchois et les olives.

Candice lui conseilla de consommer moins de graisses, qu'elle appelait « cette merde de graisse », et d'augmenter sa consommation de légumes et de céréales. Son corps parut d'accord avec elle.

La quantité d'aliments qu'il prenait se réduisit aussi. Il se sentait plus vite rassasié. Son tour de taille fondit à vue d'œil. Il tournait comme un lion en cage dans l'appartement.

Comme ses papilles gustatives, son attitude vis-à-vis de l'amour se modifia. Cela n'avait rien d'étonnant : Vergil savait assez de psychologie pour s'apercevoir que tout ce dont il avait besoin, pour se guérir de sa misogynie angoissée, c'était d'une relation amoureuse vraiment satisfaisante. Candice y pourvoyait.

Il passait des nuits à s'exercer. Ses pieds ne le faisaient plus autant souffrir. Tout était en train de changer. Le monde devenait un endroit plus agréable. Ses douleurs de dos disparurent peu à peu et il en vint à les oublier. Il s'en passa très bien.

Vergil imputait une bonne partie de tout cela à Candice; comme cette rumeur qui court chez les adolescents, attribuant la guérison de l'acné à la perte de la virginité.

Parfois leurs relations tournaient à l'orage. Candice le trouvait insupportable lorsqu'il essayait de lui expliquer ses recherches. Il abordait ce sujet avec un sentiment de colère à peine contenue et n'essayait guère de simplifier les détails techniques. Il faillit lui confesser qu'il s'était injecté les lymphocytes mais s'arrêta quand il comprit que cela ne l'intéressait absolument pas.

– Préviens-moi si tu découvres un traitement

bon marché contre l'herpès, dit-elle. Nous pourrions soutirer une bonne somme à la ligue d'action chrétienne, rien qu'en promettant de ne pas le mettre sur le marché.

Alors qu'il ne se faisait plus de souci au sujet des maladies vénériennes – Candice en avait parlé ouvertement et l'avait convaincu qu'elle était saine –, il eut un soir une éruption sur le ventre, de drôles de boutons blancs très urticants. Le lendemain, ils avaient disparu et ne reparurent pas.

Vergil était couché à côté de la douce forme, dessinée par le drap blanc, qui respirait calmement, les fesses comme une colline couverte de neige; le dos à l'air, comme si elle portait une robe du soir sexy très décolletée. Ils avaient fini de faire l'amour, trois heures plus tôt, et il était toujours éveillé, en train de penser qu'il avait aimé Candice plus de fois durant ces quatre dernières semaines que les autres femmes qu'il avait connues tout au long de sa vie.

Cette idée lui plut. Les statistiques l'avaient toujours intéressé. Comme dans les affaires, les chiffres d'une expérience révèlent son succès ou son échec. Il commençait à croire que sa « liaison » (comme ce mot résonnait drôlement dans son esprit !) avec Candice serait une réussite. Une bonne expérience, c'est une expérience que l'on recommence, et celle-là…

Ainsi se poursuivaient ses ruminations nocturnes sans fin, un peu moins fécondes qu'un sommeil sans rêves.

Candice l'étonnait. Les femmes avaient toujours étonné Vergil, qui avait eu si peu d'occasions de les connaître; mais il soupçonnait Candice d'être plus étonnante que la norme. Il ne comprenait absolument rien à son attitude. Maintenant, il était rare qu'elle prenne l'initiative de leurs ébats amoureux mais elle y participait avec suffisamment d'enthousiasme. Elle lui faisait penser à un chat qui cherche un nouveau foyer et qui, l'ayant trouvé, s'y installe en ronronnant et cesse de se préoccuper du lendemain.

Ni la passion de Vergil ni son projet de vie n'étaient compatibles avec cette espèce d'indifférence blasée.

Il se refusait à considérer que Candice lui était intellectuellement inférieure. Elle se montrait parfois pleine d'esprit, et perspicace; c'était une compagne amusante. Mais elle ne s'intéressait pas aux mêmes choses que lui. Candice croyait aux valeurs superficielles de la vie : les apparences, les rituels, ce que les autres pensaient et faisaient. Vergil se moquait de ce que les autres pensaient du moment qu'ils ne contrecarraient pas ses plans.

Candice acceptait et subissait; Vergil provoquait les choses et les observait.

Il l'enviait profondément. Il aurait bien aimé que s'arrête un peu cet engrenage incessant de pensées, de plans et de soucis, ce traitement de l'information en vue de glaner quelque nouvel aperçu des choses. Être comme Candice, ce serait des vacances.

Quant à elle, elle devait le trouver remuant et dérangeant. Elle menait sa propre vie sans faire beaucoup de projets, ni beaucoup réfléchir; sans scrupules, non plus... sans remords de conscience et sans remises en question. Lorsqu'elle eut compris que ce personnage dynamique était au chômage et n'avait guère de chance de retrouver rapidement du travail, curieusement elle ne perdit pas confiance en lui. Peut-être que, comme un chat, elle ne comprenait pas grand-chose à tout cela.

Ainsi, elle dormait, et lui ruminait ce qui lui était arrivé au labo; il en ressassait les implications, cette idée vraiment bizarre qu'il avait eue de s'injecter les lymphocytes, et son incapacité à se concentrer sur ce qu'il allait faire maintenant.

Vergil regarda fixement le plafond obscur puis ferma très fort les paupières afin d'observer les dessins des phosphènes. Il leva les mains, effleurant les fesses de Candice, et pressa, de l'index, les parties externes de ses orbites, pour renforcer l'effet. Ce soir-là, il ne put s'amuser des images psychédéliques de ses paupières. Rien n'apparut qu'une obscurité tiède ponctuée de vagues éclairs aussi éloignés et aussi flous que les rumeurs d'un autre continent.

Au-delà de la rumination, impuissant à utiliser les jeux de l'enfance, et toujours bien éveillé, Vergil s'installa dans l'état de veille, guetteur de néant, et pensée sans objet –

essayant réellement d'échapper

– en attendant le matin

essayant d'éviter

les pensées de toutes les choses perdues

et toutes celles récemment gagnées qui pouvaient

être

perdues

il n'est pas prêt

et il bouge encore et s'agite

en perdant.

Le dimanche matin de la troisième semaine :

Candice lui tendit une tasse de café chaud. Il la regarda fixement un moment. Quelque chose clochait dans l'image qu'il avait de la tasse et de la main. Il chercha ses lunettes à tâtons et les chaussa, mais cela lui fit encore plus mal aux yeux.

– Merci, marmonna-t-il en prenant la tasse et, se redressant contre l'oreiller, il renversa un peu du liquide brun sur les draps.

– Qu'est-ce que tu vas faire aujourd'hui ? demanda-t-elle.

Sous-entendu : chercher du travail ? Mais Candice n'attirait jamais l'attention sur ses responsabilités et ne posait jamais de questions sur ses moyens financiers.

– Chercher du travail, je pense.

Il lorgna de nouveau à travers ses lunettes qu'il tenait par l'une des branches.

– Je vais porter ma copie au *Light,* dit-elle, et faire des achats chez le marchand de légumes en bas de la rue. Et puis, je vais préparer le dîner et manger toute seule.

Vergil la regarda, stupéfait.

– Qu'est-ce qui ne va pas ? demanda-t-elle.

Il reposa ses lunettes.

– Pourquoi toute seule ?

– Parce que je pense que tu commences à me considérer comme faisant partie du décor. Ça ne me plaît pas. J'ai l'impression que tu acceptes ma présence.

– Qu'y a-t-il de mal à cela ?

– Rien, répondit-elle patiemment. (Elle s'était habillée et avait brossé ses cheveux qui retombaient, brillants, sur ses épaules.) C'est seulement que je veux qu'il y ait encore du piment.

– Du piment ?

– Écoute, dans une relation amoureuse, il faut qu'il y ait des petits coups de griffe. Je commence à penser à toi comme à un gentil chiot, et cela n'est pas bon pour nous.

– Non, dit Vergil.

Il semblait distrait.

– Tu n'as pas bien dormi cette nuit ?

– Non. Pas beaucoup.

Il avait l'air déconcerté.

– Alors, quoi d'autre ?

– C'est seulement que je te vois bien.

– Voir ? Pour toi je fais partie du décor.

– Non, je veux dire... sans les lunettes, je te vois bien.

– Ah, tant mieux, dit Candice avec une indifférence féline. Je t'appellerai demain. Ne te fais pas de bile.

– Oh, non, répondit Vergil en appuyant ses doigts sur ses tempes.

Elle ferma doucement la porte derrière elle.

Il regarda autour de lui.

Tout était merveilleusement net. Depuis la rougeole qu'il avait eue à l'âge de sept ans et qui avait endommagé sa vue, il n'avait jamais vu les choses si clairement.

C'était la première amélioration qu'il était positivement sûr de ne pouvoir attribuer à Candice.

– Du piment, dit-il en clignant les yeux et en regardant les rideaux.

6

Vergil avait passé des semaines, lui semblait-il, dans des bureaux semblables à celui-ci : des murs d'un brun clair, un bureau métallique surmonté de piles de papiers bien rangés et des corbeilles à courrier, un homme ou une femme qui posait poliment des questions psychologiquement révélatrices. Cette fois, c'était une femme, *zoftig* et bien habillée, dont le visage arborait une expression amicale et patiente. Devant elle, il aperçut le dossier de ses antécédents professionnels et les résultats d'un test de profil psychologique. Il avait depuis longtemps appris comment s'y prendre avec ces tests-là : lorsqu'on vous demandait de faire un croquis, il fallait éviter les yeux et les objets pointus ou en forme de coin et dessiner plutôt des aliments ou de jolies femmes; toujours énoncer ses buts en termes brefs et concrets, avec un tout petit peu trop d'enthousiasme; montrer de l'imagination, mais contrôlée. Elle hocha la tête en regardant les papiers et leva les yeux vers lui.

– Vous avez un dossier remarquable, monsieur Ulam.

– Vergil, je vous en prie.

– Votre formation universitaire laisse un peu à désirer mais votre expérience professionnelle la compense largement. Je suppose que vous connaissez déjà les questions que nous allons vous poser.

Il ouvrit de grands yeux innocents.

– Vous êtes un peu vague en ce qui concerne ce que vous pouvez faire pour nous. Vergil, j'aimerais en savoir un petit peu plus sur votre insertion ici, à Codon Research.

Il jeta un coup d'œil sur sa montre, non pour voir l'heure, mais la date. Dans une semaine, il n'y aurait pour ainsi dire plus d'espoir de récupérer les lymphocytes améliorés. C'était vraiment sa dernière chance.

– Je suis pleinement qualifié pour effectuer tous les travaux de laboratoire, de recherche ou de fabrication. Codon Research fait beaucoup de produits pharmaceutiques, et cela m'intéresse, mais je crois pouvoir vous aider surtout dans les programmes de bio-puces que vous pourriez développer.

Les yeux du chef du personnel se rétrécirent d'un soupçon de millimètre. En plein dans le mille, pensa-t-il. Codon Research va se lancer dans les bio-puces.

– Nous ne travaillons pas sur les bio-puces, Vergil. Mais vos états de service se rattachant à la fabrication pharmaceutique sont impressionnants. Vous avez fait des cultures extensives; j'ai l'impression que vous pourriez aussi bien travailler dans une brasserie que chez nous.

C'était une version édulcorée d'une vieille plaisanterie qui circulait parmi ceux qui faisaient des cultures en bac. Vergil sourit.

– Il y a pourtant un problème, poursuivit-elle. Votre coefficient de sécurité est très élevé dans un cas, mais au dire de votre dernier employeur, Génétron, il est exécrable.

– J'ai déjà parlé de l'incompatibilité de nos personnalités qui…

– Oui, et normalement, nous ne poussons pas plus loin ces questions-là. Après tout, notre société est différente des autres firmes et si les références professionnelles d'un candidat sont bonnes – comme les vôtres le paraissent – nous tolérons ce type d'incompatibilité. Mais je dois parfois écouter mon instinct, Vergil. Et quelque chose n'est pas tout à fait normal, dans votre cas. Vous avez travaillé au projet des bio-puces, chez Génétron.

– J'ai fait de la recherche complémentaire.

– Oui. Est-ce que vous nous offrez la compétence que vous avez acquise chez Génétron ?

En clair, *allez-vous nous révéler les secrets de votre ex-employeur* ?

– Oui et non, répondit-il. Tout d'abord, je n'étais pas au cœur du projet des bio-puces. On ne m'avait pas mis au courant des secrets essentiels. Je peux cependant vous offrir les résultats de mes recherches. Aussi, en principe, oui, puisque mon contrat comportait une clause de travail à la tâche, je vous révélerai certains secrets, si vous m'engagez. Mais cela ne concernera que le travail que j'effectuais là-bas.

Il espérait que la graine était tombée en bonne terre. Il y avait un gros mensonge là-dedans – il connaissait pratiquement tout ce qu'il y avait à savoir sur les bio-puces de Génétron – mais il y avait aussi quelque chose de vrai, puisqu'il sentait que le concept de bio-puce était dépassé, mort-né.

Elle refeuilleta ses papiers.

– Je vais être franche avec vous, Vergil. Peut-être plus franche que vous ne l'avez été avec moi. À nos yeux, vous avez un côté un peu illusionniste et vous êtes un solitaire, mais nous aurions sauté sur l'occasion de vous engager si je n'avais pas été une amie de monsieur Rothwild, de Génétron. Une très bonne amie. Et il m'a fourni quelques renseignements confidentiels. Il ne m'a pas donné de nom et il ne pouvait pas savoir que nous serions un jour face à face dans ce bureau. Mais il m'a dit que quelqu'un de chez eux avait violé des directives du NIH et tripoté l'ADN nucléaire de mammifères. J'ai dans l'idée que je connais cet individu-là. (Elle sourit gentiment.) Est-ce vous ?

Personne d'autre n'avait été congédié de Génétron depuis plus d'un an. Il hocha la tête.

– Il était très contrarié. Il a dit que vous étiez brillant mais que vous causeriez des ennuis à toutes les firmes qui vous emploieraient. Et il a ajouté qu'il avait menacé de vous mettre sur la liste noire. Je sais, et il sait aussi, que de nos jours, une telle menace ne signifie pas grand-chose à cause de la législation du travail et des possibilités de recours. Mais cette fois-ci, tout à fait par hasard, Codon Research en sait plus à votre sujet qu'il ne le faudrait. J'ai été franche avec vous parce que je ne veux pas de malentendu. Si vous essayez de faire pression sur moi, je nierai tout ce que je viens de vous dire. D'ailleurs, la vraie raison pour laquelle je ne vous engage pas sur-le-champ, c'est votre profil mental. Vos dessins sont trop espacés les uns des autres et indiquent une prédilection malsaine pour l'isolement. (Elle lui tendit son dossier.) D'accord ?

Vergil hocha la tête. Il prit ses papiers et se leva.

– Vous ne connaissez pas Rothwild. C'est la sixième fois que l'on me dit ça.

– Oui, monsieur Ulam, c'est vrai. Notre industrie est encore au berceau, elle a à peine quinze ans d'âge. Les sociétés se tiennent encore les coudes lorsqu'il s'agit de certaines choses. Concurrence acharnée, vu de l'extérieur, solidarité dans les coulisses. Nous avons eu une conversation intéressante, monsieur Ulam. Bonne journée.

Il cligna des yeux, au soleil, devant la façade de Codon Research. Et voilà réglée la récupération, pensa-t-il.

Toute l'expérience allait bientôt se trouver réduite à rien. C'était peut-être aussi bien.

7

Il se dirigeait vers le nord, traversant des collines d'or blanc parsemées de chênes tordus, laissant derrière lui des lacs céruléens, profonds et purifiés par les pluies de l'hiver passé. Jusqu'ici l'été avait été clément, et même à l'intérieur des terres la température n'avait jamais dépassé trente degrés.

La Volvo, bourdonnant sur le ruban sans fin de la Nationale 5, longea des champs voués au coton puis de verts bosquets de noyers. Vergil traversa la 580 dans les faubourgs de Tracy, l'esprit complètement vide; la conduite était une panacée à tous ses soucis. Des forêts d'éoliennes tournaient au même rythme des deux côtés de l'autoroute; chacune était comme un grand bras aussi large que les deux tiers d'un terrain de football.

Il ne s'était jamais senti aussi bien de sa vie et cela l'inquiétait. Il n'avait pas éternué une seule fois en quinze jours, en plein milieu de la saison la plus favorable aux allergies. La dernière fois qu'il avait vu Candice, pour lui dire qu'il partait pour Livermore afin de rendre visite à sa mère, elle avait fait des commentaires sur son teint qui de pâle était devenu d'un rose sain, et sur le fait qu'il ne reniflait plus.

– Chaque fois que je te vois, Vergil, tu as l'air en meilleure forme, avait-elle dit en souriant et en l'embrassant. Reviens vite. Tu vas me manquer. Peut-être cette absence redonnera-t-elle du piment à nos relations.

Avoir meilleure mine, se sentir mieux... sans raison. Il n'était pas assez sentimental pour croire que l'amour guérissait tout, en supposant qu'il appelle ainsi ce qu'il éprouvait pour Candice. Était-ce de l'amour ?

Quelque chose d'autre.

Il n'avait pas envie de penser à tout cela, c'est pourquoi il conduisait. Au bout de dix heures, il se sentit vaguement désappointé en prenant la route de Vasco et en se dirigeant vers le sud. Il tourna à droite sur East Avenue et pénétra dans la ville de Livermore, un petit bourg californien aux bâtiments en briques et en vieilles pierres : d'anciennes fermes en bois maintenant encerclées par les faubourgs, des centres commerciaux guère différents de ceux que l'on trouve dans n'importe quelle ville de la région... et juste en dehors de la ville, le Lawrence Livermore National Laboratory où, parmi beaucoup d'autres projets de recherche, on élaborait des armes nucléaires.

Il s'arrêta au Guinevere's Pizza Parlor et se força à commander une pizza arlequin de taille moyenne, une salade et un Coca. En s'installant dans la salle à manger pseudo-médiévale, il se demanda nonchalamment s'il n'y avait pas dans les labos de Livermore des installations qu'il pourrait utiliser. Qui, des fabricants d'armes ou de ce bon vieux Vergil I. Ulam, ressemblait le plus au Dr Folamour ?

La pizza arriva et il contempla avec dégoût le fromage, les condiments et la saucisse grasse. « Tu aimais ça avant », se dit-il tout bas. Il chipota la pizza et mangea la salade. Cela suffit à le rassasier. Laissant presque tout son repas sur la table, il s'essuya la bouche, sourit à la jeune fille qui se tenait derrière la caisse enregistreuse et revint à sa voiture.

Vergil ne se faisait pas une fête d'aller voir sa mère. Il avait besoin de ces visites – un besoin vague et irritant – mais il n'y prenait pas plaisir.

April Ulam vivait dans une maison centenaire d'un étage, bien entretenue, sur First Street. Elle était peinte en vert et son toit était mansardé. Deux petits jardins clôturés de fer forgé flanquaient le perron aux degrés raides – l'un était un jardin de fleurs et d'herbes, l'autre un potager. La véranda était protégée par une moustiquaire et une porte de toile métallique avec des gonds grinçants et un ressort en acier qui geignait. On entrait dans la maison par une épaisse porte de chêne surmontée d'un vasistas à la vitre biseautée, et ornée d'un marteau en forme de tête de lion. Rien de tout cela ne surprenait dans une vieille demeure d'une petite ville de Californie.

Sa mère apparut, svelte, vêtue de fluide soie lavande et chaussée de souliers dorés à hauts talons, ses cheveux aile-de-corbeau à peine touchés de gris aux tempes; elle franchit la porte de chêne et celle du porche et s'arrêta au soleil. Elle accueillit Vergil en l'embrassant avec réserve et lui fit traverser le vestibule en le tenant légèrement par la main, de ses doigts minces et froids.

Dans le salon, elle s'installa dans une chaise longue[1] de velours gris, sa robe flottant légèrement de chaque côté. La pièce allait avec la maison,

1. En français dans le texte *(N.d.T.)*.

meublée du genre de choses qu'une femme âgée (*pas* sa mère) peut avoir rassemblé au cours d'une vie modérément intéressante. En plus de la chaise, il y avait un sofa rembourré recouvert d'un tissu à fleurs, une table ronde en cuivre avec des proverbes arabes gravés en cercles concentriques autour de dessins géométriques, des lampes style Tiffany dans trois des coins et, dans le quatrième, une statue chinoise Kouan-Yin en mauvais état, sculptée dans un morceau de teck de deux mètres trente de haut. Son père – « Frank », dans leurs conversations – l'avait rapportée de Taïwan lors d'un périple dans la marine marchande; elle avait horriblement terrorisé Vergil, alors âgé de trois ans.

Lorsque Frank les avait abandonnés au Texas, Vergil avait dix ans. Tous deux étaient partis s'installer en Californie. Sa mère ne s'était pas remariée, déclarant que cela réduirait sa liberté. Vergil n'était même pas sûr que ses parents avaient divorcé. Il se souvenait de son père comme d'un brun au visage anguleux, à la voix perçante, un homme intolérant et dépourvu d'intelligence, éclatant d'un rire tonitruant lorsqu'il voulait dissimuler ses moments d'anxiété chagrine. Il n'arrivait pas à croire, même maintenant, que sa mère et son père avaient fait l'amour, ni même qu'ils avaient vécu ensemble pendant onze ans. Frank ne lui avait guère manqué, sauf d'une manière théorique – *un père* lui avait manqué, un père imaginaire, qui lui aurait parlé, l'aurait aidé à faire ses devoirs, un peu plus sage que lui lorsque sa condition d'enfant l'angoissait. Un père de ce type lui avait toujours manqué.

– Alors, tu es sans travail, dit April en regardant son fils avec une expression qui pouvait passer pour amusée.

Vergil n'avait pas parlé à sa mère de son renvoi et ne se demanda même pas comment elle pouvait le savoir. Elle avait été beaucoup plus intelligente que son mari et pouvait encore faire assaut d'esprit avec son fils, le surpassant habituellement en ce qui concernait la vie pratique.

Il acquiesça d'un mouvement de tête.

– Depuis cinq semaines.

– Quelque chose en vue ?

– Je ne cherche même pas.

– Tu étais dans ton tort.

– En très grand tort.

Elle sourit; maintenant le duel verbal pouvait commencer. Son fils était très intelligent, très amusant, quels que soient ses autres défauts. Cela ne l'affectait pas qu'il soit sans travail; c'était comme ça, tout simplement, et soit il sombrerait, soit il surnagerait. Dans le passé, son fils avait toujours gardé la tête hors de l'eau, en dépit de ses difficultés, avec beaucoup d'éclaboussures et peu de style, mais il avait surnagé tout de même.

Il ne lui avait pas demandé d'argent depuis qu'il avait quitté la maison, dix ans auparavant.

– Alors, tu viens voir comment ta vieille mère s'en tire ?

– Comment s'en tire-t-elle ?

– Avec six soupirants le mois dernier. C'est barbant d'être vieille et de ne pas faire son âge.

Vergil gloussa et secoua la tête, sachant que c'était ce qu'elle attendait de lui.

– Quelque chose en vue ?

Elle pouffa.

– Plus jamais. Aucun homme ne pourrait remplacer Frank, Dieu merci.

– Ils m'ont viré parce que je menais certaines expériences pour mon propre compte.

Elle hocha la tête et lui demanda s'il voulait du thé, du vin ou de la bière.

– Une bière, répondit-il.

D'un geste, elle lui désigna la cuisine.

– Le frigo n'est pas fermé à clef.

Il en sortit une Dos Equis et essuya la buée avec sa manche en revenant dans le salon. Il s'assit dans un large fauteuil et but une grande gorgée.

– Ils n'ont pas apprécié ton intelligence supérieure.

– Personne ne me comprend, mère.

Elle regarda au loin, par-dessus l'épaule de son fils et soupira.

– Moi non plus, je ne t'ai jamais compris. Penses-tu retrouver bientôt du travail ?

– Tu me l'as déjà demandé.

– J'ai pensé qu'en formulant ma question autrement, j'obtiendrais peut-être une meilleure réponse.

– La réponse serait la même si tu me le demandais en swahéli. J'en ai marre de travailler pour les autres.

– Mon pauvre fils inadapté.

– Mère, dit-il, légèrement agacé.

– Qu'est-ce que tu faisais ?

Il lui en donna un bref aperçu dont elle ne comprit guère que les points les plus saillants.

– Tu montais une opération commerciale derrière leur dos.

Il acquiesça d'un signe de tête.

– Si j'avais eu un mois de plus et si Bernard les avait vus... tout se serait bien passé.

Il était rarement évasif avec sa mère. Rien, pour ainsi dire, ne pouvait la choquer; pas facile d'être en reste avec elle, et presque impossible de la posséder.

– Et tu ne serais pas ici, en train de rendre visite à ta vieille et faible mère.

– Probablement pas, dit Vergil en haussant les

épaules. Et il y a aussi une fille, je veux dire, une femme.

– Si elle te laisse l'appeler une fille, ce n'est pas une femme.

– Elle est joliment indépendante. (Il parla un moment de Candice, de ses avances effrontées du début et de sa domestication progressive.) J'ai pris l'habitude de la voir. Je veux dire, nous ne vivons pas ensemble. Nous sommes en ce moment à l'essai, pourrait-on dire, pour voir comment les choses tournent. Avec moi, une fille ne tire pas le gros lot.

April hocha la tête et lui demanda d'aller lui chercher une bière. Il rapporta une Anchor Stream non décapsulée.

– Je n'ai pas les ongles assez durs, dit-elle.

– Oh, pardon.

Il retourna l'ouvrir à la cuisine.

– Bon. Qu'est-ce que tu attendais d'un grand chirurgien du cerveau comme Bernard ?

– Ce n'est pas seulement un chirurgien du cerveau. Il s'intéresse depuis des années à l'IA.

– L'IA ?

– L'intelligence artificielle.

– Ah. (Elle eut le sourire radieux de quelqu'un qui comprend.) Tu es chômeur, peut-être amoureux, et sans projet. Continue à réjouir le cœur de ta mère. Quoi d'autre ?

– Je crois que je suis en train d'expérimenter sur moi.

April ouvrit de grands yeux.

– Comment ?

– Eh bien, les cellules que j'ai changées. Pour les sortir en fraude, j'ai été obligé de me les injecter. Et depuis, je n'ai eu accès ni à un laboratoire ni au cabinet d'un médecin. Je ne les ai pas encore récupérées.

– Récupérées ?

– Séparées des autres. Il y en a des milliards, mère.

– Si ce sont tes propres cellules, pourquoi t'inquiètes-tu ?

– Tu n'as rien remarqué ?

Elle le regarda en plissant les yeux.

– Tu n'es pas aussi pâle que d'habitude et tu t'es mis aux lentilles de contact.

– Je n'ai pas de lentilles de contact.

– Alors, tu as peut-être changé d'habitude et tu ne lis plus dans le noir. (Elle secoua la tête.) Je n'ai jamais compris quel intérêt tu pouvais prendre à toutes ces absurdités.

Vergil la regarda, ahuri.

– C'est fascinant. Et si tu ne vois pas combien c'est important, alors...

– Ne méprise pas mes aveuglements. Je les admets mais je ne vais pas me couper en quatre pour y changer quelque chose. Pas quand je vois le monde tel qu'il est aujourd'hui à cause de gens qui ont les mêmes penchants intellectuels que toi. Pourquoi, chaque jour, là-bas, au labo, ils sortent de plus en plus d'armes apocalyptiques...

– Ne juge pas la plupart des chercheurs d'après moi, mère. Je ne suis pas très représentatif. Je suis un peu plus...

Il ne put trouver le mot juste et sourit. Elle fit de même, avec ce léger sourire qu'il n'avait jamais pu déchiffrer.

– Fou, dit-elle.

– Peu orthodoxe, rectifia Vergil.

– Je ne sais pas où tu veux en venir. De quelle sorte de cellules s'agit-il ? Juste des éléments de ton sang sur lesquels tu as travaillé ?

– Mère, elles peuvent penser.

De nouveau, elle parut ne pas réagir.

– Ensemble... je veux dire, toutes ensemble ou chacune d'elles ?

– Chacune d'elles. Bien qu'elles aient eu tendance à se réunir, lors de mes dernières expériences.

– Sont-elles amicales ?

Vergil, exaspéré, leva les yeux au plafond.

– Ce sont des lymphocytes, mère. Elles ne vivent pas dans le même monde que nous. Elles ne sont pas amicales ou hostiles au sens où nous l'entendons. Tout est chimique pour elles.

– Si elles peuvent penser, alors elles éprouvent des sentiments, du moins si mon expérience de la vie a quelque valeur. À moins qu'elles ne ressemblent à Frank. Bien sûr, il ne pensait pas beaucoup… alors la comparaison n'est pas exacte.

– Je n'ai pas eu le temps de découvrir à quoi elles ressemblaient, ni si elles pouvaient raisonner autant que… leur potentiel le laissait espérer.

– Et quel est leur potentiel ?

– Es-tu sûre de comprendre cela ?

– Ai-je l'air de comprendre ?

– Oui. C'est pourquoi j'en doute. Je ne sais pas quel est leur potentiel. Sans doute très vaste.

– Vergil, ta folie a toujours présenté une certaine logique. Qu'espérais-tu gagner en faisant cela ?

Il ne répondit pas tout de suite. Il désespérait de jamais pouvoir communiquer avec sa mère à ce niveau-là – celui de l'accomplissement et des buts. Le sien, à elle, c'était de ne pas hérisser trop souvent les plumes de ses voisins.

– Je ne sais pas. Peut-être rien. N'y pense plus.

– Je n'y pense plus. Où dînerons-nous ce soir ?

– Allons chez un Marocain.

– La danse du ventre, hein ?

Le summum de tout ce qu'il ne comprenait pas, chez April, c'était sa chambre d'enfant.

Jouets, lit et meubles, posters sur les murs, sa mère l'avait gardée, non telle qu'il l'avait laissée, mais comme elle était lorsqu'il avait douze ans. Elle avait sorti des caisses rangées dans le grenier les livres qu'il lisait à cet âge-là et les avait disposés sur les étagères de l'unique bibliothèque qui suffisait alors à les contenir. La science-fiction, en édition club ou de poche, le disputait aux bandes dessinées et à quelques livres de science et d'électronique.

Des posters de films – sans doute d'une grande valeur aujourd'hui – montraient Robbie le Robot étreignant une Anne Frances aux formes magnifiées et parcourant à pas raides un paysage planétaire déchiqueté, Christopher Lee, les yeux rouges, grondait en montrant les dents, Keir Dullea, le regard émerveillé derrière la vitre du casque de sa combinaison spatiale.

À dix-neuf ans, il les avait décrochés, roulés et cachés dans un tiroir. April les avait remis au mur lorsqu'il était parti pour l'université.

Elle avait même ressorti son dessus-de-lit imprimé de scènes de chasse. Le lit, fatigué et familier, le ramena à une enfance qu'il n'était pas sûr d'avoir jamais eue et encore moins d'avoir laissée derrière lui.

Il se rappelait sa pré-adolescence comme un temps de peur et d'ennuis permanents. Peur d'être une espèce de maniaque sexuel, peur d'être responsable du départ de son père, peur de ne pas être à la hauteur à l'école. Et en même temps que ces tourments, de l'exaltation. La joie étrange et grisante qu'il avait éprouvée à tordre une bande de papier, en coller les extrémités et fabriquer sa première bande de Mœbius; sa fourmilière et ses jeux scientifiques; sa découverte de vieux *Scientific American* dans une poubelle de l'allée derrière la maison.

Dans l'obscurité, juste au moment de sombrer dans le sommeil, son dos se mit à le démanger. Il se gratta distraitement puis s'assit dans son lit en chuchotant un juron, enroula l'ourlet de sa veste de pyjama en un boudin qu'il fit monter et descendre le long de son dos afin de soulager ses démangeaisons.

Il leva la main jusqu'à son visage. Il lui parut totalement inconnu, le visage de quelqu'un d'autre, avec des bosses et des arêtes, un nez saillant, des lèvres proéminentes. Mais lorsqu'il le tâta de l'autre main, il lui parut normal. Il se frotta les doigts les uns contre les autres. Ses sensations n'étaient pas normales. Une main était plus sensible que d'habitude et l'autre presque engourdie.

La respiration haletante, Vergil se dirigea en trébuchant vers la salle de bains et alluma la lumière. Son torse le démangeait horriblement. Il avait l'impression d'avoir de vraies fourmis entre les orteils. Il ne s'était pas senti ainsi depuis la varicelle qu'il avait eue à onze ans, un mois avant le départ de son père. Sans penser à rien et concentré sur ses souffrances, Vergil arracha son pyjama et se glissa sous la douche, espérant que l'eau froide le soulagerait.

La vieille tuyauterie crachota un filet d'eau qui clapota sur sa tête et son cou, glissa sur ses épaules et son dos en ruisseaux qui serpentèrent sur sa poitrine et ses jambes. Ses deux mains étaient douées d'une sensibilité exquise et douloureuse et l'eau le piqua comme des aiguilles, tour à tour chaudes et froides, brûlantes et glacées. Il leva le bras et l'air lui-même lui parut plein de bosses.

Il resta un quart d'heure sous la douche, soupirant de soulagement lorsque l'irritation se calma, à frotter les parties concernées de sa peau avec ses poignets et le dessus de ses mains. Ses doigts et ses paumes le picotaient mais le fourmillement se transforma en une pulsation sanguine presque imperceptible, signe du retour à la normalité.

À la fin il s'essuya avec une serviette puis resta nu à la fenêtre de la salle de bains, savourant la fraîcheur de la brise, écoutant le chant des cigales.

– Bon Dieu, dit-il d'une voix lente et émue.

Il se retourna et se contempla dans la glace.

Sa poitrine était barbouillée de rouge tant il s'était frotté et gratté. Il pivota et regarda son dos par-dessus son épaule.

Des lignes pâles et floues s'entrecroisaient tout le long de son épine dorsale et d'une épaule à l'autre, juste sous la surface de la peau, dessinant une folle et fâcheuse carte routière. Tandis qu'il les observait, elles s'effacèrent lentement si bien qu'il en vint à se demander si elles avaient jamais existé.

Le cœur battant fortement dans sa poitrine, Vergil s'assit sur le couvercle des toilettes et regarda fixement ses pieds, le menton dans ses mains. Il avait vraiment peur maintenant.

Il eut un profond rire de gorge.

– Les petits parasites se sont mis au travail, hein ? se dit-il à voix basse.

– Vergil, ça va ? demanda sa mère de l'autre côté de la porte de la salle de bains.

– Ça va bien.

De mieux en mieux, chaque jour.

– Aussi longtemps que je vivrai, je ne comprendrai rien aux hommes, dit sa mère en se versant une autre tasse de café noir et épais. Toujours en train de bricoler, de se créer des ennuis.

– Je n'ai pas d'ennuis, mère.

Il n'avait pas l'air très convaincu, même à ses propres yeux.

– Ah bon ?

Il haussa les épaules.

– Je suis en bonne santé. Je peux rester encore quelques mois sans travailler – et je finirai forcément par trouver quelque chose.

– Tu ne cherches même pas.

C'était vrai.

– Je me remets d'une dépression.

Et ça, c'était le mensonge.

– Quelle blague ! Tu n'as jamais eu de dépression de ta vie. Tu ne sais même pas ce que ce mot veut dire. Il faudrait que tu te changes en femme, pendant quelques années, et tu verrais.

Le soleil matinal illuminait les rideaux vaporeux de la fenêtre de cuisine et remplissait la pièce d'une chaleur douce et joyeuse.

– Parfois, tu agis comme si j'étais un mur de brique, dit Vergil.

– Tu l'es parfois. Merde, Vergil, tu es mon fils. Je t'ai donné la vie – je pense que nous pouvons éliminer la contribution de notre Frank – et je t'ai vu, depuis vingt-deux ans, prendre régulièrement de l'âge. Tu n'as jamais mûri ni jamais acquis toute ta sensibilité. Tu es un garçon brillant mais immature.

– Et toi, répliqua-t-il en faisant la grimace, tu es un puits profond de soutien et de compréhension.

– Vergil, ne mets pas la vieille dame en boule. Je te comprends et je sympathise avec toi autant que tu le mérites. Tu as de gros ennuis, n'est-ce pas ? À cause de cette expérience.

– J'aimerais bien que tu cesses de toujours revenir là-dessus. Je suis un chercheur et cela ne concerne que moi et jusqu'ici…

Il ferma la bouche avec bruit et croisa les bras. C'était complètement délirant. Les lymphocytes qu'il s'était injectés étaient sans doute morts ou décrépits, maintenant. Ils avaient été modifiés dans un milieu de tubes à essai, avaient probablement acquis toute une série de nouveaux antigènes d'histocompatibilité et avaient été attaqués par leurs semblables non modifiés, depuis des semaines. Toute autre hypothèse n'était guère défendable par la logique. Cette nuit, il avait simplement eu une réaction allergique complexe. Pourquoi est-ce que sa mère et lui discuteraient de la possibilité de…

– Vergil ?

– Cela m'a fait plaisir, April, mais je pense qu'il est temps pour moi de partir.

– Tu en as encore pour combien de temps ?

Il la regarda fixement, bouleversé.

– Je ne suis pas mourant, mère.

– Toute sa vie, mon fils a travaillé en vue de ce moment suprême. J'ai bien l'impression qu'il est arrivé, Vergil.

– Quelle foutaise.

– Je te renvoie ce que tu viens de me dire, mon garçon. Je ne suis pas un génie mais je ne suis pas non plus un mur de brique. Tu m'as dit que tu avais fabriqué des microbes intelligents et… toute personne qui a jamais nettoyé des cabinets ou des couches de bébé frémirait à l'idée de microbes qui pensent. Qu'arrive-t-il lorsqu'ils se défendent ? Réponds à ta vieille mère, Vergil !

Il n'y avait pas de réponse. Il n'était même pas sûr que ce dont ils parlaient existait toujours. Mais il sentit son plexus se contracter.

Il avait déjà accompli ce même rituel; s'attirer des ennuis et puis courir, inquiet et incertain, voir sa mère avant même de savoir précisément à quelle sorte de difficulté il avait affaire. Avec une régularité troublante, elle était, chaque fois, passée sans réfléchir à un niveau plus élevé de raisonnement, avait identifié ses problèmes et les avait étalés devant lui, si bien qu'ils étaient devenus inévitables. Ce genre de service ne l'incitait pas à l'aimer davantage mais la lui rendait inestimable.

Il se leva et lui tapota la main. Elle la retourna, saisit la sienne et la serra.

– Tu pars maintenant, dit-elle.

– Oui.

– Combien de temps te reste-t-il, Vergil ?

– Quoi ?

Il ne comprit pas pourquoi, mais ses yeux se remplirent brusquement de larmes et il se mit à trembler.

– Reviens me voir, si tu le peux.

Terrifié, il saisit sa valise – préparée depuis la veille au soir – et descendit les marches en courant, ouvrit le coffre de la Volvo et la lança dedans. Il contourna la voiture et se cogna le genou dans le pare-chocs arrière. La douleur disparut aussi vite qu'elle était venue. Il s'installa sur le siège et mit le moteur en route.

Sa mère se tenait sur le perron, sa robe de soie flottait dans la faible brise du matin; Vergil lui fit un signe de main en démarrant. Situation normale. Fais au revoir à ta mère. Et pars.

Pars, sachant que ton père n'a jamais existé et que ta mère est une sorcière; qu'est-ce que cela a fait de toi ?

Il secoua la tête jusqu'à ce que ses oreilles tintent, tout en se débrouillant pour que la voiture descende la rue sans dévier de la ligne droite.

Une ride blanche traversait le dos de sa main gauche, comme un fil mince collé à la peau par du mucilage.

8

Une tempête fort peu estivale avait laissé un ciel tout échevelé de nuages et rafraîchi l'air; la fenêtre de la chambre à coucher était mouchetée de gouttes d'eau. On entendait le ressac, à quatre pâtés de maisons de là, un sourd grondement couronné d'un sifflement. Vergil était assis devant son ordinateur, le poignet d'une main reposant sur le bord du clavier, les doigts suspendus au-dessus. Sur l'écran se tortillait une molécule d'ADN en train d'évoluer, entourée d'une vapeur de protéines. Les scissions tremblotantes des pivots phosphate-sucre de la double hélice indiquaient des intrusions ultra-rapides d'enzymes... Des colonnes cataloguées de nombres défilaient en bas de l'écran. Il les regardait sans y porter grande attention.

Il faudrait bientôt qu'il en parle à quelqu'un... qui ne soit ni April ni Candice. Celle-ci était venue s'installer chez lui, une semaine après qu'il fût revenu de chez sa mère, apparemment décidée à accomplir les travaux ménagers, nettoyant l'appartement et préparant les repas.

Parfois, ils faisaient les courses ensemble et c'était agréable. Candice prenait plaisir à lui choisir des vêtements plus élégants et il s'y pliait, bien que ces achats drainassent un compte en banque déjà bas.

Quand elle réclamait, au sujet de choses qu'elle n'aimait pas, les silences de Vergil se prolongeaient. Elle se demandait pourquoi il insistait pour faire l'amour dans l'obscurité.

Elle suggérait parfois d'aller à la plage, mais Vergil élevait aussitôt des objections.

Elle s'inquiétait du temps qu'il passait sous les nouvelles lampes qu'il avait achetées.

– Vergil ? (Candice se tenait sur le seuil de la chambre, drapée dans un peignoir en tissu-éponge brodé de roses.) Nous devions aller au parc animalier. Tu t'en souviens ?

Vergil se mit à se ronger un ongle. Il avait l'air de ne pas entendre.

– Vergil ?

– Je ne me sens pas très bien.

– Tu ne sors jamais. C'est pour ça.

– À vrai dire, je me sens bien, dit-il en pivotant dans son fauteuil.

Il la regarda mais n'offrit pas d'autre explication.

– Je ne comprends pas.

Il lui montra l'écran.

– Tu ne m'as jamais laissé t'expliquer cela.

– Tu te conduis comme un fou et je ne te comprends pas, dit Candice, les lèvres tremblantes.

– Ça va plus loin que je ne l'aurais jamais pensé.

– Quoi, Vergil ?

– Les enchaînements. Les combinaisons. Leur pouvoir.

– Je t'en prie, sois plus clair.

– Je suis pris au piège. Séduit, mais guère abandonné.

– Je ne t'ai pas séduit.

– Pas toi, ma douce. Pas toi, dit-il d'un air distrait.

Candice s'approcha lentement du bureau, comme si l'écran allait la mordre. Ses yeux étaient mouillés et elle se mordait la lèvre supérieure.

– Chéri.

Il prenait note des nombres qui étaient en bas de l'écran.

– Vergil ?

– Hmm ?

– Est-ce que tu as fait quelque chose, au travail, je veux dire, avant de partir, avant notre rencontre ?

Il tourna la tête et la regarda d'un air interdit.

– Avec les ordinateurs, par exemple ? Es-tu devenu fou et as-tu bousillé leurs ordinateurs ?

– Non, dit-il en souriant. Je ne les ai pas bousillés. Je les ai peut-être "trop" utilisés, mais ils ne s'en sont pas aperçus.

– Parce que j'ai connu un type, une fois. Il avait commis un délit et il a commencé à se conduire drôlement. Il ne sortait pas, il ne parlait presque pas, juste comme toi.

– Qu'avait-il fait ? demanda Vergil en continuant à prendre note des nombres.

– Il avait cambriolé une banque.

Le crayon s'arrêta en plein milieu. Leurs regards se croisèrent. Candice pleurait.

– Je l'aimais et je l'ai laissé quand j'ai tout découvert. Je ne pouvais pas vivre avec un pauvre mec comme ça.

– Calme-toi.

– J'étais prête à te quitter, il y a quelques semaines. Je me disais que nous avions peut-être épuisé tout ce que nous pouvions faire ensemble. Mais c'est seulement parce que tu es fou. Je n'ai jamais rencontré quelqu'un comme toi. Tu es un fou intelligent, pas un fou merdeux comme les autres types. Je me suis dit que si nous pouvions parler un peu plus, ce serait vraiment merveilleux. Je t'écouterais expliquer des choses, tu pourrais peut-être m'apprendre la biologie et ces trucs électroniques. (Elle montra l'écran.) J'essaierai d'écouter. J'essaierai vraiment.

Vergil avait la bouche entrouverte. Il la referma et regarda l'écran en clignant rapidement des yeux.

– Je suis tombée amoureuse de toi. Quand tu es parti voir ta mère. C'est bizarre, hein ?

– Candice…

– Et si tu as fait quelque chose de vraiment horrible, cela va *me* faire mal maintenant, pas seulement à toi.

Elle recula et mit son poing serré sous son menton, comme si elle se frappait doucement.

– Je ne veux faire de mal à personne, dit Vergil.

– Je sais. Tu n'es pas méchant.

– Je t'expliquerais tout si je savais ce qui s'est passé. Mais je ne le sais pas. Je n'ai rien fait qui puisse m'envoyer en prison. Rien d'illégal.

Sauf falsifier les dossiers médicaux.

– Ne me dis pas que tu n'as pas quelque chose qui te tracasse. Pourquoi ne pas simplement en parler ?

Elle tira une chaise pliante de la penderie, l'ouvrit avec un petit bruit sec à deux mètres du bureau et s'assit, les genoux serrés et les pieds écartés.

– Je te l'ai dit, je ne sais pas ce que c'est.

– Tu… t'es fait quelque chose ? Je veux dire, tu t'es inoculé une maladie, ou quelque chose comme ça, au labo ? J'ai entendu dire que les médecins et les savants s'inoculaient les maladies sur lesquelles ils travaillaient.

– Ma mère et toi…, dit-il en secouant la tête.

– Nous nous faisons du souci. Est-ce que je la verrai un jour, ta mère ?

– Probablement pas pour le moment.

– Je suis désolée si… (Elle secoua vigoureusement la tête.) Je voulais seulement m'épancher.

– C'est très bien.

– Vergil.

– Oui ?

– Tu m'aimes ?

– Oui, dit-il, surpris de le penser vraiment, bien qu'il n'ait pas quitté l'écran des yeux.

– Pourquoi ?

– Parce que nous nous ressemblons tellement.

Il n'était pas sûr de ce qu'il voulait dire par là; peut-être tous deux étaient-ils destinés à devenir des ratés ou du moins à ne pas faire grand-chose... ce qui, pour Vergil, revenait au même.

– Allons donc.

– Mais si. C'est peut-être que tu ne le vois pas.

– Je ne suis pas aussi intelligente que toi, ça ne fait aucun doute.

– Parfois, être intelligent, c'est un emmerdement.

C'est ce qu'ils ont découvert, mes petits lymphocytes ? L'emmerdement d'être intelligent, de survivre ?

– On pourrait prendre la voiture, aller quelque part et pique-niquer ? Il reste du poulet froid d'hier soir.

Il nota une dernière colonne de chiffres et s'aperçut que, maintenant, il savait ce qu'il voulait savoir. Les lymphocytes pouvaient effectivement transmettre leurs bio-logiques à d'autres types de cellules.

Ils étaient tout à fait capables de réaliser ce qu'apparemment ils étaient en train de lui faire.

– Ouais, fit-il. Un pique-nique, ce serait une bonne idée.

– Et puis, quand nous reviendrons... Les lumières allumées ?

– Pourquoi pas ?

Il fallait bien que, tôt ou tard, elle le sache. Et il pouvait trouver une explication des dessins que faisaient les zébrures. Les arêtes avaient disparu depuis qu'il avait commencé un traitement avec les lampes. Merci à Dieu pour ces petites faveurs.

– Je t'aime, dit-elle, toujours sur la chaise et l'observant encore.

Il mit les calculs et les graphiques en mémoire et éteignit l'ordinateur.

– Merci, répondit-il d'une voix douce.

PROPHASE

octobre-décembre

9

Irvine, Californie

Edward Milligan n'avait pas vu Vergil depuis deux ans. Le souvenir qu'il en avait gardé ne cadrait pas avec cet homme bronzé, élégant et souriant qui se tenait devant lui. Ils s'étaient donné rendez-vous la veille, par téléphone, pour déjeuner ensemble et se retrouvaient maintenant face à face sur le seuil de la grande porte à deux battants de la cafétéria du personnel du nouveau centre médical de Mount Freedom.

– Vergil ? (Edward fit le tour de son ami avec un air d'admiration exagéré.) C'est vraiment toi ?

– Ça fait plaisir de te revoir, Edward.

Sa poignée de main était ferme. Il avait perdu dix à douze kilos et ce qui restait semblait bien proportionné. À l'école de médecine, Milligan avait connu un Vergil grassouillet aux cheveux fous, aux dents de lapin, qui électrifiait les poignées de porte, donnait à boire à ses compagnons de dortoir du punch qui les faisait pisser bleu et ne sortait avec aucune fille, sauf Eileen Termagent qui présentait certaines de ses caractéristiques physiques.

– Tu es sensationnel, dit Edward. Tu as passé l'été au Cap San Lucas ?

Ils faisaient la queue au comptoir et choisissaient leurs plats.

– Le bronzage, répondit Vergil en prenant un pack de lait chocolaté, est le fruit de trois mois de lampe solaire. Je me suis fait redresser les dents juste après t'avoir vu.

Edward les regarda de près en lui soulevant, du doigt, la lèvre supérieure.

– Redressées, oui. Mais toujours tachées.

– Oui, dit Vergil en se frottant la lèvre et en reprenant sa respiration. Bon. Je t'expliquerai le reste mais dans un endroit où nous pourrons parler seul à seul, ou du moins où personne ne pourra nous entendre.

Edward le conduisit vers le coin fumeur où trois enragés tabagiques se partageaient six tables.

– Écoute, je t'assure, insista Edward tandis qu'ils déchargeaient leurs plateaux, tu as changé. Tu es très bien.

– J'ai changé plus que tu ne le crois. (Vergil dit cela d'un ton sinistre, très série B, en levant les sourcils d'un air théâtral.) Comment va Gail ?

– Bien. Nous nous sommes mariés l'année dernière.

– Ah, mes félicitations. (Vergil baissa les yeux sur ses aliments : des tranches d'ananas, du fromage blanc et un morceau de gâteau à la crème de banane.) Tu n'as rien remarqué d'autre ? demanda-t-il d'une voix un peu tremblante.

Edward le contempla en plissant les yeux.

– Regarde-moi mieux.

– Je ne sais pas. Ah, oui. Tu ne portes plus de lunettes. Des verres de contact ?

– Non, je n'en ai plus besoin.

– Et tu es bien élégant. Qui t'habille maintenant ? J'espère qu'elle est aussi sexy qu'elle a de goût.

– C'est Candice, dit-il avec le même vieux sourire empreint d'une modestie exagérée qui se mua en une expression salace que son ami ne lui connaissait pas. J'ai été mis à la porte de mon labo. Il y a quatre mois. Je mange mes économies.

– Arrête. N'en jette plus. Pourquoi ne pas reprendre les choses point par point ? Tu avais un boulot. Chez qui ?

– Pour finir, j'avais échoué chez Génétron, dans l'Enzyme Vallée.

– North Torrey Pines Road ?

– C'est cela. Abominable. Et tu en entendras parler bientôt. D'un moment à l'autre, ils vont lancer des actions. Ça va faire du bruit. Ils ont fait une fameuse percée avec les BAM.

– Les bio-puces ?

– Ils ont trouvé quelque chose qui marche.

– Quoi ?

Edward avait brusquement levé les sourcils.

– Des circuits logiques microscopiques. Si on les injecte dans le corps humain, ils s'installent où on leur dit et font un travail d'expert. Avec la bénédiction du Dr Michael Bernard.

L'angle des sourcils d'Edward s'accentua.

– Bon sang. Bernard est presque une vedette. Sa photo a paru en couverture de *Mega* et de *Rolling Stone*, il y a un mois ou deux. Pourquoi tu me racontes tout ça ?

– Ils s'imaginent que c'est top secret. Mais j'ai une antenne dans la place. Tu as entendu parler de Hazel Overton ?

Edward haussa les épaules.

– Je devrais ?

– Probablement pas. J'ai cru qu'elle ne pouvait pas me blairer. Mais en réalité elle m'admire à contrecœur. Elle m'a appelé, il y a deux mois, et m'a demandé si je voulais bien lui servir de couverture pour un article sur le facteur F dans les génomes des *E.coli*. (Il jeta un coup d'œil autour de lui et baissa la voix.) Tu fais ce que tu veux de ce que je viens de te dire. Moi, j'en ai fini avec ces salauds-là.

Edward siffla.

– Mais dis donc, tu fais ma fortune !

– Si c'est ce que tu désires; tu pourrais tout de même passer un peu de temps avec moi avant de te précipiter chez ton agent de change.

– Bien sûr. Continue.

Vergil n'avait touché ni au fromage ni au gâteau. Il avait pourtant mangé les tranches d'ananas et bu le lait chocolaté.

– Je suis là-dedans depuis le début, il y a cinq ans. Avec mes diplômes de l'école de médecine et mon expérience en informatique j'étais gagnant pour l'Enzyme Vallée. Je me suis baladé d'un bout à l'autre de North Torry Pines Road avec mon CV et j'ai été engagé par Génétron.

– Simplement, comme ça ?

– Non. (Vergil piqua un morceau de fromage avec sa fourchette mais la reposa.) J'ai un peu tripoté mon dossier. Mon crédit, mes diplômes, ce genre de choses. Personne ne s'en est encore aperçu. Je suis rentré là comme un type sensass et je me suis tout de suite fait remarquer dans les montages de protéines et la recherche préliminaire sur les bio-puces. Génétron a des commanditaires et l'on nous a donné tout ce dont nous avions besoin. Au bout de quatre mois, je faisais un travail personnel; je partageais un labo avec quelqu'un, mais on me laissait mener mes propres recherches. J'ai fait quelques découvertes assez intéressantes. (Il agita nonchalamment la main.) Et puis, j'ai pris la tangente. Je continuais à faire mon travail habituel, mais après les heures de labo... La direction a tout découvert et m'a fichu à la porte. Je me suis débrouillé pour... sauver une partie de mon expérience. Mais je n'ai pas été prudent, ni très judicieux. Aussi, maintenant, l'expérience se poursuit hors du labo.

Edward avait toujours considéré Vergil comme un ambitieux assez cinglé. Ses relations avec les représentants de l'autorité avaient souvent assez mal tourné. Il avait compris depuis longtemps que pour son ami la science ressemblait à une femme inaccessible qui se donne à vous avant que vous soyez assez mûr pour bien lui faire l'amour. D'où une peur de gâcher sa chance, de perdre le gros lot, de tout bousiller dans les grandes largeurs. C'est apparemment ce qui s'était produit.

– Hors du labo ? Je ne te suis pas bien.

– Je voudrais que tu m'examines, que tu me fasses un check-up. Peut-être un dépistage du cancer. Je t'en dirai plus long après.

– Tu veux un bilan à dix mille dollars ?

– Tout ce que tu voudras. Ultra-sons, RMN, TEP[1], thermogramme, tout.

– Je ne sais pas si je peux avoir accès à tout cet équipement. Le balayage total par source naturelle du TEP n'est installé ici que depuis un mois ou deux. Bon sang, tu choisis ce qu'il y a de plus cher.

– Bon, alors les ultra-sons et la RMN. Tu n'auras pas besoin de plus.

– Je suis un obstétricien, Vergil, et pas un brillant technicien de laboratoire. Obstétricien-gynécologue, la cible de toutes les plaisanteries. Si tu étais en train de changer de sexe je pourrais peut-être t'aider.

Vergil, en se penchant vers lui, faillit mettre son coude dans le gâteau, mais il s'en écarta au

1. TEP : Tomographe à émission de positrons.

dernier moment, de quelques millimètres seulement. L'ancien Vergil se serait carrément collé dedans.

– Examine-moi minutieusement et tu... (Il plissa les yeux et secoua la tête.) Contente-toi de m'examiner.

– Alors, je prends rendez-vous pour des ultrasons et une RMN. Qui va payer ?

– Je suis couvert par l'assurance. Avant de partir, j'ai tripoté les fiches du personnel de Génétron. Je peux monter jusqu'à cent mille dollars et ils ne vérifieront pas, ils n'auront aucun soupçon. De plus, il faut que ce soit totalement confidentiel.

– Tu es très exigeant, Vergil.

– Un beau cas médical, ça t'intéresse ou pas ?

– Tu plaisantes ?

– Non, pas à tes dépens, mon vieux camarade d'études.

Edward arrangea tout dans l'après-midi et remplit lui-même les formulaires. D'après ce qu'il savait de la paperasserie d'hôpital, du moment que les factures étaient correctement établies, le reste des examens pouvait se passer de papiers officiels. Et il ne compta pas d'honoraires. Après tout, Vergil l'avait fait pisser bleu. Ils étaient amis.

Edward serait obligé de rester plus tard que d'habitude. Il expliqua vaguement à Gail ce qu'il allait faire, elle poussa un soupir de femme de médecin et dit qu'elle lui laisserait quelque chose à manger sur la table pour quand il rentrerait.

Vergil revint à 10 heures du soir et rejoignit son ami au troisième étage de ce que les infirmières appelaient le service de Frankenstein. Edward était assis sur un siège de plastique orange et lisait un exemplaire de *My Things* appartenant à l'hôpital. Vergil entra dans le petit hall, l'air perdu et inquiet. Sa peau prenait une couleur vert olive sous l'éclairage fluorescent.

Edward fit signe à la surveillante de nuit qu'il s'agissait de son patient et il conduisit Vergil jusqu'à la salle d'examens en le tenant par le coude. Ils ne parlèrent guère, ni l'un ni l'autre. Vergil se déshabilla et Edward l'installa sur la table rembourrée, recouverte de papier.

– Tes chevilles sont enflées, dit-il en les tâtant. (La chair était ferme, pas boursouflée. Saine, mais bizarre.) Hmm, fit Edward d'un air plein de sous-entendus en regardant Vergil, qui leva les sourcils et pencha la tête sur le côté, comme pour dire, « tu n'as encore rien vu ». D'accord, reprit Edward. Je vais effectuer plusieurs balayages et combiner les résultats dans un imageur. Les ultra-sons, d'abord.

Edward fit passer un appareil sur la forme immobile de Vergil, insistant sur les zones que le plus gros dispositif aurait des difficultés à atteindre. Puis il fit tourner la table d'examens et l'inséra dans l'orifice émaillé de l'unité de diagnostic par ultra-sons, le trou-qui-souffle comme le surnommaient les infirmières. Après douze balayages successifs, de la tête aux pieds, il retira la table. Vergil, les yeux fermés, suait légèrement.

– Toujours claustrophobe ? demanda Edward.

– Plus autant qu'avant.

– La RMN est légèrement pire.

– Vas-y, je te suis.

L'unité de balayage total de la RMN se présentait comme un imposant cylindre chromé bleu ciel, en forme de mastaba, et occupait une petite pièce où il restait à peine assez de place pour y faire entrer la table roulante.

– Je ne suis pas expert en RMN et cela risque de durer un petit moment, dit Edward en introduisant Vergil dans la cavité.

– C'est de la médecine coûteuse, murmura

Vergil en fermant les yeux, au moment où Edward refermait le hublot vitré.

L'aimant massif qui encerclait l'appareil bourdonna faiblement. Edward donna l'ordre à la machine d'envoyer ses données à l'imageur central qui se trouvait dans la pièce voisine, et il fit sortir Vergil.

– Tu tiens le coup ? lui demanda-t-il.

– *Courage,* dit Vergil en prononçant le mot à la française.

Dans la pièce voisine, le médecin alluma un grand écran vidéo, commanda l'intégration et l'exposé visuel des données. Dans la demi-obscurité, l'image mit quelques secondes à s'organiser en formes reconnaissables.

– Ton squelette d'abord, dit Edward. (Ses yeux s'agrandirent. L'image afficha ensuite les organes du thorax, la musculature et, pour finir, le système vasculaire et la peau de Vergil.) Ton accident remonte à quand ? demanda Edward en se rapprochant de l'écran et en essayant, sans grand succès, d'empêcher sa voix de trembler.

– Je n'ai pas eu d'accident.

– Seigneur, ils t'ont battu, pour t'obliger à garder le secret ?

– Tu ne comprends pas, Edward. Étudie de nouveau les images. Ce n'est pas un trauma.

– Regarde, il y a un épaississement là. (Il désigna ses chevilles.) Et tes côtes – cette imbrication dingue en zigzag : il y a eu une fracture quelque part, c'est évident. Et...

– Regarde ma colonne vertébrale, suggéra Vergil.

Edward fit lentement pivoter l'image, sur l'écran. Il pensa aussitôt à Buckminster Fuller[1]. C'était fantastique. La colonne vertébrale de

1. Constructeur américain spécialisé dans les dômes géodésiques et les structures mêlant l'acier au plastique *(N.d.T.)*.

Vergil était une cage d'os triangulaires qui tenaient ensemble d'une manière qu'Edward ne pouvait comprendre.

– Tu permets que je tâte ?

Vergil acquiesça d'un signe de tête. Le médecin introduisit la main dans la fente de la blouse et fit courir ses doigts le long de son dos. Vergil leva les bras et contempla le plafond.

– Je ne la trouve pas. Ta chair est lisse. Il y a quelque chose d'élastique; plus je pousse, plus ça résiste. (Il revint se poster en face de Vergil, le menton dans la main.) Et tu n'as plus de bouts de sein.

Il y avait deux minuscules taches pigmentées mais pas la moindre trace de mamelon.

– Tu vois ? dit Vergil. On est en train de me reconstruire de l'intérieur.

– Ne déconne pas.

Vergil parut surpris.

– Tu ne peux pas nier le témoignage de tes yeux, dit-il avec douceur. Je ne suis plus le même type que j'étais il y a quatre ans.

– Je ne sais pas de quoi tu parles.

Edward tripotait la machine, faisant tourner les images, examinant à fond les différents organes, passant et repassant le film de la RMN.

– As-tu déjà vu quelqu'un comme moi ? Je veux dire, ce nouveau modèle.

– Non, répondit catégoriquement Edward. (Il s'éloigna de la table d'examens et se posta près de la porte close, les mains dans les poches de sa blouse.) Bon Dieu, qu'as-tu fabriqué ?

Vergil le lui expliqua. L'histoire émergea en une spirale croissante de faits et d'événements et Edward dut se frayer, le mieux possible, un chemin au travers des circonvolutions.

– Comment as-tu converti l'ADN à la mémoire lecture-écriture ? demanda-t-il.

– Tout d'abord, il faut trouver un segment d'ADN viral qui code pour les topoïsomérases et les gyrases. Tu l'attaches à ton ADN cible et tu l'aides à diminuer le nombre d'attaches... pour hyper-enrouler négativement la molécule cible. Dans mes premières expériences, je me suis servi d'éthidium, mais...

– Simplifie, je t'en prie. Je n'ai pas fait de biologie depuis des années.

– Ce que tu veux, c'est ajouter et soustraire facilement des segments d'ADN, et le montage de l'enzyme de rétroaction le fera pour toi. Quand le dernier sera en place, les molécules s'ouvriront beaucoup plus facilement et rapidement à la transcription. Ton programme sera transcrit sur deux filaments d'ADN. L'un d'eux ira vers un lecteur – un ribosome – pour être changé en protéine. Au début, le premier ARN portera un simple code de mise en route...

Edward resta debout près de la porte et l'écouta pendant une demi-heure. Lorsqu'il comprit que Vergil n'allait pas ralentir, encore moins s'arrêter, il leva la main.

– Et comment est-ce que tout cela peut aboutir à l'intelligence ?

Vergil se rembrunit.

– Je ne le sais pas encore bien. Je commençais à peine à trouver la réplication des circuits logiques de plus en plus facile. Des segments entiers de génomes semblaient s'ouvrir au processus. Je jurerais même qu'il y avait des parties qui étaient déjà codées pour des missions logiques spécifiques... mais à l'époque, je pensais que c'était juste d'autres introns, des séquences qui ne codaient que pour les protéines. Tu sais, des restes de vieilles transcriptions erronées, pas encore éliminées par l'évolution. Je fais allusion aux eucaryotes. Les procaryotes n'ont pas d'introns. Mais j'ai bien réfléchi, ces derniers mois. Puisque je ne travaille pas, j'ai le temps de penser. De ruminer.

Il s'arrêta et secoua la tête, en serrant et desserrant les mains, en se tordant les doigts.

– Et alors ?

– C'est étrange, Edward. Depuis mes premières années à l'école de médecine, j'ai entendu parler de "gènes égoïstes", et les professeurs dire que les individus et les populations n'avaient pas d'autres fonctions que de créer encore plus de gènes. Les œufs font des poussins qui font des œufs. Et tous semblaient croire que les introns n'étaient que des gènes ayant pour seul but de se reproduire dans l'environnement cellulaire. Tout le monde disait que c'était de la camelote inutile. Dans le cas de mes eucaryotes, je n'ai eu aucun scrupule à travailler avec des introns. C'étaient des pièces de rechange, des déserts génétiques. Je pouvais construire ce que je voulais. (De nouveau, il s'arrêta, mais Edward ne l'encouragea pas. Vergil leva les yeux vers lui, des yeux mouillés.) Je n'étais pas responsable. J'ai été séduit.

– Je ne te suis pas, Vergil.

La voix d'Edward était sèche, il semblait sur le point de se mettre en colère. Il était fatigué et se souvenait du manque d'égards que Vergil avait toujours montré pour les autres; il était épuisé et son ami continuait à parler d'une voix monotone, disant des choses qui n'avaient pas de sens.

Vergil tapa violemment du poing sur le bord de la table.

– Ils m'ont poussé à le faire ! Ces salauds de gènes !

– Pourquoi ?

– Afin de ne même plus avoir besoin de nous. L'ultime gène égoïste. Pendant ce temps-là, l'ADN me poussait à faire ce que j'ai fait. Tu sais. L'émergence. L'entrée dans le monde. Persuader quelqu'un, n'importe qui, de te donner ce que tu désires.

– Vergil, tu dis des conneries.

– Tu n'as pas travaillé dessus, tu n'as pas senti ce que j'ai éprouvé. Il aurait fallu toute une équipe de recherche, peut-être même un projet *Manhattan* pour faire ce que j'ai fait. Je suis brillant, mais pas à ce point-là. Les choses se mettaient en place toutes seules. C'était beaucoup trop facile.

Edward se frotta les yeux.

– Je vais te faire une prise de sang et j'aimerais aussi des selles et de l'urine.

– Pourquoi ?

– Afin d'apprendre ce qui t'est arrivé.

– Je viens de te le dire.

– C'est dingue.

– Edward, tu n'as qu'à regarder l'écran. Je ne porte plus de lunettes, je n'ai plus mal au dos, je n'ai pas eu une seule crise d'allergie depuis quatre mois et je n'ai pas été malade. J'avais tout le temps les sinus infectés à cause des allergies. Pas de rhume, pas de sinusite, rien. Je ne me suis jamais senti aussi bien.

– Alors, tu as des lymphocytes intelligents modifiés, à l'intérieur, qui découvrent des choses et les transforment.

Il hocha la tête.

– Et maintenant, chaque amas de cellules est aussi intelligent que toi et moi.

– Tu n'as pas encore mentionné les amas.

– Les cellules ont l'habitude de s'empiler dans le milieu nutritif. À peut-être cent ou deux cents. Je n'étais jamais arrivé à comprendre pourquoi. Maintenant, cela me paraît évident. Elles collaborent.

Edward le regardait fixement.

– Je suis très fatigué.

– Je pense que j'ai perdu du poids parce que les lymphocytes ont amélioré mon métabolisme. Mes os sont plus solides, ma colonne vertébrale a été redessinée...

– Ton cœur a l'air bizarre.

– Je ne le savais pas. (Il examina l'image de très près.) Seigneur ! Tu comprends, je n'étais plus au courant de rien, depuis que j'ai quitté Génétron. J'essayais de deviner et je me faisais du souci. Tu ne peux pas savoir quel soulagement c'est pour moi de pouvoir en parler avec quelqu'un qui comprend.

– Je ne comprends pas.

– Edward, l'évidence est écrasante. Je pense aux graisses. Elles ont accru le nombre de mes cellules jaunes, arrangé mon métabolisme. Mes habitudes alimentaires ont changé. Mais elles n'ont pas encore été se balader du côté de mon cerveau. (Il se tapota la tête.) Elles comprennent tous les trucs glandulaires. Mais elles n'ont pas l'image *globale,* si tu vois ce que je veux dire.

Edward lui prit le pouls et testa ses réflexes.

– Je pense que nous ferions mieux d'effectuer les prélèvements et de dire que c'est terminé pour ce soir.

– Et je ne voulais pas qu'elles gagnent mon derme. J'en avais vraiment peur. Deux nuits de suite, ça s'est mis à me démanger et j'ai décidé d'agir. J'ai acheté une lampe à tube de quartz. Je voulais les garder sous contrôle, à tout hasard. Tu comprends ? Si elles franchissaient la barrière cérébrospinale hématique et *me* découvraient... découvraient la vraie fonction du cerveau. Je me suis dit que si elles voulaient s'introduire dans ma peau, c'était parce qu'il serait si simple d'y établir des circuits. Ce serait bien plus facile que d'essayer d'entretenir des communications à travers les muscles, les organes et le système vasculaire, beaucoup plus direct. Maintenant, j'alterne les lampes solaires avec les lampes à quartz. Cela les empêche d'envahir ma peau, du moins je le suppose. Et voilà, tu sais pourquoi je suis bronzé.

– Et en plus, un cancer de la peau, dit Edward en adoptant le ton laconique de Vergil.

– Je n'ai pas à m'inquiéter de ça. Elles s'en occuperont. Elles font office de flics.

– OK. (Edward leva les mains pour exprimer sa résignation.) Je t'ai examiné. Tu m'as raconté une histoire que je ne peux pas accepter. Qu'est-ce que tu veux que je fasse ?

– Je ne suis pas aussi désinvolte que j'en ai l'air. Je m'inquiète, Edward. J'aimerais trouver un meilleur moyen de les contrôler avant qu'elles ne découvrent mon cerveau. Réfléchis. Il y en a des milliards maintenant, plus encore si elles arrivent à transformer d'autres types de cellules. Peut-être des millions de milliards. Chaque amas, intelligent. Je suis probablement la chose la plus intelligente de toute la planète et elles n'ont pas encore commencé à agir de concert. Je n'ai pas envie qu'elles prennent le pouvoir. (Il rit sans joie.) Aussi, trouve-moi un traitement qui les entrave. Nous pourrions peut-être affamer ces petites salopes. Tu y réfléchis et puis tu m'appelles. (Il fouilla dans la poche de son pantalon et tendit à Edward un petit bout de papier avec son adresse et son numéro de téléphone. Puis il se dirigea vers le clavier et effaça l'image, ainsi que la mémoire de l'examen.) Rien que toi. Personne d'autre pour le moment. Et je t'en prie… dépêche-toi.

Il était 1 heure du matin lorsque Vergil sortit de la salle d'examens. Les prélèvements avaient été faits. Dans le grand hall, il serra la main d'Edward. Sa paume était humide de trac.

– Fais attention, avec les prélèvements, dit-il. Ne va pas attraper quelque chose.

Edward le regarda traverser le parking et monter dans sa Volvo. Puis il s'en retourna lentement et rentra dans le service de Frankenstein. Il versa un centilitre du sang de Vergil dans un flacon, plusieurs centilitres d'urine dans un autre, inséra les deux dans l'analyseur de sérum, de prélèvements et de tissus. Il aurait les résultats le lendemain matin, sur l'écran de son bureau. Les selles exigeraient une manipulation manuelle, mais cela pouvait attendre; il avait l'impression d'être un zombie. Il était 2 heures du matin.

Il sortit un lit de camp, éteignit les lumières et se coucha tout habillé. Il détestait dormir à l'hôpital. Lorsque Gail se réveillerait demain, elle trouverait un message sur le répondeur... un message, mais sans explication. Il se demanda ce qu'il allait lui raconter.

– Je me contenterai de dire que c'est ce bon vieux Vergil, murmura-t-il.

10

Edward se servit du vieux rasoir à main qu'il gardait dans un tiroir de son bureau, pour des cas comme celui-ci; il s'examina dans le miroir du vestiaire des médecins et se frotta la joue d'un air critique. Il avait régulièrement utilisé ce rasoir pendant ses études, par affectation; depuis lors, il en avait rarement eu l'occasion et cela se vit sur son visage : trois entailles qu'il dut soigner avec un crayon hémostatique et un kleenex. Il jeta un coup d'œil sur sa montre. Les piles étaient usées et l'affichage bien pâle. Il la secoua et le cadran redevint clair comme du cristal : 6 h 30 du matin. Gail devait être levée et en train de se préparer pour l'école.

Il glissa deux pièces dans la fente du téléphone de la salle de repos des médecins et tripota ses crayons et ses stylos, dans la poche de sa veste.

– Allô ?

– Gail, c'est Edward. Je t'aime. Je suis désolé.

– Une voix désincarnée m'attendait. C'est peut-être celle de mon mari.

Elle avait une belle voix téléphonique, qu'il avait toujours admirée. Il l'avait invitée à sortir avec lui pour la première fois sans l'avoir vue, après l'avoir entendue au téléphone chez un ami commun.

– Oui, eh bien...

– Vergil Ulam a appelé, il y a quelques minutes. Il avait l'air anxieux. Je ne lui avais pas parlé depuis des années.

– Tu lui as dit...

– Que tu étais encore à l'hôpital. Naturellement. Tu es de garde à partir de 8 heures, aujourd'hui ?

– Comme hier. Deux heures avec les étudiants dans le labo et six heures de consultations.

– Mme Burdett a appelé. Elle m'a soutenu que le petit Tony, ou la petite Antoinette, sifflait. Elle l'entend.

– Et ton diagnostic, c'est quoi ? demanda Edward en souriant.

– Des gaz.

– Sous haute pression, je dirais.

– Ce doit être la vapeur.

Ils éclatèrent de rire et Edward sentit que la matinée prenait un air de réalité. Le brouillard de la bizarrerie de la nuit dernière se levait et il parlait au téléphone avec sa femme, en faisant des plaisanteries sur les fœtus à musique. Tout était normal. C'était la vie.

– Je vais t'emmener au restaurant, ce soir, dit-il. Encore un dîner Heisenberg.

– Qu'est-ce que c'est que ça ?

– L'incertitude. Nous savons où nous allons mais pas ce que nous allons manger. Ou *vice versa.*

– Ça a l'air merveilleux. Avec quelle voiture ?

– La Quantum, bien sûr.

– Oh, Seigneur. Nous venions juste de faire réparer le compteur de vitesse.

– Et la jauge de niveau d'essence est morte ?

– Chut ! Elle fonctionne toujours. Nous trichons.

– Es-tu fâchée contre moi ?

– Aujourd'hui, Vergil ferait mieux de te voir pendant les heures de travail. Pourquoi est-ce qu'il te consulte, d'ailleurs ? Il est en train de changer de sexe ?

À cette idée, le fou rire la prit et elle se mit à tousser. Il l'imagina, éloignant le téléphone et le secouant, en l'air, comme pour le déboucher.

– Excuse-moi. Sans rire, Edward, pourquoi ?

– Il m'a demandé le secret, mon amour. De toute façon, je ne suis même pas sûr de savoir pourquoi. Peut-être plus tard.

– Faut que je m'en aille. À 6 heures ?

– Peut-être 5 h 30.

– Je serai encore en train d'étudier les vidéos.

– Je t'enlèverai.

– Délicieux Edward.

Il mit ses mains en porte-voix autour du récepteur et fit des bruits de baisers avant de raccrocher. Puis, tout en se frottant la joue pour enlever le pansement, il se dirigea vers l'ascenseur et monta aux salles d'examens.

L'analyseur cliquetait joyeusement en testant des centaines de prélèvements, flacon après flacon.

Edward s'assit devant le terminal et demanda les résultats de Vergil. Des colonnes et des chiffres apparurent sur l'écran. Le diagnostic proposé était anormalement vague. Des anomalies apparaissaient en caractères rouge vif.

24/c ser c/ numération 10 000 lymphocytes/mm^3.
25/c ser c/ numération 14 500 lymphocytes/mm^3.
26/d vérification re/numération 15 000 lymphocytes/mm^3.
DIAG *(? ? ?) Quels sont les symptômes physiques ?*
Si la rate et les ganglions sont hypertrophiés :
ReDIAG *: Patient (nom ? dossier ?) au dernier stade d'une grave infection.*
Support : dosage de l'histamine, taux de protéinémie (visite), numération des phagocytes (visite).
DIAG *(? ? ?) (prélèvement sanguin pas très concluant) :*
Si anémie, jointures douloureuses, hémorragie, fièvre :
ReDIAG *: leucémie lymphoïde naissante.*
Support : pas de bon support sauf une numération leucocytaire.

Edward demanda un listing de l'analyse et l'imprimante cracha paisiblement une page bourrée de chiffres. Il la parcourut des yeux en se rembrunissant, la plia et la fourra dans la poche de sa veste. Les résultats de l'analyse semblaient relativement normaux; ceux du sang ne ressemblaient en rien à ce qu'il connaissait. Il n'avait pas besoin d'examiner les selles pour décider de sa ligne de conduite : le faire hospitaliser tout de suite, le mettre en observation. Edward composa le numéro de Vergil sur le poste de son bureau.

À la seconde sonnerie, une voix de femme, très réservée, répondit.

– Vous êtes chez Ulam; Candice à l'appareil.

– Pourrais-je parler à Vergil, je vous prie ?

– De la part de qui ?

Son ton protocolaire était presque comique.

– Edward. Il me connaît.

– Bien sûr. Vous êtes le médecin. Soignez-le bien. Soignez tout le monde. (Une main se posa sur le récepteur et elle appela, d'une voix un peu rauque.) Vergil !

Il répondit, le souffle coupé par l'émotion.

– Edward ! Qu'est-ce qu'il y a ?

– Salut. J'ai quelques résultats, pas très concluants. Mais je voudrais te parler ici, à l'hôpital.

– Que disent les résultats ?

– Que tu es très malade.

– Ne raconte pas de conneries.

– Je te répète ce que dit la machine. La numération des lymphocytes est trop élevée.

– Bien sûr. Ça colle parfaitement.

– Et une variété très bizarre de protéines, ainsi que d'autres débris, se baladent dans ton sang. Des histamines. Tu as l'air d'un type en train de mourir d'une grave infection.

Au bout du fil, Vergil resta silencieux, puis il dit :

– Je ne suis pas mourant.

– Je pense que tu devrais venir ici, laisser mes collègues t'examiner. Qui m'a répondu au téléphone. Candice ? Elle…

– Non, Edward. Je veux qu'il n'y ait que *toi* qui saches. Et personne d'autre. Tu sais ce que je pense des hôpitaux.

Edward eut un rire lugubre.

– Vergil, ce n'est pas dans mes cordes de m'occuper d'une chose pareille.

– Je t'ai déjà dit ce que c'était. Maintenant, tu vas m'aider à les contrôler.

– C'est du délire, Vergil. C'est des conneries ! (Edward se pinça le genou.) Excuse-moi. Je prends ça très mal. J'espère que tu comprends pourquoi.

– J'espère que tu comprends ce que *moi* j'éprouve, actuellement. Je suis comme sonné, Edward. Et j'ai peur. Et je suis fier. Tu piges ?

– Vergil, je...

– Viens chez moi. Pour parler et essayer de trouver ce que nous pourrions faire d'autre.

– Je suis de garde, Vergil.

– Alors, quand pourrais-tu venir ?

– Je suis encore de garde pendant cinq jours. Ce soir peut-être. Après le dîner.

– Toi tout seul, hein, personne d'autre.

– D'accord.

Il nota ses directives. Il lui faudrait une heure dix pour arriver à La Jolla; il promit à son ami d'être là vers 9 heures.

Gail était déjà rentrée; Edward lui annonça qu'il allait préparer un petit repas qu'ils devraient prendre en vitesse.

– Tu découches encore ? (Elle encaissa d'un air morne la nouvelle de son petit voyage à La Jolla et ne dit pas grand-chose tout en l'aidant à couper les légumes pour la salade.) J'aurais bien aimé que tu regardes quelques-uns de mes films vidéo, dit-elle à table, en lui jetant un regard en coin.

Sa classe de maternelle travaillait depuis une semaine sur un projet vidéo; elle était fière des résultats.

– Est-ce que j'ai le temps ? demanda-t-il avec diplomatie.

Ils avaient essuyé quelques rudes tempêtes avant leur mariage et même failli se séparer. Lorsque des difficultés nouvelles surgissaient, ils avaient tendance à se montrer trop délicats, à aborder les problèmes sur la pointe des pieds.

– Probablement pas, admit Gail. (Elle piqua

un morceau de courgette crue.) Qu'est-ce qui ne va pas, cette fois-ci ?

– Cette fois-ci ?

– Ouais. Il t'a déjà fait le coup avant. Quand il travaillait pour Westinghouse et s'était mis dans le pétrin à cause du copyright.

– Quand il était à son compte.

– Ouais. Que peux-tu faire pour l'aider ?

– Je ne suis même pas sûr de comprendre son problème, dit Edward, plus évasif qu'il ne l'aurait souhaité.

– C'est un secret ?

– Non. Peut-être. Mais c'est bizarre.

– Il est malade ?

Edward pencha la tête sur le côté et leva la main.

– Qui sait ?

– Tu ne veux pas me le dire ?

– Pas tout de suite. (Le sourire d'Edward, qui se voulait apaisant, ne fit que l'irriter davantage.) Il m'a demandé de ne pas en parler.

– Il peut t'attirer des ennuis ?

Edward n'avait pas pensé à cela.

– Je ne crois pas.

– Tu rentreras à quelle heure ?

– Dès que je pourrai. (Il lui caressa le visage du bout des doigts.) Ne te fâche pas, suggéra-t-il avec douceur.

– Oh, non, dit-elle énergiquement. Plus jamais.

Edward partit pour La Jolla dans une disposition d'esprit ambiguë; s'il pensait à l'état dans lequel était Vergil, il entrait dans un univers différent. Les règles avaient changé et il n'était pas sûr d'avoir la moindre notion du dénouement.

Il prit la sortie de La Jolla Village et suivit Torrey Pines Road. Des maisons modestes et très chères se disputaient l'espace avec des immeubles de deux, trois étages, le long des rues qui serpentaient dans les collines. Les cyclistes et les éternels joggers arboraient des survêtements de coton de couleurs vives afin de parer à l'air froid de la nuit; même à cette heure-là, La Jolla fourmillait de promeneurs et de sportifs amateurs.

Il trouva assez facilement une place de stationnement et gara la Volkswagen. Il ferma la portière, huma l'air marin et se demanda si Gail et lui pourraient s'offrir le déménagement. Le loyer serait très élevé, le trajet journalier bien long. Pourtant le coin était sympathique... Le 410 de Pearl Street n'était pas la plus belle résidence de La Jolla, mais c'était encore trop cher pour lui, du moins pour le moment. Cela ressemblait bien à Vergil de tomber sur des occasions comme cette copropriété. D'un autre côté, se dit Edward en sonnant à la porte du rez-de-chaussée, il ne voudrait pour rien au monde être à sa place en ce moment.

L'ascenseur susurrait de la musique douce et affichait de petits holo-clips proposant aux copropriétaires des ventes de produits divers et les activités sociales de la semaine en cours. Au troisième étage, il y avait dans le couloir des meubles en faux Louis XV et des miroirs jaspés d'or.

Vergil ouvrit la porte au premier coup de sonnette et lui fit signe d'entrer. Il portait une robe de chambre écossaise et des pantoufles. Il tripotait d'une main une pipe éteinte tout en le précédant dans la salle de séjour; il s'assit et ne dit rien.

– Tu as une infection, insista Edward en lui montrant le listing.

– Ah ?

Vergil parcourut le papier des yeux et le posa sur la table basse en verre.

– C'est ce que dit la machine.

– Oui, et apparemment elle n'est pas prévue pour un cas aussi bizarre.

– Peut-être pas, mais je te conseillerais...

– Je sais. Désolé d'être brutal, Edward, mais qu'est-ce que l'hôpital va faire pour moi ? J'aimerais mieux confier un ordinateur à des hommes des cavernes en leur demandant de le réparer. Ces chiffres… ils montrent indubitablement quelque chose mais nous ne sommes pas capables de dire quoi.

Edward ôta sa veste.

– Écoute. Tu as réussi à m'inquiéter.

L'expression de Vergil se changea lentement en une sorte de béatitude incontrôlée. Il lorgna le plafond et fit la moue.

– Où est Candice ?

– Sortie pour la soirée. Ça ne marche pas très bien entre nous, en ce moment.

– Elle est au courant ?

Vergil eut un petit sourire narquois.

– Comment pourrait-elle ne pas l'être ? Elle me voit nu tous les soirs.

Il se détourna en disant cela. Il mentait.

– Tu es drogué ?

Il secoua la tête, puis la hocha une fois, très lentement.

– À force d'écouter, dit-il.

– D'écouter quoi ?

– Je ne sais pas. Des sons. Non, pas des sons. Ça ressemble à de la musique. Le cœur, tous les vaisseaux sanguins, le glissement du sang le long des artères, des veines. L'activité. La musique du sang. (Il regarda Edward d'un air suppliant.) Quelle excuse tu as donnée à Gail ?

– Aucune, à vrai dire. Juste que tu étais dans l'ennui et qu'il fallait que je vienne te voir.

– Peux-tu rester ?

– Non.

Edward regarda, avec méfiance, autour de lui, cherchant des cendriers, des liasses de papiers.

– Je ne suis pas drogué, Edward. J'ai peut-être

tort mais je crois que quelque chose de fantastique est en train de se passer. Je pense qu'elles ont découvert qui je suis.

Edward, assis en face de Vergil, le regardait avec une vive attention, mais celui-ci ne semblait pas s'en apercevoir. Il s'absorbait dans quelque processus interne.

– Tu as du café ? demanda Edward.

Vergil fit un geste en direction de la cuisine. Edward mit une bouilloire à chauffer et trouva un bocal d'instantané dans le quatrième placard qu'il ouvrit. Il retourna s'asseoir, une tasse à la main. Vergil se tordait le cou d'avant en arrière, les yeux grands ouverts.

– Tu as toujours su ce que tu voulais être, n'est-ce pas ? demanda-t-il à son ami.

– Plus ou moins.

– Une bonne orientation. Gynécologue. Jamais de fausse manœuvre. Moi, j'étais différent. J'avais des objectifs, mais pas de vecteur. Comme une carte sans route, avec juste les endroits où l'on est. Je me foutais de tout ce qui n'était pas moi, même de la science. C'était juste un moyen. Cela me surprend d'être allé si loin. (Il s'agrippa aux accoudoirs de son fauteuil.) Quant à ma mère... (La tension de sa main était visible.) Une sorcière. Une sorcière et un fantôme pour parents. L'enfant échangé[1]. Ici, les petites choses font de grands changements.

– Ça ne va pas ?

– Elles me parlent, Edward.

Il ferma les yeux.

– Seigneur !

1. La nuit de la Saint-Jean, les lutins enlèvent parfois un bébé et déposent, à la place, l'un de leurs rejetons. C'est du moins ce que l'on raconte aux enfants dans les pays anglo-saxons *(N.d.T.)*.

Edward ne trouva rien d'autre à dire. Il pensa fiévreusement à un canular, se dit que Vergil était en train de le mettre en boîte, qu'autrefois on ne pouvait pas lui faire confiance; mais les éléments du diagnostic étaient là, indiscutables.

Vergil parut dormir pendant un quart d'heure. Edward lui prit le pouls, qui était fort et régulier; il lui tâta le front – un peu froid – et se fit un autre café. Il allait décrocher le téléphone, ne sachant encore s'il appellerait l'hôpital ou Gail, lorsque les paupières de Vergil battirent et s'ouvrirent; son regard vint croiser le sien.

– Difficile de comprendre exactement ce qu'est le temps pour elles. Il leur a fallu à peu près trois ou quatre jours pour comprendre le langage et les concepts humains essentiels. Tu te rends compte, Edward ? Elles n'étaient pas au courant. Elles croyaient que j'étais l'univers. Mais maintenant elles ont compris. Elles ont trouvé. Elles me parlent. En ce moment.

Il se leva et traversa le tapis beige, en direction de la baie vitrée, voilée de rideaux; il tâta maladroitement derrière eux pour trouver le cordon qu'il tira. Les lumières de quelques rares maisons et appartements plongeaient vers l'abîme de l'océan nuit.

– Elles doivent avoir des milliers de chercheurs branchés sur mes neurones. Elles sont bougrement efficaces, tu sais; elles auraient pu me bousiller. Elles s'y prennent avec délicatesse. Pour faire des changements.

– À l'hôpital, dit Edward d'une voix enrouée. (Il s'éclaircit la gorge.) Je t'en prie, Vergil. Viens avec moi tout de suite.

– Bon Dieu, qu'est-ce qu'un hôpital pourrait y faire ? Vous avez découvert un moyen de contrôler les cellules ? Après tout, ce sont les miennes. Si vous vous attaquez à elles, c'est à moi que vous vous attaquez.

– J'ai réfléchi. (En réalité, l'idée venait seulement de jaillir dans son esprit. La preuve qu'il commençait à croire Vergil.) L'actinomycine peut entourer l'ADN et arrêter la transcription. Nous pourrions donner un coup de frein… cela bousillerait ces bio-logiques dont tu m'as parlé.

– Je suis allergique à l'actinomycine. Cela me tuerait.

Edward baissa les yeux sur ses mains. Il ne pouvait pas trouver mieux, il en était sûr.

– Nous pourrions tenter des expériences, voir comment elles métabolisent, en quoi elles diffèrent des autres cellules. Si nous pouvions isoler la nourriture dont elles ont le plus besoin, nous pourrions les affamer. Peut-être que les radiations…

– S'attaquer à elles c'est s'attaquer à moi, répéta Vergil en se retournant vers Edward. (Il se tenait debout, au milieu de la salle de séjour; il leva les bras, sa robe de chambre s'ouvrit et révéla ses jambes et son torse. La pénombre voilait tout détail visible.) Je ne suis pas sûr de vouloir m'en débarrasser. Elles ne me font aucun mal.

Edward cacha son irritation et essaya de contrôler un mouvement de colère, mais cela ne fit que l'empirer.

– Comment tu le sais ?

Vergil secoua la tête et brandit son index.

– Elles essaient de comprendre ce qu'est l'espace. C'est rudement difficile pour elles. Elles décomposent les distances en concentration de produits chimiques. Pour elles l'espace est une gamme d'intensité de goûts.

– Vergil…

– Écoute et réfléchis, Edward ! (Il était excité mais sa voix restait calme.) Quelque chose se passe à l'intérieur de mon corps. Elles se parlent à l'aide des protéines et des acides nucléiques, au travers des liquides et des parois. Elles adaptent quelque chose – peut-être des virus – afin qu'ils transportent des messages ou des traits de personnalité ou des bio-logiques. Ce sont des structures en forme de plasmides. C'est logique. C'est comme cela que je les ai programmées. C'est peut-être ce que ta machine appelle une infection... toute cette nouvelle information qui circule dans mon sang. Du bavardage. Les goûts d'autres individus. Des pairs. Des supérieurs. Des subordonnés.

– Vergil, je t'écoute, mais...

– C'est mon show, Edward. Je suis leur univers. Cette nouvelle échelle de grandeur les étonne.

Il s'assit et resta de nouveau silencieux pendant un certain temps. Edward s'accroupit près de son fauteuil et releva la manche de sa robe de chambre. Sur son bras s'entrecroisaient des lignes blanches.

– J'appelle une ambulance, dit-il en tendant la main vers le téléphone.

– Non ! cria Vergil en se redressant. Je te l'ai dit, je ne suis pas malade. C'est mon show. Que pourrait-on faire pour moi ? Ce serait une farce.

– Alors, bon Dieu, qu'est-ce que je fais ici ? demanda Edward en colère. Je ne sers à rien. Je suis un homme des cavernes et tu m'as demandé...

– Tu es mon ami, dit Vergil, les yeux plongés dans les siens.

Edward fut pris du soupçon troublant que Vergil n'était pas seul à le regarder.

– J'ai envie que tu me tiennes compagnie, reprit Vergil. (Il rit.) Mais je ne suis pas vraiment seul, n'est-ce pas ?

– Il faut que j'appelle Gail, dit Edward en composant son numéro.

– Gail, oui. Mais ne lui dis rien.

– Oh, non. Rien du tout.

11

À l'aube, Vergil arpentait l'appartement, tripotant des objets, regardant par les fenêtres, préparant lentement et méthodiquement le petit déjeuner.

– Tu sais, je peux vraiment capter leurs pensées, dit-il.

Edward, épuisé et nauséeux de tension nerveuse, le regardait du fauteuil de la salle de séjour où il était installé.

– Je veux dire que leur cytoplasme semble avoir une volonté propre. Une espèce de vie subconsciente, opposée à la rationalité qu'elles ont acquise récemment. Elles entendent le "bruit" chimique des molécules qui s'unissent et se séparent au-dedans.

Il était debout au milieu de la salle de séjour, la robe de chambre ouverte, les yeux fermés. Il avait l'air de faire de brefs petits sommes. Il souffre peut-être du *petit mal*[1], pensa Edward. Qui pouvait prédire les ravages que les lymphocytes faisaient dans son cerveau ?

Edward appela de nouveau Gail, du poste de la cuisine. Elle se préparait à partir au travail. Il lui demanda de téléphoner à l'hôpital et de leur dire qu'il était trop souffrant pour y aller.

– Il faut que je te couvre ? Alors, c'est sérieux ? Qu'est-ce qui lui arrive ? Il ne peut pas changer ses couches tout seul ?

Edward ne répondit rien.

1. En français dans le texte *(N.d.T.)*.

– Tout va bien ? demanda-t-elle après une longue pause.

Tout allait-il bien ? Décidément, non.

– Très bien.

– La culture, dit Vergil d'une voix forte en passant la tête par le guichet de la cuisine.

Edward dit au revoir à Gail et raccrocha rapidement.

– Elles nagent continuellement dans un bain d'informations. Tout en y contribuant. C'est une espèce de *Gestalt*. La hiérarchie est absolue. Elles envoient des phages faits sur mesure aux trousses des cellules qui ne réagissent pas convenablement. Des virus conçus pour des individus ou des groupes. Pas d'évasion possible. On est transpercé par un virus, la cellule enfle, explose et se dissout. Ce n'est pas une simple dictature. Je pense qu'elles disposent, en réalité, de plus de liberté que nous. Elles varient tellement... je veux dire, d'un individu à l'autre, s'il y a des individus, elles se différencient les unes des autres d'une manière qui n'est pas la nôtre. C'est clair ?

– Non, dit doucement Edward en se frottant les tempes. Vergil, tu me pousses à bout. Je ne pourrai pas supporter cela beaucoup plus longtemps. Je ne comprends pas. Je ne suis pas certain de te croire.

– Pas même maintenant ?

– D'accord, disons que tu me fournis la bonne interprétation. Tu ne me caches rien et tout est vrai. As-tu pris la peine d'imaginer les conséquences ?

– Ma mère, dit Vergil.

– Quoi, ta mère ?

– Toute personne qui nettoie les toilettes.

– Je t'en prie, parle clairement.

Le désespoir rendait la voix d'Edward presque geignarde.

– Je n'ai jamais été très doué pour cela, murmura Vergil. Imaginer où les choses peuvent mener.

– Tu n'as pas peur ?

– Je suis terrorisé. (Son sourire devint celui d'un fou.) Et excité. (Il s'agenouilla à côté du fauteuil d'Edward.) Au début, je voulais les contrôler. Mais elles sont plus compétentes que moi. Qui suis-je pour oser les dominer, un idiot maladroit ? Elles mijotent quelque chose de très important.

– Et si elles te tuaient ?

Vergil s'étendit sur le plancher, bras et jambes écartés.

– Foutu, le cobaye.

Edward fut pris de l'envie de lui donner un coup de pied.

– Écoute, je ne veux pas que tu croies que j'essaie de te doubler, mais hier je suis allé voir Michael Bernard. Il m'a emmené à sa clinique privée et a fait toutes sortes de prélèvements. Des biopsies. Impossible de voir où il a pris du tissu musculaire, de la peau, etc. Tout est cicatrisé. Il a dit que c'était réglé. Et m'a demandé de n'en parler à personne. (Son expression redevint rêveuse.) Des cités de cellules. Edward, elles traversent les tissus avec des organes comme des cils bactériens, se répandent, elles et leur information, et convertissent d'autres types de cellules...

– Arrête ! cria Edward. (Sa voix se brisa.) Qu'est-ce qui est réglé ?

– Comme dit Bernard, j'ai des lymphocytes "gravement hypertrophiés". Les autres données ne sont pas encore prêtes. Cela ne date que d'hier. Alors, tu vois, ce n'est pas nous qui sommes fous.

– Qu'a-t-il l'intention de faire ?

– Il va convaincre Génétron de me reprendre. De rouvrir le labo.

– C'est ce que tu désires ?

– Il ne s'agit pas seulement de rouvrir le labo. Je vais te montrer. Depuis que j'ai arrêté le traitement des lampes, ma peau a encore changé.

Toujours étendu sur le sol, il ouvrit sa robe de chambre. Sur tout le corps, sa peau présentait des lignes blanches qui s'entrecroisaient. Il se retourna. Le long de son dos, les lignes commençaient à former des crêtes.

– Mon Dieu ! s'exclama Edward.

– Je ne vais guère pouvoir aller ailleurs que dans un labo, dit Vergil. Impossible de me montrer en public.

– Tu... tu peux leur parler, leur dire de ralentir leur action.

Il se rendit immédiatement compte combien cette phrase avait l'air ridicule.

– Oui, je pourrais, mais rien ne dit qu'elles écouteront.

– J'ai cru que tu étais leur Dieu.

– Celles qui sont accrochées à mes neurones ne sont pas les gros bonnets. Ce sont des chercheurs, ou du moins, elles en accomplissent les fonctions. Elles savent qui je suis, que je suis là, mais cela ne signifie pas qu'elles ont convaincu les échelons supérieurs de la hiérarchie.

– Elles se disputent ?

– Quelque chose comme ça. (Il referma sa robe de chambre, vint à la fenêtre et regarda au travers des rideaux, comme s'il cherchait quelqu'un.) Je n'ai plus qu'elles. Elles n'ont pas peur. Edward, je ne me suis jamais senti si proche de quelqu'un. (De nouveau, le sourire béat.) Je suis responsable d'elles. Leur mère à toutes. Tu sais, jusqu'à ces derniers jours, je ne leur avais pas cherché de nom. Une mère doit donner un nom à ses enfants, n'est-ce pas ?

Edward ne répondit pas.

– J'ai regardé un peu partout... dans les dictionnaires, les manuels. Et puis, ça m'est venu brusquement. "Noocytes". Du mot grec "noos" qui veut dire esprit. Noocytes. Ça a l'air un peu sinistre, non ? Je l'ai dit à Bernard. Il a l'air de trouver que c'est un beau nom...

Edward, exaspéré, leva les bras.

– Tu ignores ce qu'elles vont faire ! Tu dis qu'elles ont une civilisation...

– Un millier de civilisations.

– Oui, et tu sais bien que les civilisations ont toujours mal fini. La guerre, l'environnement...

Il se raccrochait désespérément à n'importe quoi, il essayait de contenir la panique qui n'avait cessé de grandir en lui depuis son arrivée. Il n'arrivait pas à faire face à l'énormité de la chose. Et Vergil non plus. C'était bien la dernière personne qu'Edward aurait qualifiée de perspicace et sage, en cas de problème grave.

– Mais je suis le seul en danger, remarqua Vergil.

– Tu n'en sais rien. Bon Dieu, Vergil, regarde donc ce qu'elles te font.

– Je l'accepte, dit-il stoïquement.

Edward secoua la tête, comme pour reconnaître sa défaite.

– D'accord. Bernard obtient de Génétron qu'ils rouvrent le labo, tu y retournes et tu deviens leur cobaye. Et après ?

– Ils me traiteront bien. Maintenant, je ne suis plus seulement ce brave Vergil I. Ulam. Je suis une sacrée galaxie, une super-mère.

– Un super-hôte, tu veux dire !

Vergil lui accorda ce point d'un haussement d'épaules. Edward sentit sa gorge se serrer.

– Je ne peux rien pour toi. Je ne peux pas te parler, ni te convaincre ni t'aider. Tu es toujours aussi entêté. (Ce mot était trop doux pour qualifier une attitude comme celle de Vergil ! Il essaya de clarifier ce qu'il voulait dire, mais ne réussit qu'à bégayer.) Il faut que je parte, finit-il par dire. Je ne sers à rien ici.

Vergil hocha la tête.

– C'est vrai. Cette situation n'a rien de facile.

– Non, répliqua Edward en avalant sa salive.

Vergil s'avança vers lui et parut sur le point de lui mettre les mains sur les épaules. Instinctivement, Edward recula.

– J'aimerais au moins que tu comprennes, dit Vergil en laissant retomber ses bras. C'est la plus grande chose que j'aie jamais réalisée. (Il fit une grimace.) Je ne suis pas certain de pouvoir l'affronter plus longtemps. Je ne sais pas si elles vont me tuer ou pas. Je ne pense pas. La lignée, Edward.

Ce dernier recula vers la porte et posa la main sur la poignée. Le visage de Vergil, momentanément creusé par un souci torturant, retrouva une expression béate.

– Hé, dit-il, écoute. Elles...

Edward ouvrit la porte, sortit, et la referma derrière lui d'une main ferme. Il se dirigea rapidement vers l'ascenseur et appuya sur le bouton du rez-de-chaussée.

Il resta quelques minutes dans le hall vide, essayant de contrôler sa respiration irrégulière. Il regarda sa montre : 9 heures du matin.

Qui Vergil écouterait-il ?

Il était allé voir Bernard; celui-ci était peut-être la clef, maintenant, le pivot sur lequel toute la situation tournait. D'après ce qu'avait dit Vergil, Bernard était non seulement convaincu, mais très intéressé. Ceux qui avaient l'envergure de Bernard ne cajolaient pas les Vergil Ulam, à moins d'en tirer quelque avantage. Tout en poussant la double porte vitrée, Edward décida de miser sur cette intuition.

Vergil était couché au milieu de la salle de séjour, bras et jambes en croix, et il riait. Puis il se calma et se demanda quelle impression il avait faite sur Edward, ou encore sur Bernard. Aucune impression, trancha-t-il. Rien n'avait plus d'importance, sauf ce qui se déroulait *au-dedans*; l'univers intérieur.

« J'ai toujours été un fameux gaillard », se dit Vergil.

Tout

« Oui, je *suis* tout, maintenant. »

Expliquer

« Quoi ? Je veux dire, expliquer quoi ? »

Des choses simples

« Oui, j'imagine que c'est un rude réveil. Eh bien, vous êtes dignes de ces difficultés. Ce sacré vieil ADN a fini par se réveiller. »

PAROLES avec autre

« Quoi ? »

MOTS communiquer avec * partage corps structure externe * c'est comme * tout entier DANS * la totalité * est EXTERNE pareille

« Je ne comprends pas, vous n'êtes pas clair. »

Le silence à l'intérieur, pendant combien de temps? Difficile à dire, le passage du temps, les heures et les jours en minutes et en secondes. Les noocytes avaient bousillé son horloge mentale. Et quoi d'autre?

VOUS * interface * ENTRE EXTÉRIEUR et INTÉRIEUR. Sont-ils pareils ?

« L'intérieur et l'extérieur ? oh, non. »

EXTÉRIEUR * partage-t-il structure du corps * pareille

« Vous parlez d'Edward ? Oui, c'est exact. Il a une structure corporelle semblable. »

EDWARD et autre structure INTERNE même/pareil

« Oh, oui, il est tout à fait le même, vous en moins. Seulement... oui, va-t-elle mieux ? Elle n'était pas bien hier soir. »

Aucune réponse à cette question.

POINT D'INTERROGATION

« Il ne vous a pas. Personne d'autre. Va-t-elle bien ? Nous sommes les seuls. Je vous ai faits. Personne d'autre n'a, dans le corps, d'êtres semblables à vous. »

Un épais et profond silence.

Edward s'arrêta au musée d'art moderne de La Jolla et traversa la dalle de béton jusqu'à une cabine téléphonique, près d'une fontaine publique en bronze. Le brouillard venant de l'océan masquait les lignes espagnoles, plâtrées de crème, de l'église Saint-Jacques-de-la-Mer, et perlait sur les feuilles des arbres. Il introduisit sa carte de crédit dans l'appareil et demanda aux renseignements le numéro de Génétron. La voix mécanique répondit rapidement et il le composa.

– Appelez le Dr Michael Bernard, je vous prie, dit-il à la réceptionniste.

– Qui est à l'appareil ?

– C'est au sujet de son répondeur téléphonique. Nous avons un appel d'urgence et le bip sonore n'a pas l'air de fonctionner.

Quelques minutes d'anxiété plus tard, Bernard répondit.

– Qu'est-ce que c'est que cette histoire ? demanda-t-il calmement. Je n'ai pas de répondeur téléphonique.

– Je m'appelle Edward Milligan et je suis un ami de Vergil Ulam. Je pense que nous avons des choses à nous dire.

Il y eut un long silence, à l'autre bout du fil.

– Vous êtes à Mount Freedom, n'est-ce pas, Dr Milligan ?

– Oui.

– Vous restez ici ?

– Non, pas vraiment.

– Je ne peux pas vous voir aujourd'hui. Demain matin, cela vous convient ?

Edward pensa au trajet aller et retour, au temps perdu et à Gail qui se faisait du souci. Tout cela semblait trivial.

– Oui, répondit-il.

– 9 heures à Génétron, 60895 North Torrey Pines Road.

– Bien.

Edward revint à sa voiture, dans la grisaille matinale. Tout en ouvrant la portière et en se glissant sur le siège, il pensa brusquement à quelque chose. Candice n'était pas rentrée la nuit dernière.

Le matin elle était dans l'appartement.

Vergil avait menti à son sujet; il en était sûr. Quel rôle jouait-elle ?

Et où était-elle ?

12

Gail trouva Edward allongé sur le divan, dormant d'un sommeil agité, tandis qu'une brise hivernale, glaciale et insolite, soufflait dehors. Elle s'assit à côté de lui et lui caressa le bras jusqu'à ce qu'il ouvre les yeux.

– Bonjour, dit-elle.

– Bonjour à toi. (Il cligna des yeux et regarda autour de lui.) Quelle heure est-il ?

– Je viens de rentrer.

– 4 h 30. Bon sang. J'ai dormi ?
– Je n'étais pas là. As-tu dormi ?
– Je suis encore fatigué.
– Alors, qu'est-ce que Vergil a fait, cette fois ?

Son visage prit un masque de sérénité. Il lui caressa le menton du doigt – « Kili-kili », comme elle disait, légèrement agacée d'être traitée comme une chatte.

– Ça va mal, dit-elle. Vas-tu me parler ou continuer à agir comme si tout était normal ?
– Je ne sais pas quoi te dire.
– Oh, Seigneur, soupira Gail en se levant. Tu vas divorcer pour épouser cette Balker.

Mme Balker pesait cent cinquante kilos et ne s'était aperçue qu'elle était enceinte qu'au cinquième mois.

– Non, répliqua mollement Edward.
– Soulagement extatique. (Gail lui effleura le front.) Tu sais que ce genre d'introspection me rend folle.
– Eh bien, c'est quelque chose dont je ne peux pas te parler, donc...

Il lui prit la main et la tapota.

– Cette condescendance m'écœure, dit-elle. Je vais faire du thé. Tu en veux ?

Il hocha la tête et elle entra dans la cuisine.

Pourquoi ne pas tout lui dire ? se demanda-t-il. Un ancien ami à lui était en train de se transformer en galaxie.

Au lieu de cela, il débarrassa la table de la salle à manger.

Ce soir-là, incapable de dormir, Edward, assis dans le lit, l'oreiller appuyé au mur, regarda Gail en essayant de déterminer si ce qu'il savait était vrai ou non.

Je suis médecin, se dit-il. C'est une profession scientifique et technique. Nous sommes soi-disant immunisés contre des choses comme le choc du futur.

Vergil Ulam se changeait en galaxie.

Qu'éprouvait-on à faire le plein avec un milliard de Chinois ? Il sourit dans le noir et pleura presque en même temps. Ce que Vergil avait à l'intérieur du corps lui était infiniment plus étranger que des Chinois. Plus étrange que tout ce qu'Edward – ou Vergil – pouvait aisément comprendre. Ou ne comprendrait jamais.

Quelle sorte de *psychologie* ou de *personnalité* pouvait acquérir une cellule – ou un amas de cellules ? Il essaya de se remémorer ce qu'il avait appris sur l'environnement des cellules dans le corps humain. Le sang, la lymphe, les tissus, le fluide interstitiel, le liquide cérébro-spinal... Il se dit qu'un organisme aussi complexe qu'un être humain ne pouvait que devenir fou d'ennui dans un environnement pareil. Le milieu était simple. Les besoins relativement élémentaires et le niveau de comportement convenait à des cellules, pas à des gens. Mais, d'un autre côté, les agressions pouvaient être un facteur essentiel – l'environnement, bénin envers des cellules familières, devenait un enfer pour des cellules inconnues.

Mais s'il ne savait pas forcément ce qui était vrai, il savait ce qui était important : la chambre, les lumières de la rue et les ombres des arbres sur les rideaux de la fenêtre, Gail endormie.

Très important, Gail, dans le lit, endormie.

Il pensa à Vergil en train de stériliser les plaquettes d'*E.coli* modifiés. Le flacon de lymphocytes améliorés. Curieusement, il pensa à Krypton... le monde natal de Superman, ces milliards de génies détruits lors d'une catastrophe qui avait tout consommé. Un assassinat ? Un génocide ?

Pas de frontière entre le sommeil et l'état de veille. Il regardait par la fenêtre, et les lumières de la ville brillèrent d'un éclat éblouissant lorsque les rideaux s'ouvrirent. Ils auraient pu être à New York – les nuits d'Irvine n'étaient jamais si brillamment éclairées – ou à Chicago; il avait vécu deux ans à Chicago…

… Et la fenêtre vola en éclats, sans un bruit, la vitre se détacha et disparut. La cité se glissa par l'ouverture comme un grand rôdeur illuminé, hérissé de pointes, qui grogna dans une langue qu'il ne put comprendre, composée de klaxons de voitures, de bruits de foule, du ramdam des chantiers de construction. Edward essaya de le repousser, mais il s'en prit à Gail, se transforma en une averse d'étoiles qui se répandirent sur le lit et sur tout ce qu'il y avait dans la chambre.

Le bruit d'une rafale de vent qui fit claquer la fenêtre le réveilla. Mieux valait ne plus dormir, décida-t-il, et il resta éveillé jusqu'à ce qu'il fût l'heure pour Gail de s'habiller. Lorsqu'elle partit pour l'école, il l'embrassa amoureusement, savourant la réalité de ses lèvres humaines inviolées.

Puis il fit le long voyage jusqu'à North Torrey Pines Road, passant devant l'institut Salk et son architecture dépouillée, et les douzaines de centres de recherche, nouveaux ou remis en service, qui composaient l'Enzyme Valley, entourés d'eucalyptus et des nouveaux conifères hybrides à croissance rapide dont les ancêtres avaient donné leur nom à la route.

La pancarte noire aux lettres rouges en caractères Times se dressait au sommet de son tertre d'herbe de Corée. Plus loin, les bâtiments suivaient la mode actuelle des structures planaires en béton, sauf l'inquiétant cube noir des labos de contrats militaires.

Au poste de garde, un homme mince et nerveux,

vêtu de bleu marine, sortit de sa guérite et se pencha au niveau de la fenêtre de la Volkswagen. Il regarda Edward d'un air distant.

– Que voulez-vous, monsieur ?

– J'ai rendez-vous avec le Dr Bernard.

Le gardien lui demanda sa carte d'identité. Edward sortit son portefeuille. L'homme l'emporta jusqu'à son téléphone et passa quelque temps à discuter de son contenu. Il le lui rendit, toujours réservé, et annonça :

– Il n'y a pas de parking pour les visiteurs. Prenez la place 31 dans celui du personnel, c'est après le tournant, en face de la réception, aile ouest. Vous ne devez pas entrer ailleurs qu'à la réception.

– Bien sûr que non, fit Edward, agacé. Après ce tournant ?

Il le montra du doigt. Le garde hocha la tête et rentra dans sa guérite.

Edward suivit le chemin dallé jusqu'à la réception. Des roseaux de papyrus poussaient près de bassins en ciment pleins de poissons argentés et dorés. Les portes vitrées s'ouvrirent à son approche et il entra dans le vestibule circulaire qui n'avait pour tous meubles qu'une banquette et une table couverte de journaux et de revues techniques.

– Que puis-je pour vous ? demanda la réceptionniste.

Elle était mince et séduisante, les cheveux soigneusement ramassés sous le chignon postiche à la mode, dont Gail s'abstenait avec tant de ferveur.

– Le Dr Bernard, s'il vous plaît.

– Le Dr Bernard ? (Elle parut perplexe.) Nous n'avons pas...

– Docteur Milligan ?

Edward se retourna et vit Bernard franchir les portes automatiques.

– Merci, Janet, dit-il à la réceptionniste qui se remit à ventiler les appels de son standard. Si vous voulez bien me suivre. Nous aurons une salle de conférence pour nous tout seuls.

Il fit franchir à Edward une porte de derrière et emprunta le sentier en ciment qui longeait le rez-de-chaussée de l'aile ouest.

Bernard portait un costume gris, élégant, qui allait bien avec sa chevelure grisonnante; il avait un beau profil anguleux. Il ressemblait beaucoup à Leonard Bernstein; on comprenait pourquoi la presse lui avait accordé tant de place en couverture. C'était un pionnier... et photogénique en plus.

– Nous avons ici de sévères mesures de sécurité. Ce sont celles imposées par les tribunaux durant ces dix dernières années, vous savez. Elles sont absolument insensées. On perd ses droits de propriété industrielle rien que pour avoir mentionné le travail que l'on fait lors d'une conférence scientifique. Ce genre de choses. Que peut-on espérer d'autre de juges aussi ignorants de ce qui se passe réellement ?

La question semblait posée pour la forme. Edward hocha poliment la tête et obéit au geste de Bernard l'invitant à monter quelques marches métalliques qui menaient au deuxième étage.

– Vous avez vu Vergil récemment ? demanda Bernard en ouvrant la salle 245.

– Hier.

Bernard entra le premier et alluma la lumière; la salle faisait à peine neuf mètres carrés et comprenait une table ronde, quatre fauteuils et un tableau noir fixé au mur. Bernard referma la porte.

– Asseyez-vous, je vous prie. (Edward tira un fauteuil; son hôte s'assit en face de lui et posa les coudes sur la table.) Ulam est brillant. Et, je n'hésite pas à le dire, courageux.

– C'est mon ami. Je suis très inquiet pour lui.

Bernard brandit son index.

– Courageux… et drôlement dingue. Ce qui lui est arrivé n'aurait jamais dû se produire. Il l'a peut-être fait contraint et forcé, mais ce n'est pas une excuse. En tout cas, on ne peut pas revenir en arrière. Vous savez tout, je suppose.

– Je connais l'essentiel. Mais je ne vois toujours pas comment il a procédé.

– Nous non plus, docteur Milligan. C'est l'une des raisons pour lesquelles nous lui offrons de nouveau un labo. Et un logement, pendant que nous réglerons cette histoire.

– Il ne peut pas se montrer en public.

– Ça, non. Nous sommes en train de construire un labo d'isolement. Mais nous sommes une société privée et nos ressources sont limitées.

– Il faudrait signaler cela au NIH et à la FDA.

Bernard soupira.

– Oui. Nous risquons de tout perdre si la chose s'ébruite tout de suite. Je ne parle pas des décisions commerciales… nous risquons de perdre toute l'industrie des bio-puces. Les protestations du public seraient épouvantables.

– Vergil est très malade. Physiquement, mentalement. Il peut mourir.

– Je ne sais pas pourquoi, mais je ne crois pas qu'il mourra. Mais nous nous écartons du sujet.

– Et quel est le sujet ? demanda Edward en colère. Je suppose que vous travaillez de concert avec Génétron, maintenant – c'est ce que vous semblez dire. Qu'est-ce que Génétron compte y gagner ?

Bernard se laissa aller en arrière dans son fauteuil.

– Je peux envisager un grand nombre d'utilisations pour de petits éléments d'ordinateur hyperdenses comportant une base biologique. Pas vous ?

Génétron a déjà fait des découvertes sensationnelles, mais le travail de Vergil, c'est autre chose.

– Qu'envisagez-vous ?

Le sourire de Bernard était radieux et d'une fausseté garantie.

– Je n'ai pas toute liberté de parler. Ce sera révolutionnaire. Il nous faut l'étudier *in vitro*. Nous ferons des expériences sur des animaux. Nous devrons repartir à zéro, bien entendu. Nous ne pouvons pas transférer les... hum... colonies de Vergil. Elles sont basées sur ses propres cellules. Il faudra élaborer des organismes qui ne déclenchent pas de réactions immunitaires chez d'autres animaux.

– Semblables à une infection ? demanda Edward.

– Je suppose qu'il y a des similitudes. Mais Vergil n'est pas infecté ou malade au sens habituel du terme.

– Mes tests indiquent qu'il l'est.

– Je ne pense pas que les diagnostics habituels soient appropriés à son cas; et vous ?

– Je ne sais pas.

– Écoutez, dit Bernard en se penchant en avant. J'aimerais que vous veniez travailler avec nous, une fois que Vergil sera installé ici. Vos compétences peuvent nous être utiles.

Edward tressaillit presque devant la franchise de cette offre.

– Quel bénéfice allez-vous tirer de tout cela ? demanda-t-il. Personnellement, j'entends.

– Edward, j'ai toujours été à l'avant-garde de ma profession. Je ne vois pas pourquoi je ne donnerais pas un coup de main ici. Avec mes connaissances du cerveau et du système nerveux, et les recherches que j'ai menées sur l'intelligence artificielle et la neurophysiologie...

– Vous pouvez protéger Génétron d'une enquête du gouvernement, conclut Edward.

– Vous êtes très brutal. Trop brutal, et injuste.

Durant un instant Edward sentit chez Bernard de l'incertitude et un peu d'anxiété.

– Je le suis peut-être. Et ce n'est pas la pire chose qui puisse arriver.

– Je ne vous suis pas.

– Je fais des cauchemars, monsieur Bernard.

Celui-ci plissa les yeux et leva les sourcils. C'était une expression inhabituelle chez lui, et qui n'aurait pas fait bien sur les couvertures du *Time,* de *Mega* ou de *Rolling Stone,* une grimace de colère et de perplexité.

– Notre temps est trop précieux pour que nous le perdions. Je vous ai fait cette offre de bonne foi.

– Bien sûr. Et moi, j'aimerais visiter le labo lorsque Vergil y sera installé. Si je suis toujours le bienvenu, brutalité comprise.

– Bien sûr, répéta Bernard, mais ses pensées étaient presque visibles à l'œil nu : Edward ne participerait jamais à son équipe.

Ils se levèrent en même temps et Bernard lui tendit la main. Sa paume était moite; il était aussi crispé que lui.

– Je suppose que vous voulez que tout cela reste strictement confidentiel, dit Edward.

– Je ne suis pas certain de pouvoir exiger cela de vous. Vous n'êtes pas sous contrat.

– Non.

Bernard le regarda pendant longtemps, puis hocha la tête.

– Je vais vous reconduire.

– J'ai encore une question, dit Edward. Savez-vous quelque chose au sujet d'une femme appelée Candice ?

– Vergil a dit qu'il avait une amie de ce nom.

– Avait ou a ?

– Oui, je vois ce que vous voulez dire. Elle peut devenir un problème de sécurité.

– Non, ce n'est pas du tout ce que je veux dire, répliqua catégoriquement Edward. Pas du tout.

13

Bernard, le front dans la main, parcourut attentivement les papiers agrafés, soulevant et remettant une à une les pages vingt et un/vingt-neuf, sept, les sourcils de plus en plus froncés.

Ce qui se passait dans le cube noir suffisait à lui faire dresser les cheveux sur la tête. L'information n'était pas du tout complète mais ses amis de Washington avaient fait un travail remarquable. Le paquet était arrivé par courrier spécial, juste une demi-heure après le départ d'Edward Milligan.

Leur conversation l'avait rempli d'une honte cuisante et défensive. Il voyait dans ce jeune médecin une version lointaine de lui-même et la comparaison le blessait. Est-ce que le célèbre Michael Bernard planait dans un brouillard de séduction capitaliste depuis des mois ?

Au début, l'offre de Génétron avait paru nette et sans bavures… une participation minimale durant les premiers mois, puis le rang officiel de père pionnier, son image servant à la promotion de la société.

Il avait compris beaucoup trop tard combien était proche le déclenchement du piège.

Il leva les yeux vers la fenêtre et se leva pour ouvrir le store. Un bruissement sec lui donna une claire vision du tertre, du cube noir et, dans le fond, des nuages balayés par le vent.

Il sentait venir la catastrophe. L'ironie, c'était

que le cube noir n'y était pas mêlé; mais si Vergil Ulam n'avait pas mis les choses en branle, l'autre face de Génétron l'aurait fait tôt ou tard.

Si Ulam avait été précipitamment congédié, et blackboulé de partout, ce n'était pas à cause de l'imprudence avec laquelle il avait mené ses recherches, mais parce qu'il avait marché de si près sur les talons du département de la recherche militaire. Il avait réussi là où celui-ci n'avait récolté que revers et échecs. Et bien qu'on ait depuis des mois étudié et copié ses dossiers en de multiples exemplaires, il avait été impossible de reproduire ses résultats.

Hier, Harrison avait murmuré que les découvertes d'Ulam étaient sûrement dues en grande partie au hasard. Facile de comprendre pourquoi il disait cela maintenant.

Ulam avait failli gagner de peu la partie et laisser Génétron, et le gouvernement, le bec dans l'eau. Les grands chefs ne pouvaient pas tolérer cela et ne lui faisaient plus confiance.

C'était le cinglé de base. Il n'aurait jamais obtenu un certificat d'habilitation.

Alors, ils l'avaient évincé et mis à la porte.

Et puis, il était revenu les *hanter*. Ils ne pouvaient plus le rejeter.

Bernard parcourut les papiers une fois de plus et se demanda comment se tirer du pétrin avec le minimum de dégâts.

Le devait-il ? S'ils étaient tellement idiots, sa compétence ne serait-elle pas utile… ou du moins, sa manière lucide de raisonner ? Il pensait sûrement plus clairement que Harrison ou Yng.

Il laissa retomber le store et le fixa soigneusement. Puis il décrocha le téléphone et composa le numéro de Harrison.

– Oui ?

– C'est Bernard.

– Oui, Michael.
– Je vais appeler Ulam. Nous allons l'installer aujourd'hui. Que toute votre équipe se prépare, et les gens de la recherche militaire aussi.
– Michael, c'est…
– Nous ne pouvons pas le laisser là-bas.
Harrison fit une pause.
– Oui, je suis d'accord.
– Alors, au travail.

14

Edward déjeuna à Jack-in-the-Box et s'attarda dans la salle à manger enclose de vitres, le bras posé sur le rebord intérieur de la fenêtre, à regarder la circulation. Quelque chose ne tournait pas rond chez Génétron. Il se fiait toujours à ses pressentiments. Une certaine partie de son cerveau, spécialisée dans l'observation rigoureuse et le classement des détails infinitésimaux, additionnait 2 et 2 et trouvait parfois un 5 bien gênant, et souvent l'un des 2 était en réalité un 3 qu'il n'avait simplement pas remarqué avant.

Bernard et Harrison dissimulaient un fait très important. Génétron ne se contentait pas de venir en aide à un ex-employé pour résoudre un problème relatif au travail, et ne se préparait pas seulement à tirer avantage d'une découverte sensationnelle. Mais ils devaient se garder d'agir trop vite; cela aurait éveillé des soupçons. De plus, ils n'étaient peut-être pas certains de disposer des ressources nécessaires.

Il fronça les sourcils, essayant de détacher de force la chaîne de son raisonnement de la matrice d'argile où elle avait pris forme et de l'examiner, maillon par maillon. La sécurité. Bernard avait parlé de sécurité à propos de Candice. Peut-être ne se souciaient-ils que de la sécurité de la firme, baignés qu'ils étaient dans la peur de l'espionnage industriel qui avait transformé tous les labos privés de la North Torrey Pines en forteresses inaccessibles à la curiosité du public ? Mais il avait dans l'idée que ce n'était pas tout.

Ils n'étaient pas aussi stupides et aveugles que Vergil; ils devaient savoir que ce qui lui arrivait était bien trop important pour être gardé secret au sein d'une seule entreprise.

Donc, ils avaient dû contacter le gouvernement. Cette hypothèse était-elle fondée ? (Peut-être devrait-il s'en charger, que Génétron l'ait fait ou non.) Et les agences gouvernementales feraient tout leur possible pour prendre rapidement une décision, dresser leurs plans et passer à l'action – c'est-à-dire que cela prendrait des jours, ou des semaines. Pendant ce temps-là, personne ne s'occuperait de Vergil. Génétron n'oserait rien faire contre sa volonté; l'opinion publique montrait déjà assez de méfiance envers les labos de recherches génétiques; un scandale ne se contenterait pas de perturber leur projet d'émission d'actions.

Vergil était tout seul. Et Edward connaissait assez son vieil ami pour savoir que, dans ce cas, personne ne gardait les portes du fortin; Vergil n'était pas un être responsable. Mais il s'était imposé l'isolement, il restait dans son appartement (n'est-ce pas ?) et subissait sa métamorphose mentale, enfermé dans l'extase déclenchée par sa psychose, plein des résultats de sa brillante intelligence.

Avec un sursaut, Edward prit conscience qu'il était le seul à pouvoir faire quelque chose.

Il était le dernier individu responsable.

Il fallait retourner chez Vergil et, au moins,

suivre le fil des événements jusqu'à ce que les grands chefs surgissent sur la scène.

Tout en conduisant, Edward pensait au changement. Le nombre de changements qu'un individu pouvait supporter était limité. L'innovation, et même la création radicale étaient essentielles, mais les résultats devaient être mis prudemment en application, avec une prévoyance circonspecte. Ne rien forcer, ne rien imposer. C'était l'idéal. Tout homme avait le droit de rester le même jusqu'à ce qu'il en décide autrement.

C'était sacrément naïf.

Vergil venait d'effectuer la plus grande découverte scientifique qu'on ait faite depuis...

Depuis quoi ? Il n'y avait pas de comparaison possible. Vergil Ulam était devenu un dieu. Il portait dans sa chair des centaines de milliards d'êtres intelligents.

Edward n'arrivait pas à manier cette idée.

– Néo-Luddites, murmura-t-il comme une injure.

Lorsqu'il appuya sur le bouton de l'interphone, Vergil répondit presque immédiatement.

– Oui, dit-il, d'une voix ragaillardie.

– C'est Edward.

– Salut, Edward. Monte. Je prends un bain. La porte n'est pas fermée.

Il entra dans la salle de séjour et traversa l'entrée où donnait la salle de bains. Vergil était dans la baignoire, plongé jusqu'au cou dans une eau rosâtre. Il sourit vaguement à son ami et frappa l'eau du plat de la main.

– On dirait que je me suis tailladé les poignets, hein ? dit-il dans un chuchotement joyeux. Ne t'inquiète pas. Tout va bien maintenant. Génétron va venir me chercher. Bernard, Harrison et les types du labo, tous dans une camionnette.

Des arêtes pâles s'entrecroisaient sur son visage

et ses mains étaient couvertes de bosses blanches.

– J'ai parlé à Bernard, ce matin, annonça Edward, perplexe.

– Ils viennent d'appeler, dit Vergil en montrant l'interphone de la salle de bains. Je suis ici depuis une heure, une heure et demie. À tremper et à penser.

Edward s'assit sur le siège des toilettes. La lampe à quartz était là, débranchée, près de l'armoire à linge.

– Tu es sûr de ce que tu veux ? dit-il, les épaules voûtées.

– Oui. J'en suis sûr. Une réunion. Le retour du fils prodigue, pas si prodigue que ça, hein ? Tu sais, je n'ai jamais bien compris cette histoire de prodigue. Est-ce que cela veut dire “prodige” ? Je le suis certainement. Je reviens en grande pompe. Tout va avoir de l'allure à partir de maintenant.

La couleur rose de l'eau ne ressemblait pas à celle du savon.

– C'est un bain moussant ? demanda Edward.

Une autre idée lui vint soudain qui lui coupa les jambes.

– Non. Cela vient de ma peau. Elles ne m'ont rien dit mais je crois qu'elles envoient des éclaireurs à l'extérieur. Salut ! Astronautes ! Ouais.

Il regarda Edward avec une expression qui ne se changea pas en inquiétude; c'était plutôt la curiosité de voir comment il allait réagir.

Les muscles du ventre d'Edward se contractèrent, comme pour supporter un autre coup. Il n'avait jamais envisagé sérieusement cette possibilité – pas consciemment du moins –, peut-être parce qu'il s'était concentré sur son acceptation du phénomène, puis sur des problèmes plus pressants.

– C'est la première fois ?

– Oui, répondit Vergil qui se mit à rire. J'ai presque envie de laisser partir ces petites salopes par le tuyau d'écoulement. Qu'on leur montre à quoi ressemble vraiment le monde.

– Elles se répandraient partout.

– Sans aucun doute.

Edward hocha la tête. Sans aucun doute.

– Tu ne m'as jamais présenté à Candice, dit-il.

– C'est vrai, admit Vergil en hochant lui aussi la tête.

Rien de plus.

– Comment... comment te sens-tu ?

– Assez bien en ce moment. Il doit y en avoir des milliards. (Il fit de nouveau éclabousser l'eau.) Qu'est-ce que tu en penses ? Est-ce que je dois laisser partir ces petites salopes-là ?

– J'ai besoin de boire quelque chose, dit Edward.

– Candice range son whisky dans le placard de la cuisine.

Edward s'agenouilla à côté de la baignoire. Vergil le regarda avec curiosité.

– Qu'est-ce qu'on va faire ? demanda Edward.

L'expression de vif intérêt de Vergil se transforma, avec une rapidité atroce, en un masque de douleur.

– Mon Dieu, Edward, ma mère... tu sais, ils vont venir me chercher pour m'emmener... mais elle m'a dit... il faut que je l'appelle. Que je lui parle. (Des larmes tombèrent sur les arêtes qui déformaient ses joues.) Elle m'a dit de retourner chez elle. Quand... Quand l'heure serait venue. L'heure est venue, Edward ?

– Oui, répondit-il, avec l'impression d'être suspendu quelque part dans un nuage rempli d'étincelles. Je crois que l'heure est venue.

Ses doigts se refermèrent sur le cordon de la lampe à quartz et descendirent jusqu'à la prise.

Vergil avait électrifié les boutons de porte il l'avait fait pisser bleu, il lui avait joué des milliers de farces imbéciles et n'avait jamais mûri, jamais assez mûri pour comprendre combien il était brillant et jusqu'à quel point il pourrait agir sur le monde.

Vergil tendit la main vers la manette de vidange.

– Tu sais, Edward, je...

Il ne termina jamais sa phrase. Edward avait introduit la prise dans la fiche murale. À cet instant, il saisit la lampe et la fit basculer dans la baignoire. Il sauta pour éviter l'éclair, la vapeur et les étincelles. La lumière de la salle de bains s'éteignit. Vergil cria et battit des bras et des jambes, puis tout devint calme; et il n'y eut plus qu'un grésillement lent et régulier et la fumée qui montait de ses cheveux. La lumière qui venait d'une petite fenêtre d'aération coupait d'un rayon la vapeur nauséabonde.

Edward souleva le couvercle des toilettes et vomit. Puis il se boucha le nez et entra en titubant dans la salle de séjour. Ses jambes se dérobèrent sous lui et il s'effondra sur le divan.

Mais il n'avait pas le temps. Il se leva, vacillant et, repris de nausées, entra dans la cuisine. Il trouva la bouteille de whisky de Candice et retourna dans la salle de bains. Il dévissa le bouchon et versa le contenu dans la baignoire, en essayant de ne pas trop regarder Vergil. Mais ce n'était pas suffisant. Il lui fallait de l'eau de Javel et de l'ammoniaque, et après il pourrait s'en aller.

Il faillit appeler Vergil et lui demander où étaient l'eau de Javel et l'ammoniaque, mais il s'arrêta à temps. Vergil était mort. Son estomac recommença à se révolter et il s'appuya sur le mur de l'entrée, la joue pressée contre la peinture et le plâtre. Depuis quand les choses étaient-elles devenues moins réelles ?

Lorsque Vergil était entré au centre médical de Mount Freedom. C'était encore une plaisanterie de Vergil. Haha ! J'ai fait virer toute ta vie au bleu marine foncé, Edward. On n'oublie jamais un ami.

Il regarda dans l'armoire à linge mais ne vit que des serviettes et des draps. Dans la chambre à coucher, il ouvrit la penderie de Vergil et n'y trouva que des vêtements. La grande salle de bains était attenante à la chambre et, de l'endroit où il se trouvait, au pied du lit défait, Edward put voir qu'il y avait là un petit placard. Il entra dans la salle d'eau principale. À l'une de ses extrémités, opposée au placard, il y avait une cabine de douche. Un filet d'eau coulait de sous la porte. Il appuya sur le bouton électrique mais toute cette partie de l'appartement était privée de courant; la seule lumière qu'il y avait provenait de la fenêtre de la chambre. Dans le placard, il trouva à la fois de l'eau de Javel et une grande bouteille d'un litre et demi d'ammoniaque.

Il alla les verser dans la baignoire, en évitant les yeux pâles et aveugles de Vergil. Des vapeurs s'élevèrent en sifflant et il referma la porte derrière lui en toussant.

Quelqu'un appela doucement :

– Vergil !

Edward remporta les récipients vides dans la grande salle de bains où la voix se fit plus forte. Il resta sur le seuil; la bouteille de plastique sonna le creux en effleurant le chambranle. Il tendit l'oreille en fronçant les sourcils.

– Vergil, c'est toi ? demanda sèchement la voix.

Elle sortait de la cabine de douche. Edward fit un pas en avant, puis s'arrêta. Ça suffit, pensa-t-il. La réalité avait été suffisamment déformée et il ne voulait pas vraiment aller plus loin. Il fit un pas, puis un autre, et s'apprêta à ouvrir la porte de la cabine de douche.

C'était une voix de femme, rauque, étrange; mais elle n'exprimait pas la détresse.

Il saisit la poignée et tira dessus. La porte s'ouvrit à la volée avec un déclic. Ses yeux s'accommodant à la pénombre, il scruta l'intérieur de la douche.

– Vergil, tu ne t'es guère occupé de moi. Il faut absolument que nous partions de cet hôtel. La chambre est petite et sombre et elle ne me plaît pas.

Il reconnut la voix entendue au téléphone; mais il n'aurait pu reconnaître la femme, même s'il l'avait vue en photo avant.

– Candice ? demanda-t-il.

– Vergil ? Partons.

Il s'enfuit.

15

Lorsque Edward rentra chez lui, le téléphone sonnait. Il ne répondit pas. C'était peut-être l'hôpital… ou Bernard… ou la police. Il ne supportait pas l'idée d'être obligé d'expliquer tout cela à la police. Génétron ne donnerait que des réponses évasives; Bernard ne serait pas disponible.

Edward était épuisé, tous les muscles noués par la tension nerveuse et par… ce sentiment dont il ignorait le nom et que l'on éprouvait après…

Avoir commis un génocide ?

La chose n'avait, certes, pas l'air réel. Il n'arrivait pas à croire qu'il venait d'assassiner un million de milliards d'êtres intelligents. Des « noocytes ». Il avait assassiné une galaxie. C'était risible. Mais il ne riait pas.

Il ne pouvait chasser l'image de Candice dans la douche.

Juste au moment où il quittait l'immeuble, il avait vu une camionnette blanche tourner le coin à toute vitesse et stationner devant la maison, suivie de près par la limousine de Bernard. Il était resté dans sa voiture et avait regardé les hommes en combinaisons blanches de protection descendre de la camionnette qui, remarqua-t-il, était banalisée.

Puis il avait mis sa voiture en marche et était parti. Aussi simplement que cela. Retour à Irvine. Ne tenir aucun compte de tout ce gâchis, aussi longtemps que possible, sinon il deviendrait vite aussi dément que Candice.

Candice qui avait été transformée au-dessus d'un tuyau d'écoulement qui n'était pas fermé. Laisser partir ces petites salopes, avait dit Vergil. Leur montrer à quoi ressemble vraiment le monde.

Il n'avait aucune difficulté à croire qu'il venait de tuer un être humain, un ami. La fumée, la coiffe fondue de la lampe, la prise électrique pendante et le cordon fumant.

Vergil.

Il avait plongé la lampe dans la baignoire de Vergil.

Avait-il réussi à les tuer tous ? Peut-être que Bernard et ses hommes avaient achevé ce qu'il avait commencé.

Il n'avait pas envisagé cela. Qui pouvait admettre cela, le comprendre à fond ? Certainement pas lui; il avait dû reconnaître intellectuellement, *voir*, des horreurs, des choses effroyables, et il ne croyait pas pouvoir prédire ce qui allait arriver ensuite, car il savait à peine ce qui se passait maintenant.

Les rêves. Les villes violant Gail. Les galaxies les saupoudrant tous. Quelle angoisse... et quelle beauté potentielle... une nouvelle sorte de vie, de symbioses et de transformations.

Non. Il ne fallait pas penser à ça. Le changement... beaucoup trop de changement... et.

c'était là où commençaient ses objections, ses objections à un ordre nouveau, une nouvelle

trans

formation. Parce qu'il savait bien que les humains n'étaient pas assez, qu'il devait y avoir plus, que Vergil avait fait plus; à sa manière maladroite et aveugle il avait amorcé la nouvelle étape.

Non. La vie continue pas de point pas de fin pas de changement, pas de choses choquantes comme Candice dans la douche ou Vergil mort dans la baignoire. La vie c'est le droit de tout individu à la normalité et à une évolution normale, un vieillissement normal. Qui pouvait lui arracher ce droit ? Qui, sain d'esprit, l'accepterait et qu'allait-il lui arriver, qu'il serait bien obligé d'accepter ?

Il était allongé sur le divan et protégeait ses yeux de son avant-bras. Il n'avait jamais été aussi épuisé de sa vie... vidé physiquement, émotionnellement, au-delà de toute pensée rationnelle. Il se refusait à dormir car il sentait les cauchemars s'accumuler comme des nuages bourgeonnants, attendant le moment de déverser les réfractions et les échos de ce qu'il avait vu.

Edward retira son avant-bras et contempla le plafond. Il était peut-être encore possible d'arrêter ce qui venait à peine de commencer. C'était peut-être lui, l'homme qui provoquerait la réaction en chaîne qui mettrait fin à tout cela. Il pouvait appeler le centre de contrôle des maladies (oui, mais était-ce à eux qu'il désirait parler ?). Ou peut-être le département de la Défense ? La Santé de la région d'abord, en opérant par l'intermédiaire des chaînes de télé ? Peut-être même l'hôpital ou la clinique Scripps de La Jolla.

Il remit le bras sur ses yeux. Il n'y avait pas de ligne de conduite bien définie.

Les événements avaient simplement dépassé ses capacités. Il se dit que c'était souvent arrivé, au cours de l'histoire de l'humanité; des raz de marée d'événements qui avaient submergé des individus cruciaux, les avaient balayés, leur faisant désirer un endroit tranquille, peut-être un petit village mexicain où il ne se passait jamais rien et où l'on pouvait dormir, simplement dormir.

– Edward ? (Gail se pencha sur lui, tâtant son front de ses doigts froids.) Chaque fois que je rentre, tu es là... avachi. Tu n'as pas l'air bien. Comment te sens-tu ?

– Ça va. (Il s'assit au bord du divan. Son corps était brûlant et son abrutissement faillit lui faire perdre l'équilibre.) Qu'as-tu prévu pour le dîner ? (Sa bouche ne fonctionnait pas normalement; les mots sortaient comme de la bouillie.) J'ai pensé que nous pourrions sortir.

– Tu as de la fièvre. Beaucoup de fièvre. Je vais chercher le thermomètre. Ne bouge pas.

– Non, lui cria-t-il faiblement.

Il se leva et se dirigea, en titubant, vers la salle de bains; il se regarda dans la glace. Elle le rejoignit là, lui fourra le thermomètre sous la langue. Comme toujours, il eut envie de mordre dedans, comme Harpo Marx, de le manger comme si c'était un morceau de sucre d'orge. Elle le contempla dans la glace, par-dessus son épaule.

– Qu'est-ce qu'il y a ? demanda-t-elle.

Des lignes dessinaient un collier autour de son cou. Des lignes blanches, comme des autoroutes.

– Les paumes moites, dit-il. Vergil avait les paumes moites. (Cela faisait des jours qu'ils étaient déjà à l'intérieur de son corps.) C'est tellement évident.

– Edward, je t'en prie, qu'est-ce qui se passe ?

– Il faut que je téléphone, dit-il.

Gail le suivit dans la chambre et resta debout tandis qu'il s'asseyait sur le lit et composait le numéro de Génétron.

– Le Dr Michael Bernard, je vous prie.

La réceptionniste lui répondit, beaucoup trop rapidement, qu'il n'y avait personne de ce nom chez eux.

– C'est trop important pour déconner, répliqua-t-il. Dites au Dr Bernard que je suis Edward Milligan et que c'est urgent.

La réceptionniste le mit en attente. Bernard était peut-être encore chez Vergil, à essayer de reconstituer les pièces du puzzle; peut-être enverraient-ils simplement quelqu'un l'arrêter. N'importe comment, cela n'avait plus d'importance.

– Ici Bernard.

La voix du médecin était fausse et perfide... tout à fait comme devait paraître la sienne, se dit Edward.

– Il est trop tard, docteur. Nous avons serré la main de Vergil. Il avait les paumes moites. Vous vous en souvenez ? Et demandez-vous qui nous avons touché depuis. Nous sommes des vecteurs, maintenant.

– J'étais chez lui aujourd'hui, Milligan. Est-ce vous qui avez tué Ulam ?

– Oui. Il allait mettre ces... microbes en liberté. Ses noocytes. Quel que soit le nom qu'on leur donne.

– Avez-vous trouvé sa petite amie ?

– Oui.

– Que lui avez-vous fait ?

– À elle ? Rien. Elle était dans la douche. Mais, écoutez...

– Elle était partie lorsque nous sommes arrivés, il n'y avait plus que ses vêtements. L'avez-vous tuée aussi ?

– Écoutez-moi, docteur. Les microbes de Vergil sont dans mon corps. Et dans le vôtre aussi.

Il y eut un silence à l'autre bout du fil, puis Bernard poussa un gros soupir.

– Oui ?

– Avez-vous découvert un moyen de les contrôler, je veux dire, à l'intérieur de nos corps ?

– Oui. (Puis, plus doucement.) Non. Pas encore. Les antimétabolytes, la thérapie par radiation contrôlée, l'actinomycine. Nous avons tout essayé, mais... non.

– Alors, c'est cuit, docteur Bernard.

Un autre silence.

– Hmm.

– Je vais passer le peu de temps qui nous reste avec ma femme.

– Oui. Merci de m'avoir appelé.

– Je vais raccrocher, maintenant.

– Bien sûr. Adieu.

Edward raccrocha et enlaça Gail.

– C'est une maladie ? demanda-t-elle.

Edward hocha la tête.

– C'est Vergil qui l'a fabriquée. Une maladie qui pense. Je ne suis pas sûr qu'il y ait un moyen de lutter contre une peste intelligente.

16

Harrison feuilletait le code du travail et prenait méthodiquement des notes. Dans un coin, Yng était assis dans un confortable fauteuil en cuir, les doigts joints en pyramide devant son visage;

ses cheveux noirs, longs et plats, retombaient sur ses yeux et ses lunettes. Bernard, impressionné par la qualité du silence qui régnait dans la pièce, se tenait debout devant le bureau recouvert de formica noir. Harrison se rejeta en arrière et brandit son bloc-notes.

– Tout d'abord, nous ne sommes pas responsables. À ce que je comprends, Ulam a mené ses recherches sans notre autorisation...

– Mais lorsque nous l'avons appris, nous ne l'avons pas mis à la porte, riposta Yng. Devant la cour, ce sera un mauvais point pour nous.

– Nous nous inquiéterons de cela plus tard. Ce qu'il faut faire, c'est avertir le CDC[1]. Il ne s'agit pas d'un bac renversé ou d'une brèche dans la retenue d'une conduite, mais...

– Aucun de nous, pas un de nous, ne pensait que les cellules d'Ulam seraient viables à l'extérieur du corps, l'interrompit Yng qui tordit ses mains en un enchevêtrement de doigts.

– Tout d'abord, il est tout à fait possible qu'elles ne le soient pas, fit remarquer Bernard, emporté malgré lui dans la discussion. Il est évident qu'il y a eu pas mal de changements depuis les premiers lymphocytes. Un changement autogéré.

– Je me refuse toujours à croire qu'Ulam ait créé des cellules intelligentes, dit Harrison. Nos propres recherches, dans le cube, ont montré combien cela pouvait être difficile. Sur quelles bases a-t-il déterminé qu'elles étaient intelligentes ? Comment a-t-il fait pour les instruire ? Non... quelque chose...

Yng éclata de rire.

– Le corps d'Ulam a été transformé, redessiné... Pouvons-nous douter qu'il y avait une intelligence derrière cette transformation ?

1. CDC : Center of Disease Control *(N.d.T.)*.

– Messieurs, intervint doucement Bernard. Tout cela n'est que discussion théorique. Allons-nous, oui ou non, alerter Atlanta et Bethesda ?

– Que diable allons-nous leur dire ?

– Que nous sommes tous au premier stade d'une très dangereuse maladie, créée dans nos laboratoires par un chercheur maintenant décédé...

– Assassiné, précisa Yng en secouant la tête d'incrédulité.

– Et qui se répand à une vitesse alarmante.

– Oui, mais que peut y faire le CDC ? répliqua Yng. La contamination s'est peut-être propagée sur tout le continent, à l'heure qu'il est.

– Non, corrigea Harrison, pas si loin que ça. Ulam n'a pas pris contact avec tant de monde, non. Cela se limite peut-être encore à la Californie du Sud.

– Il a pris contact avec *nous* ! s'exclama Yng d'un air piteux. Vous pensez que nous sommes contaminés ?

– Oui, répondit Bernard.

– Pouvons-nous y faire quelque chose, personnellement ?

Bernard fit semblant de réfléchir, puis secoua la tête.

– Je vous prie de m'excuser, mais il y a du travail à faire avant d'annoncer la nouvelle.

Il quitta la salle de conférence et se dirigea vers l'escalier. Près de la porte de la façade ouest, il y avait une cabine téléphonique. Tirant sa carte de crédit de son portefeuille, il l'inséra dans la fente et composa le numéro de son cabinet de Los Angeles.

– Ici Bernard. Je vais sous peu partir en limousine pour l'aéroport de San Diego. Pouvez-vous me passer George ?

La réceptionniste lança plusieurs appels et le mit en communication avec son chauffeur, qui faisait parfois office de pilote.

– George, désolé de n'avoir pu vous prévenir plus tôt, mais il s'agit plus ou moins d'une urgence. Il faut que l'avion soit prêt dans une heure et demie et que vous ayez fait le plein.

– Où allons-nous cette fois ? demanda George Dilman, habitué aux longs vols imprévus.

– En Europe. Je vous dirai exactement où dans une demi-heure environ, afin que vous puissiez faire enregistrer le plan de vol.

– Ce n'est pas votre habitude, docteur.

– Dans une heure et demie, George ?

– Nous serons prêts.

– Je pars seul.

– Docteur, j'aimerais mieux...

– Seul, George.

Dilman soupira.

– Bien.

Bernard composa ensuite un nombre de vingt-sept chiffres qui commençait par un code de satellite et se terminait par une séquence secrète de brouillage. Une femme lui répondit en allemand.

– Doktor Heinz Paulsen-Fuchs, *bitte*.

Elle ne lui posa aucune question. Le docteur acceptait toutes les communications sur cette ligne-là. Paulsen-Fuchs répondit quelques minutes plus tard. Bernard regarda autour de lui avec inquiétude, conscient qu'il risquait d'être observé.

– Paul, c'est Michael Bernard. J'ai un service plutôt exceptionnel à vous demander.

– Herr Doktor Bernard, toujours le bienvenu, toujours le bienvenu. Que puis-je faire pour vous ?

– Avez-vous un laboratoire d'isolement total dans les installations de Wiesbaden, que vous puissiez libérer aujourd'hui même ?

– Dans quel but ? Excusez-moi, Michael : ce n'est peut-être pas le moment de poser des questions ?

– Non, pas vraiment.

– Si c'est un cas d'urgence, eh bien, *ja*, je suppose.

– Bon. J'aurai besoin de ce labo ainsi que de la piste d'atterrissage privée de la B.K.Pharmek. Lorsque je quitterai mon avion, il faudra que je mette une combinaison d'isolement et que je monte immédiatement dans un camion de transport de matériel biologique hermétiquement scellé. Puis mon avion sera détruit sur place et tout le secteur arrosé de désinfectant. Je vais être votre hôte... si l'on peut dire... durant un temps indéterminé. Le labo devra être équipé pour que je puisse y vivre et y effectuer mon travail. J'aurai besoin d'un terminal d'ordinateur à fonctions complètes.

– Vous buvez rarement, Michael. Et vous n'avez jamais été instable, du moins pas pendant le temps que nous avons passé ensemble. Tout cela a l'air grave. S'agit-il d'un incendie, Michael ? Un bac renversé, peut-être ?

Bernard se demanda comment Paulsen-Fuchs avait découvert qu'il faisait des recherches en génie génétique. Le savait-il vraiment ? Ou n'était-ce qu'une hypothèse ?

– Un cas d'urgence vraiment exceptionnel, Herr Doktor. Pouvez-vous me rendre ce service ?

– M'expliquerez-vous tout ?

– Oui. Et vous y gagnerez, vous et votre pays, à être les premiers au courant.

– Cela n'a pas l'air banal, Michael.

Il éprouva une légère flambée de colère, irrationnelle.

– Comparé à cela, tout le reste est banal, Paul.

– Alors, ce sera fait. Nous vous attendons dans... ?

– Dans les vingt-quatre heures. Merci, Paul.

Il raccrocha et regarda sa montre. Il pensait que personne, ici, n'avait compris l'ampleur de ce qui allait arriver. Lui-même avait des difficultés à l'imaginer. Mais une chose était certaine, quarante-huit heures après que Harrison aurait informé le CDC, le continent nord-américain serait pratiquement mis en quarantaine – qu'ils croient ou non ce qu'il leur dirait. Les mots clefs seraient « épidémie » et « génie génétique ». L'action serait totalement justifiée, mais il doutait qu'elle soit suffisante. On prendrait ensuite des mesures plus draconiennes.

Il n'avait pas envie d'être encore sur le continent lorsque cela arriverait; mais d'autre part, il ne voulait pas être responsable de la transmission de la contagion. Aussi s'offrait-il comme cobaye au plus beau laboratoire de recherches pharmaceutiques d'Europe.

Bernard ne connaissait jamais le doute et, dans son travail, il ne revenait à aucun prix sur une décision. En cas d'urgence ou dans une situation délicate, il proposait toujours une seule solution à la fois… et habituellement c'était la bonne. Les solutions de rechange attendaient, inconscientes et discrètes, à l'arrière-plan de ses pensées, tandis qu'il agissait. Il en avait toujours été ainsi en salle d'opération et c'était pareil maintenant. Cette faculté n'était pas sans le chagriner parfois. Elle faisait de lui un foutu robot, sûr de lui, par-delà tout motif de l'être. Mais c'était à elle qu'il devait ses succès, son envergure en neurophysiologie et le respect que lui accordaient ses collègues, aussi bien que le public.

Il revint dans la salle de conférence prendre son porte-documents. Comme toujours, sa limousine devait l'attendre sur le parking de Génétron, tandis que le chauffeur lisait ou jouait aux échecs avec son ordinateur de poche.

– Je suis à mon cabinet si vous avez besoin de moi, dit-il à Harrison.

Yng, les mains derrière le dos, était debout devant le tableau blanc, vierge.

– Je viens d'appeler le CDC, dit Harrison. Ils nous rappelleront pour nous donner des instructions.

La nouvelle serait bientôt transmise à tous les hôpitaux de la région. Dans combien de temps fermerait-on les aéroports ? Ces mesures seraient-elles vraiment efficaces ?

– Tenez-moi au courant, dit Bernard.

Il franchit la porte et se demanda un instant s'il avait besoin d'emporter autre chose. Il se dit que non. Il avait dans son porte-documents des copies des disquettes d'Ulam. Il emportait dans son sang les organismes d'Ulam.

C'était sûrement suffisant pour l'occuper pendant un bon moment.

Des gens ? Quelqu'un qu'il devrait avertir ?

L'une de ses trois ex-femmes ? Il ne savait même pas où elles habitaient. Son comptable leur envoyait le chèque de la pension. Il n'avait vraiment aucun moyen de...

Quelqu'un qu'il aimait réellement, ou qui l'aimait réellement ?

La dernière fois qu'il avait vu Paulette, c'était en mars. Ils s'étaient séparés bons amis. Tout s'était passé d'une manière amicale. Ils avaient gravité l'un autour de l'autre, comme une planète et son satellite, sans vraiment se toucher. Paulette avait récusé le rôle de lune, et avec raison. Elle avait très bien réussi dans sa profession; elle était cyto-technologue en chef de la Cetus Corporation, à Palo Alto.

Maintenant qu'il y réfléchissait, c'était probablement elle qui avait suggéré son nom à Harrison. Après leur rupture, elle avait sans doute voulu, en agissant ainsi, se montrer impartiale et objective.

Il ne pouvait pas lui en tenir rigueur. Mais rien en lui ne le poussait à l'appeler, à l'avertir.

Il se trouvait simplement que ce n'était pas pratique.

Cela faisait cinq ans qu'il n'avait pas eu de nouvelles de son fils. Il était quelque part en Chine, avec une bourse de recherches.

Il abandonna l'idée d'avertir quelqu'un.

Je n'ai peut-être même pas besoin d'une chambre d'isolement, pensa-t-il. *Je suis déjà fichtrement isolé.*

17

Ils frôlèrent la mort. En quelques minutes, Edward devint trop faible pour bouger. Il la regarda appeler ses parents, différents hôpitaux, son école. Elle était folle de terreur à l'idée d'avoir contaminé ses élèves. Il imagina une ride de nouvelles se propageant vers l'extérieur...

La panique. Mais Gail ralentit, fut prise de vertige et s'allongea sur le lit, à côté de lui.

Elle jura et se débattit, comme un cheval à la jambe cassée qui essaie de se relever, mais ses efforts restèrent vains.

Elle utilisa ses dernières forces à se rapprocher de lui et ils s'étreignirent, trempés de sueur. Gail ferma les yeux, le visage blanc comme du talc. Elle avait l'air d'un cadavre embaumé dans un salon de pompes funèbres. Durant un moment, Edward crut qu'elle était morte, et malgré son état, il ragea... s'emplit de haine, se sentit follement coupable pour sa faiblesse, sa lenteur à comprendre toutes les éventualités. Puis il cessa de s'inquiéter. Il était trop faible pour battre des paupières, alors il ferma les yeux et attendit.

Un rythme battait dans ses bras, dans ses jambes. À chaque pulsation de son sang, une espèce de son montait en lui comme un orchestre qui jouerait horriblement fort, mais pas à l'unisson, qui jouerait toutes les œuvres de sa saison symphonique à la fois. La musique du sang. La sensation auditive se fit plus coordonnée; enfin les trains d'ondes se neutralisèrent dans le silence, puis se séparèrent en battements harmoniques.

Les battements se confondirent avec le bruit de son cœur.

Ni l'un ni l'autre n'avaient le sens de l'écoulement du temps. Il s'était peut-être passé des jours avant qu'il retrouve assez de force pour aller jusqu'au robinet de la salle de bains. Il but jusqu'à ce que son estomac ne puisse contenir une goutte de plus et il revint, un verre d'eau à la main. Il souleva la tête de Gail et porta le verre à sa bouche. Elle le vida à petites gorgées. Ses lèvres étaient desséchées, ses yeux injectés de sang et bordés de croûtes jaunâtres, mais sa peau avait retrouvé un peu de couleur.

– Quand allons-nous mourir ? demanda-t-elle d'une voix qui n'était qu'un faible croassement. Je veux être dans tes bras lorsque nous mourrons.

Quelques minutes plus tard, il se sentit assez fort pour l'aider à gagner la cuisine. Il éplucha une orange, la partagea avec elle et sentit la pulsation du sucre, du jus et de l'acide couler dans sa gorge.

– Où sont les autres ? demanda-t-elle. J'ai appelé l'hôpital, des amis. Où sont-ils ?

La perception harmonique orchestrale reparut, les battements se coordonnèrent en fragments reconnaissables, les fragments fusionnèrent, convergèrent en un foyer de signification et brusquement...

Y a-t-il MALAISE ?

« Oui. »

Il répondit automatiquement, comme s'il avait prévu cet échange et était prêt à engager une longue conversation.

PATIENCE. Il y a des difficultés.

« Quoi ? Je ne comprend pas... »

***Réaction immunitaire*. *Conflit*. Difficultés.**

« Alors, laissez-nous ! Partez ! »

Impossible. Trop INTÉGRÉS.

Ils ne se rétablirent pas au point de se libérer de l'infection. Toute impression d'avoir recouvré la liberté était illusoire. Très brièvement, il essaya d'expliquer à Gail ce qu'à son avis ils vivaient, ne disant que ce que sa force lui permettait d'exprimer.

Elle réussit à se lever de sa chaise et se dirigea vers la fenêtre où elle se tint, debout sur ses jambes tremblantes, à regarder les pelouses et les rangées de fenêtres.

– Et les autres, alors ? demanda-t-elle. Ils l'ont aussi ? C'est pour cela qu'ils ne sont pas là ?

– Je ne sais pas. Probablement bientôt.

– Ont-elles... la maladie, elle te parle ?

Il hocha la tête.

– Alors, je ne suis pas folle. (Elle traversa lentement la salle de séjour.) Je ne vais bientôt plus pouvoir bouger. Et toi ? Nous devrions peut-être essayer de nous échapper ?

Il lui prit la main et secoua la tête.

– Elles sont en nous. Elles sont devenues nous. Où aller ?

– Alors je veux être au lit avec toi quand nous ne pourrons plus bouger. Et je veux que tu me prennes dans tes bras.

Ils s'allongèrent sur le lit et s'étreignirent.

– Eddie...

Ce fut le dernier son qu'il entendit. Il essaya

de résister, mais des vagues de paix le submergèrent et il ne put que subir. Il flottait sur un immense océan bleu-violet. Au-dessus de la mer, son corps était cartographié dans un plan qui semblait illimité. Les courbes des efforts des noocytes étaient tracées là et il n'eut aucune difficulté à comprendre leurs progrès. Il était évident que son corps était maintenant plus noocyte que Milligan.

« Que va-t-il nous arriver ? »

Plus de MOUVEMENT.

« Allons-nous mourir ? »

CHANGEMENT

« Et si nous ne voulons pas changer ? »

Pas de DOULEUR

« Et la peur ? Vous ne nous laisserez même pas avoir peur ? »

L'océan bleu-violet et la carte firent place à une obscurité chaude.

Il avait tout le temps voulu pour réfléchir mais pas tout à fait assez d'informations. Était-ce cela que Vergil avait subi ? Pas étonnant qu'il ait eu l'air de devenir fou. Il sentit un accroissement de chaleur, une proximité et une présence irrésistible.

"Edward..."

« Gail ? Je peux t'entendre... non, pas t'entendre... »

"Edward, je devrais être terrifiée. Je voudrais me mettre en colère, mais je ne peux pas."

Pas essentiel.

"Allez-vous-en ! Edward, je voudrais lutter..."

« Laissez-nous, je vous prie, laissez-nous ! »

PATIENCE. Des difficultés.

Ils restèrent silencieux et se contentèrent de jouir de la présence de l'autre. Ce qu'Edward sentait proche, ce n'était pas la forme physique de Gail; pas même l'image qu'il se faisait de sa personnalité, mais quelque chose de plus convaincant, avec tout le poids et les détails de la réalité, mais pas telle qu'il l'avait expérimentée avant.

"Combien de temps a passé ?"

« Je ne sais pas. Demande-*leur*. »

Pas de réponse.

"Elles t'ont parlé ?"

« Non. Je ne pense pas qu'elles soient capables de nous parler, réellement... pas encore. Peut-être que tout cela n'est qu'une hallucination. Vergil a eu des hallucinations et je me contente peut-être d'imiter ses rêves fébriles. »

"Dis-moi qui donne des hallucinations à qui. Attends. Quelque chose s'approche. Peux-tu voir ce que c'est ?"

« Je ne *vois* rien... mais je le sens. »

"Décris-le-moi."

« Je ne peux pas. »

"Regarde... Ça fait quelque chose. (À contre-cœur.) C'est beau."

« C'est très... Je ne trouve pas ça effrayant. C'est plus près, maintenant. »

Pas de MAL. Pas de DOULEUR. *Apprendre* ici, *s'adapter*

Ce n'était pas une vision, mais c'était impossible à exprimer en mots. Edward ne résista pas lorsque cela fondit sur lui.

"Qu'est-ce que c'est ?"

« C'est là, je suppose, que nous serons pendant quelque temps. »

"Reste avec moi !"

« Bien sûr... »

Il y eut, brusquement, beaucoup à faire et beaucoup de dispositions à prendre.

Edward et Gail poussèrent ensemble sur le lit, leur substance passa au travers des vêtements, leurs peaux s'unirent là où ils s'étreignaient, et leurs lèvres là où elles se touchaient.

18

Bernard était très fier de son Falcon 10. Il l'avait acheté à Paris au président d'une entreprise d'informatique en faillite. Cela faisait trois ans qu'il chérissait cet avion d'affaires aérodynamique; il avait appris à piloter et obtenu son brevet en trois mois, « en partant de zéro », comme avait dit son instructeur. Il caressa amoureusement du doigt le rebord du pupitre de commande noir, puis polit du pouce son surfaçage marqueté. C'était bizarre qu'après avoir laissé – perdu – tant de choses derrière lui, cet avion, inerte, ait pour lui une telle importance. La liberté, la réussite, le prestige... Il était évident que dans les semaines à venir, s'il disposait encore de semaines, il subirait beaucoup de changements autres que physiques. Il serait bien obligé d'affronter sa fragilité et sa nature éphémère.

Il avait fait le plein à La Guardia, sans quitter le poste de pilotage. Il avait donné ses instructions par radio, roulé jusqu'à la travée des avions privés et coupé les propulseurs. Le personnel de service avait rapidement accompli son travail et Bernard avait transmis la suite de son plan de vol à la tour. Pas une fois il n'avait eu à toucher une chair humaine; il n'avait même pas respiré le même air que les mécaniciens de piste.

À Reykjavik, il avait dû quitter l'appareil et effectuer lui-même le ravitaillement, mais il avait enroulé une écharpe sur son nez et sa bouche, et pris garde de ne rien toucher sans gants.

En route pour l'Allemagne, son esprit sembla s'éclaircir... il devint trop pénétrant à son goût dans l'auto-analyse. Aucune des conclusions auxquelles il parvint ne lui plut. Il essaya de les écarter, mais il n'y avait rien dans le poste de pilotage qui puisse absorber totalement son attention; les observations, les accusations revinrent à l'attaque toutes les cinq minutes jusqu'à ce qu'il mette l'avion en pilotage automatique et leur accorde leur dû.

Il allait bientôt mourir. Bien sûr, il faisait preuve d'une grande abnégation en s'offrant à Pharmek, au monde qui n'était peut-être pas encore contaminé. Mais c'était loin de compenser sa responsabilité dans ce qui allait arriver.

Comment aurait-il pu savoir ?

– Milligan savait, dit-il entre ses dents serrées. Qu'ils aillent tous se faire foutre.

Que Vergil I. Ulam aille se faire foutre; mais n'était-il pas semblable à lui ? Non, il refusait de l'admettre. Vergil avait été très brillant (il vit le corps roussi et boursouflé, dans la baignoire, *avait été avait été*) mais irresponsable, incapable de voir les précautions qu'il aurait dû, instinctivement, prendre. Mais si Vergil les avait prises, ces précautions, ses recherches n'auraient jamais abouti.

Personne ne l'aurait laissé faire.

Et Michael Bernard savait trop bien quelle souffrance c'était d'être brusquement coupé dans son élan lorsqu'on s'engageait dans une voie prometteuse. Il aurait pu guérir des milliers de gens atteints de la maladie de Parkinson… si on l'avait laissé utiliser le tissu cérébral d'embryons dont les mères avaient avorté. Mais les gens connus ou inconnus de lui qui avaient mis fin à ses recherches pour des raisons morales avaient aussi laissé des milliers de personnes souffrir et se dégrader. Combien de fois il avait souhaité que la jeune Mary Shelley n'ait jamais écrit son livre ou, du moins, qu'elle n'ait jamais donné à son savant un nom *allemand*. Toutes ces associations d'idées qui se feraient dans l'esprit des gens, avec les événements du début du dix-neuvième siècle et du milieu du vingtième...

Oui, oui, et ne venait-il pas de maudire Ulam pour *son* intelligence exceptionnelle, et la même comparaison n'avait-elle pas traversé son esprit ?

Le monstre de Frankenstein. Inéluctable. Une évidence fort gênante.

Les gens avaient tellement peur de la nouveauté, du changement.

Et maintenant, il avait peur, lui aussi, bien qu'il ait du mal à l'admettre. Mieux valait être rationnel, s'offrir lui-même aux chercheurs, en un sacrifice humain non intentionnel, comme celui du Dr Louis Slotin, à Los Alamos, en 1946. Ce chercheur et sept de ses collègues s'étaient trouvés accidentellement exposés à une brusque flambée de rayonnements ionisants. Slotin avait ordonné aux autres de ne pas bouger. Il avait alors dessiné des cercles autour de leurs pieds et des siens, afin de fournir des données sérieuses sur la distance qui les séparait de la source d'émission et sur l'intensité de l'exposition, à ceux qui étudieraient les causes de l'accident. Slotin était mort neuf jours plus tard. Un autre avait succombé, vingt ans plus tard, à des complications attribuées au rayonnement. Deux autres étaient morts de leucémie galopante.

Des cobayes humains. Noble Slotin, plein de sang-froid.

Avaient-ils souhaité, durant ces terribles moments, que personne n'ait jamais fissionné l'atome ?

Pharmek avait loué sa propre piste, à deux kilomètres de ses laboratoires de recherches, dans les environs de Wiesbaden; afin d'accueillir les hommes d'affaires et les savants qui venaient les voir, et aussi pour accélérer la réception et le traitement des échantillons de plantes et de sol qui leur étaient envoyés par des chercheurs du monde entier. Bernard tourna en cercle au-dessus des champs morcelés et des bois, à trois mille mètres d'altitude; à l'est, l'aube effleurait le ciel.

Il brancha la radio auxiliaire sur le système ILS[1] automatique de Pharmek et il appuya deux fois sur la touche du micro pour actionner les lumières et le radio-alignement d'atterrissage. La piste apparut au-dessous de lui, dans la grisaille qui précède l'aube, la direction du vent indiquée par une flèche de lumière, d'un seul côté.

Bernard suivit les lumières et le radio-phare et sentit les roues rebondir et gémir sur le béton de la piste; un atterrissage parfait, le dernier que ferait jamais l'aérodynamique avion d'affaires.

Par le hublot latéral, il vit qu'une grande camionnette blanche et des hommes vêtus de combinaisons de bio-hasard l'attendaient pour terminer son roulage. Ils avaient braqué un puissant projecteur sur l'avion. Par le hublot, il leur fit signe de rester où ils étaient.

– J'ai besoin qu'une combinaison d'isolement soit mise à ma disposition, à environ cent mètres de l'avion, annonça-t-il à la radio. Et la camionnette devra reculer cent mètres plus loin.

Un homme, debout sur la cabine du véhicule, écouta ce que lui disait un autre qui était à l'intérieur et fit signe, pouce levé, que tout irait bien. On étala une combinaison d'isolement, flasque, sur le chemin de roulement, et le camion, ainsi que les hommes, recula en toute hâte.

1. ILS : *Instrument Landing System*, terme anglais utilisé sur tous les aérodromes *(N.d.T.)*.

Bernard coupa les moteurs et éteignit la radio, laissant seulement les lumières de la cabine allumées et le système de vidange du carburant branché. Porte-documents sous le bras, il entra dans la cabine des passagers et sortit un conteneur de désinfectant en aluminium pressurisé du compartiment à bagages. Avec un profond soupir, il enfila un masque filtrant en caoutchouc. Les instructions se trouvaient sur le côté de la boîte métallique. L'ajustage noir et conique avait un tuyau en plastique flexible terminé par un raccordement en métal. Celui-ci s'adapta parfaitement bien à la valve du conteneur.

Tuyau dans une main, réservoir dans l'autre, Bernard revint dans la cabine de pilotage et pulvérisa le produit sur le panneau de contrôle, le siège, le sol et le plafond, jusqu'à ce que tout dégouline de liquide nocif d'un vert laiteux. Puis il retourna dans la cabine des passagers, arrosant largement du jet à haute pression tout ce qu'il avait touché. Il dévissa l'ajustage lorsque le réservoir fut vide et déposa le récipient sur un siège aux coussins de cuir. Il manœuvra un levier et le panneau de descente se déploya en sifflant jusqu'au sol de béton.

Il tapota sa poche de pantalon d'une main, pour s'assurer que le pistolet lance-fusées était bien là, palpa les six cartouches supplémentaires, descendit les marches et déposa le porte-documents sur la piste, à environ dix mètres du nez rouge et brillant de l'avion.

Point par point, il sabota son appareil : il commença par débloquer et vidanger les circuits hydrauliques, puis taillada les pneus pour en faire sortir l'air. Avec une hache, il cassa le pare-brise, à droite du poste de pilotage, puis les trois hublots des passagers, du côté gauche; il fut obligé de grimper sur l'aile pour les atteindre.

Il remonta l'escalier, entra dans le poste de pilotage et tâta sous le siège imbibé de désinfectant pour arracher le cache du bouton de largage du carburant. Avec un déclic, il céda sous ses doigts et les valves s'ouvrirent. Bernard quitta rapidement l'appareil, ramassa le porte-documents et courut jusqu'à l'endroit où la combinaison d'isolement, orange et gris, reposait sur la piste.

Le personnel de Pharmek n'avait pas tenté d'intervenir. Bernard sortit le lance-fusées et les cartouches de sa poche, se dévêtit et endossa la combinaison pressurisée. Il ramassa ses habits, les roula en boule et alla les jeter dans la mare de carburant qui s'était formée sous le Falcon. Il revint et ouvrit le porte-documents, en retira son passeport et le mit dans un sac plastique.

La cartouche glissa en douceur dans le canon. Il visa soigneusement – espérant que la trajectoire ne dévierait pas trop – et tira avec un orgueil joyeux une fusée éclairante.

Le carburant s'épanouit en un champignon orange et noir. Bernard reprit le porte-documents et s'avança vers le camion; sa silhouette se détachait sur cette scène d'enfer.

Il était probable qu'il n'y avait pas de douanier, mais pour être loyal et en règle, il présenta son passeport enveloppé de plastique. Un homme en combinaison d'isolement le prit.

– Rien à déclarer, dit Bernard.

L'homme leva la main jusqu'à la visière de son costume et recula.

– Vaporisez-moi, je vous prie.

Il tourna sur lui-même, les bras levés, sous la douche de désinfectant. Tandis qu'il gravissait les marches du caisson d'isolement, il entendit le faible bourdonnement de l'air recyclé et vit la lueur pourpre des ultraviolets. Le panneau se referma derrière lui, fit une pause puis s'enfonça dans ses joints d'étanchéité avec un soupir presque inaudible.

Tandis que le véhicule se dirigeait vers Pharmek par une étroite route à deux voies qui traversait des pâturages, Bernard gardait les yeux fixés sur la piste d'atterrissage par l'épais hublot latéral. Le fuselage de l'avion s'était effondré en un tas noirci et squelettique. Des flammes s'élevaient encore très haut dans le ciel d'un matin d'été. Le brasier semblait tout consumer.

19

Heinz Paulsen-Fuchs regardait les appels enregistrés qu'affichait l'écran de son téléphone. Cela commençait déjà. Il y avait des demandes de renseignements en provenance de plusieurs organismes officiels, dont la *Bundesumweltamt* – la Chambre de surveillance de l'environnement – et la *Bundesgesundheitsamt*, la Santé fédérale. Des fonctionnaires de l'État, à Francfort et à Wiesbaden, s'y intéressaient aussi.

Tous les vols entre leur pays et les États-Unis avaient été annulés. Il pouvait s'attendre à voir débarquer de gros bonnets d'ici quelques heures. Avant qu'ils arrivent, il lui fallait entendre les explications de Bernard.

Ce n'était pas le première fois qu'il regrettait d'avoir rendu service à un ami. Ce n'était pas le moindre de ses défauts. Paulsen-Fuchs était l'un des plus gros industriels de l'Allemagne d'après-guerre, et par sentimentalité, il se faisait encore posséder.

Par-dessus son élégant costume de laine gris, il revêtit un imperméable transparent et coiffa soigneusement d'un béret ses cheveux blancs bouclés. Puis il attendit à la porte principale l'arrivée de la Citroën couverte de gouttes de pluie.

– Bonjour, Uva, dit-il au chauffeur qui lui ouvrait la porte. J'avais promis ça à Richard. (Il se pencha par-dessus le siège avant et lui tendit trois livres de poche. Richard, le fils du chauffeur, un garçon de douze ans, était comme Paulsen-Fuchs un mordu du roman à suspense.) Et conduisez-moi plus vite que d'habitude.

– Pardonnez-moi si je ne vous ai pas attendu sur la piste, dit-il. J'étais ici en train de tout préparer pour votre arrivée... et puis j'ai été obligé de m'absenter. Mon gouvernement pose déjà des questions. Quelque chose de très grave est en train de se produire. Vous en êtes conscient ?

Bernard s'approcha de l'épais hublot à triple vitrage qui séparait le laboratoire de contrôle biologique de la chambre d'observation adjacente. Il leva une main recouverte de lignes blanches entrecroisées.

– Je suis contaminé.

Paulsen-Fuchs plissa les yeux et leva la main vers sa joue.

– Vous n'êtes apparemment pas le seul, Michael. Qu'est-ce qui se passe en Amérique ?

– Je n'ai rien entendu depuis mon départ.

– Votre CDC d'Atlanta a lancé des mesures d'urgence. Tous les vols intérieurs et internationaux sont annulés. On dit que certaines villes ne répondent plus... ni par téléphone ni par radio. Il semble que le chaos s'étende rapidement. Vous êtes venu chez nous, vous avez mis le feu à votre véhicule sur la piste, vous avez tout fait pour être le seul être de votre pays à survivre dans le nôtre

– tout le reste a été stérilisé. Qu'est-ce qui vous a poussé à faire tout cela, Michael ?

– Paul, il faut que tous les pays prennent immédiatement plusieurs mesures : mettre en quarantaine les voyageurs en provenance des États-Unis, du Mexique – peut-être de toute l'Amérique du Nord. Je ne sais pas jusqu'où la contagion s'étendra mais on dirait qu'elle se propage rapidement.

– Oui, c'est à cela que s'emploie notre gouvernement. Mais vous connaissez la bureaucratie...

– Contournez la bureaucratie. Coupez tous contacts autres que radio avec les États-Unis.

– Je ne peux pas leur faire faire ça simplement en le leur conseillant...

– Paul, reprit Bernard en levant de nouveau la main. J'ai peut-être une semaine devant moi, moins si ce que vous venez de m'apprendre est exact. Dites à votre gouvernement que ce n'est pas une simple histoire de bac renversé. J'ai apporté les données essentielles. Je parlerai avec vos meilleurs biologistes dès que j'aurai dormi une heure ou deux. Avant qu'ils ne me rencontrent, je veux qu'ils prennent connaissance de mes dossiers. Je vais fourrer les disques dans le terminal que vous m'avez installé. Je ne peux pas en dire plus maintenant, je vais tomber si je ne dors pas bientôt.

– Très bien, Michael. (Paulsen-Fuchs le regardait d'un air triste; des rides d'inquiétude creusaient son visage.) Est-ce qu'il s'agit de quelque chose que nous aurions pu prévoir ?

Bernard réfléchit un moment.

– Non. Je ne crois pas.

– Alors c'est encore pire. Maintenant, je vais tout organiser. Transférez vos données. Et allez dormir.

Il sortit et les lumières de la chambre d'observation s'éteignirent.

Bernard arpenta les trois mètres sur trois de sa nouvelle demeure. Le labo avait été construit au début des années quatre-vingt pour des expériences de génétique qui, à l'époque, étaient considérées comme potentiellement dangereuses. La chambre intérieure était suspendue dans un caisson à haute pression; si des fissures se produisaient dans la chambre, l'atmosphère y entrerait au lieu de s'en échapper. On pouvait vaporiser le caisson pressurisé avec toutes sortes de désinfectants et il était entouré par un autre, sous vide. Tous les fils électriques et les systèmes mécaniques traversant les caissons baignaient dans des solutions stérilisantes. L'air et les déchets qui sortaient du labo étaient soumis à une stérilisation par crémation; tous les prélèvements effectués étaient traités dans une pièce adjacente avec les mêmes précautions. Dorénavant, jusqu'à ce que le problème soit résolu, ou jusqu'à ce qu'il meure, aucun être vivant ne toucherait son corps ou ce qui en proviendrait.

Les murs étaient d'un gris clair, neutre; la lumière était dispensée par des tubes fluorescents encastrés dans les murs et les trois panneaux du plafond. On pouvait contrôler les lumières de l'intérieur et de l'extérieur. Le sol était recouvert de dalles noires ordinaires. Au milieu de la pièce, et bien visibles à partir des deux chambres d'observation opposées, il y avait un bureau et une chaise de secrétaire ainsi qu'un terminal vidéo à haute résolution. Un lit de camp sans drap ni couverture, mais qui semblait confortable, l'attendait dans un coin. Il y avait une commode près du panneau d'accès en acier inoxydable. Sur l'un des murs, un grand rectangle signalait une ouverture destinée au passage des gros équipements – des waldos, se dit-il. Tout cela était complété par un fauteuil et un combiné toilettes-douche entouré de rideaux qui avait l'air d'avoir été enlevé, tout d'une pièce, d'un avion ou d'un camping-car.

Il prit le pantalon et la chemise, déposés pour lui sur le lit, et tâta le tissu entre le pouce et l'index. À partir de maintenant, il n'y avait plus, pour lui, ni intimité ni pudeur. Il n'était plus un simple particulier. Il serait bientôt branché sur des appareils, sondé, examiné par des médecins et traité, en gros, comme un animal de laboratoire.

Très bien, pensa-t-il, en s'allongeant sur le lit. Je l'ai mérité. J'ai mérité tout ce qui va m'arriver. *Mea culpa.*

Bernard ferma les yeux.

Son pouls chantait dans ses oreilles.

MÉTAPHASE

novembre

20

Brooklyn Heights

– Maman ? Howard ? (Suzy McKenzie s'enveloppa dans la robe de chambre de flanelle bleu ciel que son amoureux lui avait donnée un mois plus tôt pour ses dix-huit ans, et, pieds nus, passa silencieusement dans l'entrée. Elle avait encore du sommeil plein les yeux.) Ken ?

Habituellement elle était la dernière à se réveiller. Elle s'appelait souvent elle-même « Suzy la lente », avec un sourire entendu et mystérieux.

Il n'y avait pas de pendule dans sa chambre mais le soleil, de l'autre côté de la fenêtre, était assez haut dans le ciel pour qu'il soit 10 heures passées. Sur le palier, toutes les portes étaient closes.

– Maman ? (Elle frappa à celle de sa mère. Pas de réponse. Sûrement, l'un de ses frères devait être levé.) Kenneth ? Howard ? (Elle virevolta au milieu du vestibule, faisant craquer le plancher de bois. Puis elle ouvrit toute grande la porte de la chambre maternelle.) Maman ?

Le lit n'avait pas été fait; les couvertures étaient rejetées au pied du lit. Tout le monde devait être en bas. Elle se lava le visage dans la salle de bains, examina la peau de ses joues à la recherche de quelque bouton et, soulagée de n'en pas trouver, descendit l'escalier. Elle n'entendait toujours aucun bruit.

– Bonjour, cria-t-elle de la salle de séjour, déconcertée et malheureuse. Personne ne m'a réveillée. Je vais être en retard au travail.

Depuis trois semaines elle était vendeuse à l'épicerie fine du coin; le travail lui plaisait bien – c'était beaucoup plus intéressant et plus *vrai* qu'à la petite boutique de l'armée du Salut – et puis, elle rapportait de l'argent à sa mère. Celle-ci avait perdu son emploi trois mois auparavant : elle n'avait pour toute rentrée que les chèques que lui envoyait irrégulièrement le père de Suzy et ses économies fondaient à vue d'œil.

Elle jeta un coup d'œil à la pendule et secoua la tête : 10 h 30; elle était *vraiment* en retard. Mais cela l'inquiétait moins que la disparition des autres. Ils se disputaient pas mal, bien sûr, mais c'était une famille unie – sauf son père qui ne lui avait jamais beaucoup manqué – et ce n'était pas possible qu'ils soient tous partis sans la prévenir, sans même la réveiller.

Elle poussa les portes battantes de la cuisine et s'arrêta sur le seuil. Elle ne comprit pas tout de suite ce qu'elle voyait : trois formes incongrues, trois corps, l'un en robe couché sur le sol, contre l'évier; un autre en jean, le torse nu, assis à la table de cuisine; le troisième, moitié dans la pièce, moitié dans l'office. Aucun signe de désordre, rien que les trois corps qu'elle ne reconnut pas immédiatement.

Tout d'abord, elle resta très calme. Elle pensa qu'elle aurait mieux fait de ne pas ouvrir la porte à ce moment-là; peut-être que si elle l'avait fait un peu plus tôt, ou un peu plus tard, tout aurait été normal. D'une certaine manière, cette porte aurait été une autre porte – celle de son univers – et la vie aurait continué avec juste une petite bévue, le fait que l'on ait oublié de la réveiller. Mais on ne l'avait pas prévenue, ce n'était vraiment pas juste. Elle avait ouvert la porte au mauvais moment et il était trop tard pour la refermer.

Le corps appuyé contre l'évier portait la robe de sa mère. Le visage, les bras, les jambes et les mains étaient recouverts de zébrures blanches, gonflées comme des excroissances maladives. Le souffle court et irrégulier, elle fit deux petits pas dans la cuisine. La porte lui glissa des doigts et se referma. Elle recula, puis fit un pas sur le côté, en une petite danse d'épouvante et d'irrésolution. Elle devrait naturellement appeler la police. Peut-être une ambulance. Mais d'abord il fallait apprendre ce qui s'était passé – et son instinct lui dictait de sortir de la pièce et de fuir la maison.

Howard, vingt ans, ne mettait pas de chemise lorsqu'il était à la maison. Il aimait se balader torse nu, pour montrer son corps bien musclé, presque costaud. Maintenant, sa poitrine était d'un brun rougeâtre, un peu comme celle d'un Indien, et ridée comme une pomme de terre frite ou une vieille planche à laver. Son visage était calme, ses yeux clos, sa bouche fermée. Il respirait encore.

Kenneth – ce devait être Kenneth – ressemblait plus à un tas de pâte enveloppé dans des vêtements qu'à son frère aîné.

Quoi qu'il se soit passé, c'était totalement incompréhensible. Elle se demanda si c'était quelque chose que tout le monde connaissait mais dont on avait oublié de lui parler.

Non, c'était absurde. Les gens n'étaient pas méchants avec elle; sa mère et ses frères n'étaient jamais méchants. La meilleure chose à faire, c'était de repasser la porte et d'appeler la police, ou n'importe qui d'autre; quelqu'un qui saurait quoi faire.

Elle regarda la liste de numéros épinglés au-dessus du vieux téléphone noir, dans le vestibule, puis essaya de composer celui de la police. Elle s'y prenait maladroitement, ses doigts glissaient hors des trous du cadran. Ses yeux étaient pleins de larmes lorsqu'elle réussit enfin à faire les trois chiffres.

La sonnerie se prolongea pendant plusieurs minutes, sans que personne réponde. Pour finir, ce fut l'enregistrement : « Toutes les lignes sont occupées. Ne raccrochez pas, vous perdriez votre priorité. » Puis la sonnerie reprit. Après cinq autres minutes, elle raccrocha en sanglotant et appela les réclamations. Là aussi, il n'y avait personne. Alors, elle pensa à la conversation qu'ils avaient eue la veille au soir, à propos de cette espèce de microbe, en Californie. On en avait parlé à la radio. Tout le monde était tombé malade et on avait fait venir la troupe. Ce n'est qu'en se souvenant de cela que Suzy McKenzie décida de sortir sur le perron et d'appeler au secours.

La rue était déserte. Des voitures s'alignaient des deux côtés... fait étrange car il était interdit de stationner entre 8 heures du matin et 6 heures du soir, tous les jours sauf le jeudi et le vendredi; on était mardi et le règlement était d'ordinaire strictement appliqué. Aucune voiture ne passait dans la rue. Elle ne vit personne aux fenêtres, aucun piéton, aucun automobiliste. Elle se mit à courir sur le trottoir en pleurant et en criant, d'abord d'une voix suppliante, puis avec colère et pour finir, en proie à la terreur, elle se remit à appeler au secours.

Elle se tut en voyant un facteur allongé sur

l'allée menant à un bâtiment de grès brun, entre deux clôtures parallèles en fer forgé. Il était couché sur le dos, les yeux clos, et il ressemblait tout à fait à maman et à Howard. Pour Suzy les facteurs étaient des êtres sacrés sur lesquels on pouvait toujours compter. Elle passa ses doigts sur son visage pour en effacer la terreur, puis elle ferma les yeux, de toutes ses forces, pour réfléchir. « Ce microbe est arrivé ici, se dit-elle. Quelqu'un doit savoir ce qu'il faut faire. »

Elle retourna chez elle et redécrocha le téléphone. Elle se mit à composer tous les numéros qu'elle connaissait. Parfois, il y avait une sonnerie, parfois seulement le silence ou d'étranges bruits d'ordinateur. Personne ne répondit à aucun de ses appels. Elle refit le numéro de son amoureux, Cary Smyslov, et écouta son téléphone sonner huit fois, neuf fois, dix fois, avant de raccrocher. Elle fit une pause, réfléchit un peu et composa le numéro de sa tante, dans le Vermont.

Quelqu'un répondit après trois sonneries.

– Allô ?

La voix était faible et tremblante mais c'était bien celle de sa tante.

– Tante Dawn, c'est Suzy, de Brooklyn. J'ai de gros ennuis...

– Suzy.

On aurait dit qu'elle avait besoin de temps pour comprendre qui elle était.

– Oui, tu sais bien, Suzy. Suzy McKenzie.

– Chérie, je ne t'entends pas bien.

Tante Dawn avait trente et un ans, ce n'était pas une vieille femme décrépite, mais elle n'avait pas l'air bien du tout.

– Maman est malade, peut-être morte, je ne sais pas, et Kenneth, et Howard, et il n'y a plus personne par ici, ou alors tout le monde est malade, je ne sais pas...

– Moi aussi, je suis mal fichue. J'ai des bosses. Ton oncle a disparu, ou peut-être est-il dans le garage. En tout cas, ça fait longtemps qu'il n'est pas revenu… (Elle s'arrêta.) … depuis hier soir. Il est sorti en parlant tout seul. Il n'est pas encore revenu. Ma chérie…

– Qu'est-ce qui se passe ? demanda Suzy d'une voix qui se brisait.

– Je ne sais pas, ma chérie, mais je ne peux pas parler plus longtemps, je pense que je suis en train de devenir folle. Au revoir, Suzy.

Et, chose incroyable, elle raccrocha. Suzy essaya de rappeler, mais personne ne répondit et, pour finir, à sa troisième tentative, il n'y eut même pas de sonnerie.

Elle allait ouvrir l'annuaire et appeler des numéros au hasard, mais elle se ravisa et retourna dans la cuisine. Elle pouvait peut-être faire quelque chose – les réchauffer, ou les rafraîchir, ou rassembler tous les médicaments qu'il y avait dans la maison.

Sa mère avait l'air plus mince. Les arêtes sur son visage et ses bras semblaient s'être dégonflées. Suzy tendit la main, pour lui toucher la joue, hésita un peu puis se força à terminer son geste. Sa peau était chaude et sèche, pas fiévreuse, presque normale si l'on ne tenait pas compte de son apparence. Sa mère ouvrit les yeux.

– Oh, maman ! (Suzy éclata en sanglots.) Qu'est-ce qui se passe ?

– Eh bien, répondit-elle en passant la langue sur ses lèvres, c'est très beau, vraiment. Tu vas bien, hein ? Oh, Suzy…

Puis elle referma les yeux et ne dit plus rien. Suzy se tourna vers Howard, assis à la table. Elle lui toucha le bras et recula car sa chair semblait se dégonfler. C'est alors qu'elle aperçut le réseau de choses semblables à des racines qui sortaient des revers de son jean et disparaissaient dans une crevasse, entre le plancher et le mur.

D'autres racines se déployaient, depuis les bras couleur de pâte de Kenneth jusque dans l'office. Et derrière sa mère, elle vit, sortant de sous sa peau, un unique tuyau de chair pâle, épais, qui passait par-dessus sa jupe et aboutissait au placard sous l'évier. Durant un instant, Suzy pensa frénétiquement à un film d'horreur, et au maquillage, et que peut-être ils étaient en train de tourner un film et ne lui en avaient pas parlé. Elle se pencha encore plus pour regarder derrière sa mère. Elle n'était pas experte en la matière mais le tuyau de chair n'était pas un trucage. Elle pouvait voir le sang battre à l'intérieur.

Suzy remonta lentement l'escalier jusqu'à sa chambre. Elle s'assit sur son lit, entrelaça ses cheveux et les dénoua, puis s'allongea et regarda fixement le revêtement argenté du plafond.

– Jésus, je vous en prie, venez à mon aide, parce que j'ai vraiment besoin de vous. Jésus, je vous en prie, venez à mon aide, parce que j'ai vraiment besoin de vous.

Et elle continua ainsi jusque dans l'après-midi, où la soif la poussa vers la salle de bains. Entre deux grandes goulées d'eau, elle répéta sa prière; puis sa monotonie et sa futilité la réduisirent au silence. Elle resta près de la rampe de l'escalier, toujours en robe de chambre bleu ciel, et se mit à faire des plans. Elle n'était pas malade – pas encore – et elle n'était sûrement pas morte.

Il devait y avoir quelque chose à faire, un endroit où aller.

Et puis, sans se le dire vraiment, elle espérait encore qu'en ouvrant une porte, ou sur le chemin qu'elle suivrait au long des rues, elle trouverait peut-être le moyen de revenir dans son ancien univers. Elle savait que c'était peu probable, mais il fallait bien essayer.

Elle avait des décisions à prendre. À quoi lui auraient servi son éducation et sa formation spéciale si elle était incapable de réfléchir toute seule et de prendre des décisions difficiles ? Elle ne voulait pas entrer plus qu'il n'était nécessaire dans la cuisine, mais c'était là qu'il y avait à manger. Elle pouvait essayer de visiter d'autres maisons, ou même l'épicerie qui se trouvait à l'extrémité du pâté de maisons, mais elle avait dans l'idée qu'elle n'y verrait que d'autres corps.

Au moins ceux qui étaient dans la cuisine – morts ou vivants – c'étaient les siens.

Elle y entra, la tête haute. Petit à petit, elle se glissa de meuble en meuble jusqu'au réfrigérateur, les yeux baissés. Les corps s'étaient encore effondrés; Kenneth ressemblait un peu plus à un emplâtre blanc, couvert de filaments, dans des vêtements froissés. Dans l'office, les racines charnues étaient allées tout droit à la plomberie; elles avaient grimpé dans le petit évier et s'étaient glissées tant dans le robinet que dans le siphon. À tout instant, Suzy s'attendait que quelque chose jaillisse et l'empoigne – que sa mère, ou Howard, se change en zombie – et elle grinça des dents jusqu'à en avoir mal aux mâchoires, mais aucun d'eux ne bougea. Ils avaient l'air de ne plus pouvoir rien faire.

Elle ressortit avec une boîte pleine de toutes les conserves dont elle pensait avoir besoin pour les jours suivants – et l'ouvre-boîtes, qu'elle faillit oublier.

Le soir tombait déjà lorsqu'elle eut l'idée d'allumer la radio. Ils n'avaient plus la télévision depuis que leur appareil était tombé irrémédiablement en panne; il était maintenant rangé dans l'entrée, sous l'escalier, accumulant la poussière derrière des piles de vieux magazines. Elle sortit la radio portative que sa mère gardait pour les cas d'urgence et tourna méthodiquement les boutons. Une fois, elle avait joué au radio-amateur, mais bien sûr l'appareil ne pouvait pas émettre.

Aucune station ne fonctionnait sur modulation d'amplitude ou sur modulation de fréquence. Elle capta des signaux sur les ondes courtes – dont certains étaient très nets – mais rien en anglais.

La pièce s'assombrissait rapidement. Elle était au supplice à l'idée d'essayer d'allumer. Si tout le monde était malade, y aurait-il encore de la lumière ?

Lorsque l'obscurité eut envahi la salle de séjour et qu'elle ne put reculer plus longtemps devant le dilemme – soit rester dans le noir, soit découvrir qu'elle serait *obligée* de rester dans le noir – elle tendit la main vers la grande lampe à côté du divan et appuya très vite sur le bouton.

La lumière jaillit, vive et stable.

Cela brisa en elle un faible barrage, et elle se mit à pleurer. Elle se balança d'avant en arrière, les jambes repliées sous elle, et gémit tout haut comme une démente, la figure mouillée, nattant et dénattant ses cheveux et s'essuyant les joues avec jusqu'à ce que les mèches pendent, trempées, sur ses clavicules. Sous la lumière de l'unique lampe qui jetait un croissant doré sur son visage, elle pleura jusqu'à ce que sa gorge devienne trop douloureuse et qu'elle ne puisse qu'avec peine garder les yeux ouverts.

Sans manger, elle monta au premier, allumant toutes les lumières sur son passage – chaque lueur qui s'épanouissait... un miracle. Elle se blottit dans son lit où elle ne put dormir, s'imaginant qu'elle entendait quelqu'un monter l'escalier ou traverser le palier pour venir à sa porte.

Au lever du jour, elle n'était plus qu'une épave… épuisée, affamée mais sans appétit, le corps tendu et moulu par la terreur et la vigilance. Elle alla de nouveau boire au robinet de la salle de bains… et pensa brusquement aux racines reliées à la plomberie. Misérable, Suzy s'assit sur les toilettes et regarda l'eau couler, claire et pure, du robinet. La soif la força finalement à tenter sa chance et à boire encore, mais elle se promit de faire provision d'eau en bouteille.

Elle mangea des haricots verts et du corned-beef froids, dans le salon, et se trouva assez affamée pour vider toute une boîte de prunes au sirop. Elle laissa les boîtes de conserve alignées sur la vieille table basse. Elle finit de boire le sirop à petites gorgées; elle ne s'était jamais tant régalée de sa vie.

Elle retourna dans sa chambre, se mit au lit et dormit, cette fois, pendant cinq heures, jusqu'à ce qu'un bruit la réveille. Quelque chose de lourd était tombé dans la maison. Elle descendit les marches avec précaution et regarda dans le vestibule et la salle de séjour.

« Pas la cuisine », se dit-elle, sachant immédiatement que c'était de là qu'était venu le bruit. Elle ouvrit lentement les portes battantes. Les vêtements de sa mère – mais pas sa mère – reposaient en tas près de l'évier. Suzy entra et regarda l'endroit où avait été Kenneth. Des vêtements et rien d'autre. Elle pivota sur elle-même.

Les jeans de Howard pendaient du siège du tabouret, qui avait basculé. Une tenture d'un brun pâle et brillant couvrait tout le mur, bordait nettement les corniches, ressortait légèrement là où elle recouvrait une gravure encadrée.

Elle prit le balai à franges posé dans le coin opposé, derrière le réfrigérateur, et s'avança, le manche brandi. C'est incroyable ce que je suis brave, pensa-t-elle. Elle lui porta d'abord de petits coups qui enfoncèrent le balai au travers jusqu'aux lattes et au plâtre. La tenture frissonna mais n'eut pas d'autre réaction.

– Tiens ! cria-t-elle et, à coups redoublés, elle se mit à l'arracher, d'un coin à l'autre du mur. Tiens !

Lorsque la plus grande partie des lambeaux fut tombée sur le sol et que le mur se couvrit de trous, elle lâcha le balai et s'enfuit de la cuisine.

Il était 1 heure de l'après-midi, à la pendule. Elle reprit son souffle et fit le tour de la maison pour éteindre. L'énergie miraculeuse durerait plus longtemps si elle ne l'épuisait pas tout de suite.

Suzy sortit un carnet d'adresses de sous le téléphone, dans le vestibule, et fit une liste de provisions et de tout ce dont elle aurait besoin. Il lui restait au moins cinq heures de jour. Elle enfila son manteau et sortit par la porte de derrière, en la laissant ouverte.

Elle descendit la rue, bordée des mêmes voitures, jusqu'à l'épicerie du coin, sans porte-monnaie ni argent, avec son manteau sur son pyjama et sa robe de chambre bleu ciel; elle sortait dans le monde extérieur bouleversé, pour voir ce qui s'y passait. Elle se sentait même vaguement gaie. Le vent soufflait avec une froidure automnale et quelques feuilles couraient sur le pavé, tombées des arbres espacés toutes les trois ou quatre maisons. Des vignes grimpaient le long des grilles en fer forgé, entre les escaliers, et des pots de fleurs trônaient sur le rebord des fenêtres des rez-de-chaussée.

L'épicerie de Mithridate était fermée, la grille de fer bloquait la porte d'entrée. Elle regarda entre les barreaux en se demandant s'il n'y avait pas un autre moyen d'entrer et elle pensa à la porte de service, de l'autre côté. Le lourd battant noir, blindé de métal, était un peu entrebâillé;

elle dut pousser de tout son poids pour l'ouvrir davantage. Elle le lâcha et le surveilla un moment, pour s'assurer qu'il resterait bien ouvert. Dans le couloir, elle enjamba une pile de vêtements surmontée du tablier de l'épicier, et, poussant les portes battantes, elle pénétra dans la boutique désertée.

Méthodiquement, Suzy remonta jusqu'à la porte d'entrée et prit un chariot branlant. Un ticket de caisse traînait au fond du panier métallique en compagnie d'une feuille de laitue flétrie. Elle poussa le chariot voilé dans les allées, prenant ce qui constituait, pensait-elle, un assortiment raisonnable de nourriture. Ses habitudes alimentaires n'étaient pas des meilleures. Malgré cela, elle avait une bien plus jolie silhouette que la plupart des adeptes d'aliments diététiques et de régime qu'elle connaissait... et elle en était très fière.

Du jambon, du poulet et du bœuf cuit, en conserve, des légumes frais et des fruits (qui deviendront bientôt rares, se dit-elle), des fruits au sirop, autant de bouteilles d'eau, plate et gazeuse, qu'elle put en mettre dans un panier à bouteilles qu'elle fourra dans le casier inférieur, du pain et quelques croissants légèrement rassis, deux litres de lait pris dans la vitrine encore réfrigérée. Une boîte d'aspirine et quelques shampooings, bien qu'elle se demandât si l'eau coulerait encore longtemps des robinets. Des vitamines, un grand flacon. Elle essaya de trouver, sur les rayons de la pharmacie, quelque chose susceptible de lutter contre ce qui était arrivé à sa famille – et au facteur, et à l'épicier, et peut-être à tous les autres. Elle lut et relut soigneusement les étiquettes des bouteilles et les indications inscrites sur les boîtes, mais rien ne semblait convenir.

Puis elle poussa le chariot jusqu'à la caisse, regarda, en clignant des yeux, l'allée, la porte fermée, et fit demi-tour. Personne à qui payer. D'ailleurs, elle n'avait pas emporté d'argent. Elle était à mi-chemin de la porte de service lorsqu'une idée lui vint; elle retourna à la caisse.

Là où la rumeur publique disait qu'il se trouvait, sur une étagère, au-dessus de la réserve de sacs, elle trouva un gros pistolet, noir et lourd, avec un long canon. Elle le palpa avec infiniment de précautions et finit par trouver le moyen de l'ouvrir; l'arme était chargée de six grosses balles.

Cela ne plaisait pas à Suzy de tenir ce pistolet. Son père avait des armes à feu et, les rares fois où elle était allée lui rendre visite, il l'avait toujours avertie de ne pas y toucher. Mais les armes, c'était pour se protéger et pas pour jouer, et elle n'avait pas l'intention de jouer avec. N'importe comment, elle ne se croyait guère capable de tirer efficacement sur quelque chose.

– Mais on ne sait jamais, dit-elle.

Elle enveloppa le pistolet dans un sac marron et le mit dans le panier du chariot, puis elle s'engagea dans le couloir de service, passa sur les vêtements vides de l'épicier, et le fit rouler jusque chez elle.

Elle entreposa les provisions dans le vestibule et resta, les bouteilles de lait à la main, à se demander si elle allait les mettre au réfrigérateur. « Elles ne dureront pas longtemps si je ne le fais pas », se dit-elle en prenant un ton très raisonnable. « Oh, mon Dieu ! », s'exclama-t-elle en frissonnant. Elle posa les bouteilles et replia les bras sur sa poitrine. Elle ferma les yeux et vit les cuisines de toutes les maisons de Brooklyn, remplies de vêtements vides et de corps en train de se dissoudre.

– Suzy, Suzy, chuchota-t-elle. (Elle prit une grande goulée d'air, se redressa et ramassa les bouteilles.) J'y vais, dit-elle avec une gaieté forcée.

La tenture brune s'était aussi évanouie, laissant seulement les trous dans le mur. Elle ouvrit le réfrigérateur et rangea les bouteilles de lait, puis regarda ce qu'il y avait pour dîner.

Les vêtements avaient l'air bizarre, comme cela, par terre. Elle prit le balai et poussa un peu la robe de sa mère, pour voir s'il y avait quelque chose de caché dans les plis, mais rien. Elle la souleva entre le pouce et l'index. La combinaison et le slip en tombèrent, et de la lisière de ce dernier pointa un tampon d'une blancheur virginale. Quelque chose brilla près du col et elle se pencha, pour mieux voir. C'étaient de petits morceaux de métal, gris ou dorés, de forme irrégulière.

La réponse lui vint, bien trop rapidement, avec une fulgurance issue de la panique, et à laquelle elle n'était pas habituée.

Des plombages. Des plombages et des couronnes.

Elle prit les vêtements et les déposa dans le panier à linge sale, en osier. C'en est fini, pensa-t-elle. Adieu maman, et Kenneth et Howard.

Puis elle balaya, recueillit les plombages et la poussière (pas de cafards morts, ce qui était extraordinaire) dans une pelle et jeta le tout dans la boîte à ordures, près du réfrigérateur.

– Je suis la seule, dit-elle lorsqu'elle eut terminé. Je suis la seule, dans tout Brooklyn. Je n'ai pas attrapé la maladie. (Elle resta debout près de la table, à mâcher pensivement une pomme.) Pourquoi ?

» Parce que, répondit-elle en tournoyant et en jetant des coups d'œil sur les coins hantés. Parce que je suis si belle que le diable me veut pour femme.

21

– Depuis ces quatre derniers jours, dit Paulsen-Fuchs, tout contact avec la plus grande partie du continent nord-américain a été coupé. Nous ne connaissons pas encore bien l'étiologie de la maladie, mais il semble qu'elle soit passée par tous les vecteurs connus des épidémiologistes, plus quelques autres. La documentation de M. Bernard indique que les constituants de la maladie sont intelligents et capables d'une action volontaire.

Dans la chambre d'observation, les visiteurs – des cadres de la Pharmek et des envoyés de quatre pays européens – étaient assis, impassibles, sur des chaises pliantes. Paulsen-Fuchs se tenait le dos tourné à la fenêtre à triple vitrage, face aux représentants venus de France et du Danemark. Il se retourna et montra Bernard qui, assis au bureau, en tapotait la surface d'une main recouverte de nombreuses arêtes blanches.

– S'exposant à de grands risques, M. Bernard est venu, avec témérité, en Allemagne de l'Ouest pour s'offrir à nous comme sujet d'expérience. Ainsi que vous pouvez le voir, nos installations sont bien équipées pour le garder totalement isolé, et il ne sera pas nécessaire de le transporter dans un autre laboratoire ou dans un hôpital. Un tel transfert serait, en réalité, extrêmement dangereux. Nous sommes cependant tout à fait prêts à suivre toute suggestion que vous pourriez nous faire quant à notre approche scientifique.

» Sincèrement, nous ne savons pas encore quelle sorte d'expérience mener. Des prélèvements de tissus effectués sur M. Bernard indiquent que la maladie – s'il faut l'appeler ainsi – se propage rapidement dans tout le corps, mais n'a encore en rien détérioré ses fonctions. Il prétend que, hormis certains symptômes particuliers dont nous pourrons discuter plus tard, il ne s'est jamais si bien porté. Il est bien visible que son anatomie a été profondément modifiée.

– Pourquoi M. Bernard n'a-t-il pas été totalement transformé ? demanda le représentant du Danemark, un homme grassouillet, apparemment jeune, les cheveux taillés en brosse, vêtu d'un costume noir. Nos quelques communications avec les États-Unis montrent qu'une transformation et une dissolution ont lieu une semaine après le début de la contamination.

– Je ne sais pas, dit Bernard. Les circonstances ne sont pas les mêmes pour moi et pour les victimes placées dans des conditions naturelles. Peut-être les organismes qui sont dans mon corps sont-ils conscients qu'il n'y aurait pour eux aucun avantage à compléter la transformation.

Le désarroi peint sur leurs visages montrait qu'ils n'étaient pas encore habitués au concept de noocytes. Ou peut-être n'y croyaient-ils pas, tout simplement.

Paulsen-Fuchs poursuivit l'entretien, mais Bernard ferma les yeux et tenta d'exclure les visiteurs de ses pensées. C'était encore pire que ce qu'il avait imaginé; en quatre jours il avait été soumis – fort poliment et avec beaucoup de sollicitude – à quatorze réunions de ce type, à une batterie de tests menée de l'autre côté du panneau coulissant, à des questions touchant tous les détails de sa vie passée, présente, privée et publique. Il était le centre d'une onde de choc secondaire qui s'étendait autour du monde... l'onde de réaction à ce qui était arrivé en Amérique du Nord.

Il en était parti juste à temps. L'étiologie de

la maladie s'était radicalement modifiée et suivait maintenant plusieurs types de comportement, ou pas de type du tout; les organismes réagissaient peut-être à leur environnement et modifiaient leurs méthodes en conséquence. Ainsi, les grandes cités se trouvaient immédiatement réduites au silence, la plupart de leurs citoyens étant infectés et transformés en quarante-huit heures. Les villes isolées et les zones rurales étaient moins rapidement affectées, peut-être à cause de l'absence de centralisation des égouts et de la distribution de l'eau. Dans ces régions-là, la maladie semblait se propager par les animaux et les insectes, ainsi que par les contacts humains directs.

Des images prises aux infrarouges par Landsats et satellites espions, traitées et interprétées par des pays comme le Japon et la Grande-Bretagne, montraient des changements en cours dans les forêts et le réseau hydrographique de l'Amérique du Nord.

Il avait déjà l'impression que Michael Bernard n'existait plus. Il avait été englouti par quelque chose de plus grand et de bien plus imposant, et maintenant il était exposé dans un musée, étiqueté et, chose curieuse, capable de répondre. Un ex-neurochirurgien, mâle, autrefois célèbre et riche, pas très actif ces derniers temps, emporté dans un tourbillon mondain, plein d'argent, grâce aux tournées de conférences, aux droits d'auteur, aux passages au cinéma...

Peut-être bien que Michael Bernard n'existait plus depuis six ans; il avait disparu après avoir, pour la dernière fois, appliqué son scalpel sur de la chair, son trépan sur un crâne.

Il ouvrit les yeux et vit des hommes et une seule femme dans la chambre d'observation.

– Docteur Bernard.

La femme essayait d'attirer son attention, sans doute pour la troisième ou quatrième fois.

– Oui ?

– C'est vrai que vous êtes, du moins en partie, responsable de cette catastrophe ?

– Non, pas directement.

– Indirectement, alors ?

– Il m'était impossible de prévoir les conséquences des actions des autres. Je ne suis pas devin.

Le visage de la femme était visiblement tout rouge, même au travers des trois couches de verre.

– J'ai... ou j'avais... une fille et une sœur aux États-Unis. Je suis française, oui, mais née en Californie. Que leur est-il arrivé ? Le savez-vous ?

– Non, madame, je ne le sais pas.

La femme repoussa les mains de Paulsen-Fuchs.

– Cela ne finira-t-il jamais ? cria-t-elle. Les catastrophes et les morts... vous les savants, vous êtes tous responsables ! Y aura-t-il...

On l'entraîna hors de la pièce. Paulsen-Fuchs leva les mains et secoua la tête. Les deux chambres se vidèrent rapidement et il resta seul.

Et puisqu'il n'était rien ni personne, lorsqu'il était seul il n'y avait plus rien du tout.

Rien, sauf les microbes, les noocytes, avec leur incroyable potentialité, attendant leur heure... pas encore réalisés.

Attendant pour faire de lui plus qu'il n'avait jamais été.

22

Les lumières s'éteignirent le quatrième jour... au matin, juste après son réveil. Elle mit son jean de couturier (provenant de la petite boutique de l'armée du Salut), son meilleur soutien-gorge et un tricot, tira son anorak du placard de l'escalier et sortit dans la lumière du jour. Je ne suis plus bénie, pensa-t-elle. Plus désirable pour personne, le diable ou n'importe qui.

– Ma chance s'est épuisée, dit-elle à voix haute. (Mais elle avait de quoi manger et l'eau coulait toujours du robinet. Elle examina la situation pendant quelques instants et décida qu'elle n'était pas trop à plaindre.) Pardon, mon Dieu, dit-elle en regardant le ciel du coin de l'œil.

De l'autre côté de la rue, les maisons étaient tendues de draperies brun et blanc qui brillaient au soleil comme de la peau ou du cuir. Des lambeaux de même matière pendaient aux arbres et aux balustrades de fer. Sur son trottoir, les maisons commençaient aussi à disparaître.

Il était temps de partir. On ne l'épargnerait guère plus longtemps.

Elle mit les provisions dans des boîtes et les empila dans le panier du chariot. Le gaz marchait toujours; elle se prépara un bon petit déjeuner avec les derniers œufs et les dernières tranches de bacon; elle fit griller du pain sur le feu, comme sa mère le lui avait appris, étendit dessus ce qui lui restait de beurre et une épaisse couche de confiture. Elle dévora quatre tranches puis monta préparer un petit nécessaire de voyage. Le minimum de bagages, se dit-elle. Une grosse veste d'hiver et du linge de rechange, le pistolet, des bottes. Des chaussettes de laine qu'elle tira de la commode de ses frères. Des gants. À la guerre comme à la guerre.

« Je suis peut-être la dernière femme sur terre, songea-t-elle. Il faut que j'aie du bon sens. »

La dernière chose qu'elle mit dans le chariot qui attendait au pied des marches, sur le trottoir, ce fut la radio. Elle ne l'écoutait que quelques minutes chaque soir et elle avait chipé une pleine boîte de piles chez Mithridate. Cela lui permettrait de tenir pendant quelque temps.

Elle avait appris en écoutant la radio que les gens étaient très inquiets, non seulement au sujet de Brooklyn, mais pour tout le territoire des États-Unis, jusqu'aux frontières, et même au-delà, pour le Mexique et le Canada. Les bulletins d'information sur ondes courtes en provenance d'Angleterre parlaient de silence, de la « peste », de voyageurs par avion mis en quarantaine, et de sous-marins et d'avions qui patrouillaient le long des côtes. On n'avait pas encore survolé l'intérieur du continent Nord, avait déclaré un commentateur britannique à la voix très distinguée, mais des photographies prises de satellites montraient, paraît-il, un pays paralysé, peut-être mort.

Sauf moi, pensa Suzy. Paralysé, cela voulait dire qu'on ne pouvait pas bouger.

« Je vais bouger. Venez me voir, avec vos sous-marins, et vos avions. Je vais bouger et partout où je serai, je bougerai. »

En fin d'après-midi, Suzy partit en poussant son chariot. Le brouillard voilait les lointaines tours de Manhattan, laissant seulement émerger au-dessus de l'opacité gris et blanc la pâle silhouette du World Trade Center. Elle n'avait jamais vu une brume aussi épaisse sur le fleuve.

Jetant un regard derrière elle, par-dessus son épaule, elle vit de grandes voiles, ocre et marron, qui ressemblaient à des cerfs-volants, claquer dans le vent au-dessus de Cadman Plaza. La caisse d'épargne de Williamsburgh était gainée de brun, et non de blanc cette fois, tout le long de ses cent soixante-dix mètres de haut, comme un gratte-ciel emballé pour être mis à la porte. Elle descendait Tillary et se dirigeait vers Flatbush et le pont, lorsqu'elle pensa combien elle avait l'air d'une clocharde.

Elle avait toujours eu peur de finir clocharde. Elle savait que, parfois, des gens affligés de problèmes semblables aux siens ne pouvaient pas trouver d'endroit où loger et devaient vivre dans la rue.

Elle n'avait plus peur de cela, maintenant. Tout était différent. Et cette pensée titilla son sens de l'humour. Une clocharde avec ses sacs en papier dans une cité enveloppée dans des sacs en papier kraft. C'était très drôle, mais elle était trop fatiguée pour rire.

N'importe quelle compagnie aurait été la bienvenue... une clocharde, un chat, un oiseau. Mais il n'y avait rien, sauf les grandes tentures marron. Elle remonta Flatbush, s'assit sur le banc d'un arrêt de bus pour se reposer, puis se leva et poursuivit sa route. Elle tira du chariot la lourde veste de Kenneth et la jeta sur ses épaules; le soir tombait et l'air devenait très froid. « Je vais chanter, maintenant », se dit-elle. Elle avait la tête pleine de rythmes et de battements de rock, mais elle ne put retrouver aucun air. Arrivée au pont, elle hissa le chariot en haut des marches du passage pour piétons, une par une; il vacillait et le fond du panier raclait la pierre. Un air finit par surgir dans sa mémoire et elle se mit à chantonner *Michelle*, des Beatles, chanson enregistrée avant sa naissance. *Michelle, ma belle*, c'était tout ce dont elle se souvenait et elle se mit à répéter cette phrase entre les poussées et les halètements.

Le brouillard enveloppait l'East River et se répandait sur la voie express. Le pont s'élevait au-dessus de la brume, autoroute surplombant les nuages. Suzy, toute seule, poussa son chariot le long du passage, en écoutant le vent et un drôle de bourdonnement grave qui, comprit-elle, devait être la vibration des câbles du pont.

Puisqu'il n'y avait pas de circulation, elle entendait toutes sortes de bruits qu'elle n'avait jamais perçus auparavant : de grands gémissements métalliques, bas et voilés, mais très impressionnants; le chant lointain de la rivière; le profond silence en arrière-plan. Pas de klaxons, pas de voitures, absent le grondement sourd du métro. Pas de paroles, pas de bousculades. Elle aurait aussi bien pu se trouver au milieu d'un désert.

« Je suis un pionnier », se rappela-t-elle. L'obscurité régnait partout, sauf sur le New Jersey où le soleil rendait son dernier témoignage en un ruban de lumière d'un jaune verdâtre. Le passage pour piétons était d'un noir d'encre. Elle cessa de pousser le chariot et se blottit contre lui, s'enveloppa plus étroitement dans sa veste, puis se releva pour mettre les chaussettes de laine et les bottes. Durant plusieurs heures, elle resta plongée dans une sorte de stupeur, un pied calé contre une roue pour empêcher le véhicule de rouler.

Sous le pont, le bruit du fleuve changea. Les cheveux de Suzy se hérissèrent sur sa nuque, bien qu'elle n'eût aucune raison valable d'avoir peur. Pourtant, elle sentait que quelque chose se passait, quelque chose de différent. Dans le ciel, les étoiles luisaient, calmes et claires, et la voie lactée resplendissait, maintenant que les lumières de la ville et la pollution de l'air ne l'obscurcissaient plus.

Elle se leva, s'étira et bâilla; elle se sentait tout à la fois effrayée, esseulée et exaltée. Elle franchit la rambarde du passage pour piétons, traversa les voies en direction du sud et se dirigea vers le bord du pont. S'accrochant de ses doigts gantés et engourdis par le froid au garde-fou, elle regarda de l'autre côté de l'East River, vers South Street, par-delà l'obscurité moins épaisse, là où se découpaient les contours du terminus des ferries.

Quelques heures la séparaient encore de l'aube,

mais là où le fleuve caressait la terre, il y avait de la lumière, et là où il coulait, il y avait un éclat vert et bleu. L'eau était pleine d'yeux, de soleils, de grandes roues et de salves lentes et majestueuses, tout cela moucheté sur la stabilité d'une incandescence cobalt. Elle avait l'impression de contempler des millions de cités la nuit, qui se tordaient et tournoyaient les unes autour des autres.

Le fleuve vivait, d'une rive à l'autre, et au-delà de Governors Island, là où Upper Bay devenait une voie lactée inversée. Le fleuve rutilait et avançait et chacune de ses parties avait un but; Suzy le savait.

Elle comprenait qu'elle était maintenant comme une fourmi dans les rues d'une grande cité. Elle était la bornée, l'éphémère, la fragile. Le fleuve était encore plus complexe et plus beau que Manhattan vu de loin, en fin d'après-midi.

– Je n'arriverai jamais à comprendre cela, dit-elle.

Elle secoua la tête et leva les yeux vers les sombres gratte-ciel. L'un d'entre eux n'était pas complètement obscur. Dans les étages supérieurs de la tour sud du World Trade Center, une lumière verdâtre clignotait.

– Oh, dit-elle, s'émerveillant plus de cette lueur que de tout le reste.

Elle s'arracha à la balustrade et revint à son chariot, sur le passage réservé aux piétons. Tout cela est très joli, se dit-elle, mais l'important, c'est de ne pas geler, et de repartir lorsque l'aube sera assez brillante pour que je voie autour de moi. Elle se blottit contre le chariot.

« Je vais voir ce qu'il y a dans cet immeuble. C'est peut-être quelqu'un comme moi, quelqu'un de plus intelligent qui s'y connaît en électricité. Demain matin, j'irai voir. »

Endormie ou éveillée, frissonnante ou calme, elle s'imagina entendre quelque chose d'inaudible : le bruit du changement, l'épidémie et le fleuve, et les tentures mouvantes comme un grand chœur d'église dont tous les membres, bouche grande ouverte, chanteraient en silence.

23

Paulsen-Fuchs tira un fauteuil dans la chambre d'observation avec un grincement métallique, et s'assit. Bernard l'observait de son lit, l'air à moitié endormi.

– Si tôt le matin, dit-il.

– C'est l'après-midi. Votre perception du temps se dégrade.

– Je suis dans une caverne, du moins c'est l'impression que j'ai. Pas de visiteurs aujourd'hui ?

Paulsen-Fuchs secoua la tête, mais ne lui fournit pas d'explication.

– Quelles nouvelles ?

– Les Russes ont quitté les Nations unies. Ils n'y voient plus aucun avantage puisqu'ils sont maintenant la seule superpuissance nucléaire de la terre. Mais avant de partir, ils ont essayé de pousser le Conseil de sécurité à déclarer que les États-Unis étaient une nation dépourvue de dirigeants et un danger pour le reste du monde.

– Qu'est-ce qu'ils visent ?

– Je crois qu'ils veulent un consensus sur le bombardement nucléaire.

– Grand Dieu ! fit Bernard.

Il s'assit au bord de sa couche et regarda le dessus de ses mains. Les arêtes avaient légèrement diminué; les lampes à quartz produisaient au moins des améliorations esthétiques.

– Ont-ils parlé du Mexique et du Canada ?

– Rien que des États-Unis. Ils veulent donner des coups de pied dans le cadavre.

– Alors, qu'est-ce que les autres disent, ou font ?

– Les forces américaines en Europe ont organisé un gouvernement provisoire. Ils ont désigné pour président un sénateur de Californie qui faisait du tourisme. Vos officiers de l'Air Force basés ici sont en train d'organiser un mouvement de résistance. Ils croient que le gouvernement des États-Unis doit être militaire pour le moment. Les services diplomatiques sont transformés en bureaux du gouvernement. Les Russes demandent que les navires et les sous-marins américains soient mis en quarantaine à Cuba, le long de leurs côtes, dans le Pacifique Nord et la mer du Japon.

– Vont-ils le faire ?

– Aucune réponse. Mais, je ne pense pas.

Paulsen-Fuchs sourit.

– Massacre-t-on toujours les poissons et les oiseaux ?

– Oui. En Angleterre, on tue tous les oiseaux migrateurs, qu'ils viennent ou non d'Amérique du Nord. Certains veulent même massacrer tous les oiseaux. Il y a pas mal d'actes de sauvagerie, et pas seulement contre les animaux, Michael. Partout, les Américains sont exposés à de grands affronts, même si cela fait plusieurs dizaines d'années qu'ils vivent en Europe. Certains groupes religieux croient que le Christ s'est installé en Amérique et qu'il va bientôt marcher sur l'Europe pour établir son Règne. Mais vous avez eu les nouvelles sur votre terminal, ce matin, comme d'habitude. Vous pouvez y lire tout cela.

– J'aime mieux les apprendre de la bouche d'un ami.

– Oui. Mais en ce moment même les paroles d'un ami ne peuvent améliorer les nouvelles.

– Est-ce qu'un bombardement nucléaire résoudrait le problème ? Je ne suis pas expert en épidémiologie... Pourrait-on vraiment stériliser l'Amérique ?

– C'est hautement improbable et les Russes en sont bien conscients. Nous en savons un bout sur la précision de leurs têtes nucléaires, leur taux d'échecs, et ainsi de suite. On peut, au mieux, tenter de brûler la moitié de l'Amérique du Nord, suffisamment pour y détruire toute forme de vie. Ce serait presque inutile. Il y a les hasards des radiations, sans parler des changements météorologiques et du risque qu'il y ait des bio-logiques dans les nuages de poussière, tout cela serait colossal. Mais... (Il haussa les épaules.) Ce sont les Russes. Moi, je me souviens d'eux, à Berlin. Pas vous. Je n'étais qu'un enfant, mais je m'en souviens... Ils sont forts, sentimentaux, cruels, rusés et stupides à la fois.

Bernard se retint de faire des commentaires sur le comportement des Allemands en Russie.

– Alors, qu'est-ce qui les retient ?

– L'OTAN. Et, chose curieuse, la France. Les pays non alignés, surtout l'Amérique centrale et du Sud, élèvent de sévères objections. Maintenant, assez parlé de tout cela. J'ai besoin d'un rapport.

– À vos ordres, dit Bernard en saluant. Je me sens bien, quoique un petit peu groggy. Je me demande si je ne vais pas devenir fou et me mettre à délirer. J'ai l'impression d'être en prison.

– C'est normal.

– Aucune femme ne s'est encore portée volontaire ?

– Non, dit Paulsen-Fuchs en secouant la tête. Je ne comprends pas pourquoi, ajouta-t-il avec un grand sérieux. On dit toujours que la renommée est le meilleur des aphrodisiaques.

– C'est aussi bien, je suppose. Si cela peut me consoler, je n'ai remarqué aucune modification de mon anatomie depuis avant-hier.

C'était alors que sa peau avait retrouvé un aspect plus normal.

– Vous avez décidé de continuer le traitement par les lampes ?

Bernard hocha la tête.

– Cela me donne quelque chose à faire.

– Nous étudions toujours les anti-métabolites et les inhibiteurs d'ADN. Les animaux infectés ne montrent aucun symptôme... apparemment vos noocytes ne sont pas alléchés par les animaux. Pas ici, du moins. D'où toutes sortes de théories. Avez-vous des maux de tête, des douleurs musculaires, n'importe quoi de cette nature, même si cela vous paraît normal ?

– Je ne me suis jamais senti si bien. Je dors comme un enfant, la nourriture me paraît merveilleuse, je n'ai pas de douleur. Une démangeaison de temps à autre et... parfois cela me titille à l'intérieur, dans l'abdomen, mais je ne sais pas exactement où. Ce n'est pas très gênant.

– Vous respirez la santé, dit Paulsen-Fuchs en terminant son petit rapport. Cela vous ennuie que je vérifie vos dires ?

– Je n'ai guère le choix, n'est-ce pas ?

On lui imposait un examen médical deux fois par jour, aussi régulièrement que le permettaient ses périodes imprévisibles de sommeil. Il s'y soumettait avec une espèce de patience triste; l'attrait de la nouveauté qu'avaient présenté les examens pratiqués par l'intermédiaire de waldos s'était depuis longtemps dissipé.

Le grand panneau bourdonna doucement et un plateau contenant de la verrerie et des instruments apparut. Puis quatre longs bras de métal et de plastique se déplièrent, en testant la flexibilité de leurs pinces. Une femme, installée dans une cabine, derrière le waldo, regarda Bernard à travers la fenêtre à double vitrage. Une caméra de télévision fixée sur le coude de l'un des bras pivota; sa lumière rouge rutilait.

– Bonjour, docteur Bernard, dit-elle aimablement.

Elle était jeune, séduisante dans le genre sévère, ses cheveux brun-roux, ramenés dans les règles de l'art, en un chignon bien serré.

– Je vous aime, docteur Schatz, dit-il, couché sur la table basse qui vint rouler jusque sous les waldos et le plateau.

– Juste pour vous, et seulement pour aujourd'hui, je serai Frieda. Nous vous aimons aussi, docteur. Et si j'étais vous, je ne m'aimerais pas du tout.

– Je commence à y prendre goût, Frieda.

– Humm.

Schatz se servit du waldo, fin manœuvre, pour prendre sur le plateau une ampoule sous vide. Avec une adresse inquiétante, elle enfonça l'aiguille dans une veine et en retira dix centilitres de sang. Il remarqua avec intérêt que son sang était d'un rose violacé.

– Faites attention qu'elles ne vous mordent pas, lui recommanda-t-il.

– Nous sommes *très* prudents, docteur.

Bernard sentait la tension nerveuse derrière son badinage. Il y avait un certain nombre de choses qu'ils ne lui disaient pas sur son état. Mais pourquoi lui cacher quelque chose ? Il se considérait comme un homme condamné.

– Vous ne me parlez pas franchement, Frieda, dit-il, tandis qu'elle appliquait sur son dos un sparadrap de culture de peau.

Le waldo le décolla et le laissa tomber dans un flacon. Un autre bras le boucha rapidement et le scella en le plongeant dans un petit bain de cire fondante.

– Oh, je crois que si, répliqua-t-elle doucement en se concentrant sur les commandes. Quelles questions avez-vous à poser ?

– Y a-t-il encore dans mon corps des cellules qui n'ont pas été touchées ?

– Ce ne sont pas toutes des noocytes, mais la plupart ont été modifiées d'une certaine manière, oui.

– Qu'en faites-vous après les avoir analysées ?

– À ce moment-là, elles sont toutes mortes, docteur. Ne vous faites pas de souci. Nous sommes très prudents.

– Je ne me fais pas de souci, Frieda.

– C'est bien. Maintenant, tournez-vous, je vous prie.

– Encore l'urètre ? Oh, non !

– Il paraît qu'autrefois c'était une petite gâterie très coûteuse pour les jeunes gens riches de la République de Weimar. Une pratique fameuse, dans les bordels de Berlin.

– Frieda, vous m'étonnerez toujours.

– Maintenant, tournez-vous, je vous prie, docteur.

Il se tourna et ferma les yeux.

24

La grande fenêtre du hall du rez-de-chaussée donnant sur la place était ornée de bougies. Suzy recula et inspecta son œuvre. La veille, elle s'était frayé un chemin à travers un morceau de tenture marron déchiquetée par le vent et avait découvert une boutique qui en vendait. Avec un chariot emprunté dans une épicerie arménienne de South

Street, elle avait emporté tout un chargement de bougies votives jusqu'au World Trade Center, où elle s'était établie, au rez-de-chaussée de la tour nord. C'est au sommet de cet immeuble qu'elle avait aperçu la lumière verte.

Avec toutes ces bougies, peut-être que les sous-marins et les avions la trouveraient. Elle avait aussi une autre raison d'agir ainsi, tellement idiote qu'elle rit en y pensant. Elle avait décidé de répondre au fleuve. Elle planta les bougies sur le rebord de la fenêtre, les alluma une à une et regarda leurs chaudes lueurs se perdre dans l'immense obscurité d'alentour.

Puis elle les disposa en spirales sur le sol, les espaçant davantage au fur et à mesure que sa réserve diminuait. Elle les alluma puis alla de flamme en flamme, sur la large moquette, souriant à la lumière et se sentant vaguement coupable en voyant la cire couler.

Elle mangea une boîte de pastilles de chocolat et lut à la lueur d'un bouquet de cinq chandelles un numéro du *Lady's Home Journal* qu'elle avait pris à l'étalage du marchand de journaux. Elle était très bonne en lecture… un peu lente, mais elle avait beaucoup de mots. Les pages du magazine pleines de publicités et de petites colonnes sur les vêtements, la cuisine et les problèmes familiaux lui offraient une dose opportune d'anesthésie.

Étendue, le dos au tapis, à côté du chariot à nourriture et de celui à chandelles, vide, elle se demanda si elle se marierait un jour – s'il restait quelqu'un à épouser – et si elle aurait une maison où elle pourrait appliquer quelques-unes des recommandations qu'elle lisait en ce moment. « Probablement pas, se dit-elle. Je serai forcément vieille fille. » Elle n'avait jamais beaucoup fréquenté les garçons et n'était pas allée jusqu'au bout avec Cary; elle avait obtenu le diplôme de fin d'études des classes spéciales du collège, et la réputation d'être une gentille fille... barbante. Certaines personnes comme elle étaient un peu violentes et compensaient leur peu d'intelligence en faisant des tas de choses osées.

– Eh bien, je suis toujours là, dit-elle au plafond sombre et haut, et je suis toujours barbante.

Une bougie à la main, elle descendit les marches, remit le magazine à l'étalage et choisit un numéro de *Cosmopolitan*. De retour dans le hall, elle s'endormit rapidement, se réveilla en sursaut lorsque la revue lui tomba sur le ventre puis, allant de bougie en bougie, les éteignit, au cas où elle voudrait s'en resservir le lendemain. Gardant l'une d'elles allumée, elle s'allongea sur le côté, la veste de Kenneth en guise d'oreiller, et elle pensa à l'immeuble massif au-dessus d'elle. Elle n'arrivait pas à se rappeler si les tours jumelles étaient toujours les plus hautes du monde. Elle pensait que non. Chacune était comme un transatlantique, planté debout dans le ciel... en fait, plus grand que n'importe quel paquebot; c'est du moins ce que disait la brochure touristique.

Ce serait amusant de visiter toutes les boutiques du hall, mais même à demi endormie, Suzy savait ce qu'elle serait finalement obligée de faire. Il lui faudrait gravir les escaliers jusqu'en haut, si escalier il y avait, afin de découvrir qui avait allumé cette lumière, et puis aussi, regarder New York – de ce point élevé, elle surplomberait toute la ville et une bonne partie de l'État. Elle verrait ce qui s'était passé. Là-haut, la radio recevrait peut-être d'autres stations. Et il y avait un restaurant au sommet, ce qui voulait dire plus de nourriture. Et un bar. Brusquement, elle eut envie de se saouler, ce qu'elle n'avait tenté que deux fois dans sa vie.

Ce ne serait pas facile. Elle savait que monter les escaliers lui prendrait un jour, et même plus.

Elle fut tirée en sursaut d'un sommeil léger. Par un bruit proche, un mélange de raclements, de glissements et de grincements. Dehors, l'aube était pâle et grise. Des choses bougeaient sur la place, roulaient comme des moutons de poussière sous un lit, comme le duvet du chardon. Elle cligna des yeux, les frotta, et se mit à genoux, en fermant à demi les paupières, pour mieux voir.

Poussées par le vent, de duveteuses roues de charrettes traversaient l'immense place, tantôt tournoyant, tantôt tombant par terre, leurs rayons en ailes de moulin claquant contre les rebords. Elles étaient gris, marron et blanc. Celles qui tombaient se démembraient sur le béton et s'aplatissaient, adhérant à la chaussée et soulevant des gerbes de trente centimètres de haut. Maintenant que le jour brillait, elles coulaient à flots sur la place et, lorsqu'elles heurtaient des vitrines, s'étalaient dessus et les martelaient.

« Plus moyen de sortir, se dit-elle. Oui, oui. »

Elle mangea une tablette de pâte d'amandes et alluma la radio, espérant capter de nouveau la station britannique qu'elle avait écoutée la veille. Après un petit réglage, la faible voix du speaker se fit entendre, étouffée par les parasites, comme celle d'un homme qui parlerait à travers du feutre.

« ... dire que l'économie mondiale va en souffrir est certainement un euphémisme. Qui sait combien de ressources de la planète – tant en matières premières qu'en produits manufacturés – sont maintenant inaccessibles, en Amérique du Nord ? Je me rends compte que la plupart des gens se soucient plutôt de leur survie immédiate, se demandant si l'épidémie va traverser l'océan et si elle n'est pas déjà parmi nous, attendant son heure pour... »

Les parasites l'emportèrent durant plusieurs minutes. Suzy, assise en tailleur, attendit patiemment. Elle ne comprenait pas grand-chose mais la voix la réconfortait.

« … cependant, en tant qu'économiste, il est normal que je m'inquiète de ce qui arrivera lorsque la crise sera passée. Si elle passe. Eh bien, je suis optimiste. Dieu, dans sa Sagesse, n'a pas agi sans raison. Oui. Donc, nous ne recevons aucune communication en provenance de l'Amérique du Nord, sauf de la célèbre station météorologique d'Afognak Island. Alors, les financiers sont morts. Les États-Unis ont toujours été le puissant bastion du capital privé. La Russie est maintenant la première nation du globe, militairement et peut-être financièrement. Que pouvons-nous espérer ? »

Suzy ferma la radio. Blablabla. Elle n'avait besoin de savoir que ce qui était arrivé à son foyer.

– Pourquoi ? demanda-t-elle à voix haute. (Elle regarda les roues dégringoler sur la place; leurs débris commençaient à masquer le macadam.) Pourquoi ne pas me suicider et mettre fin à tout cela ?

Elle étendit les bras en un geste volontairement mélodramatique et se mit à rire. Elle rit jusqu'à en avoir mal, et peur, en s'apercevant qu'elle ne pouvait pas s'arrêter. Les mains sur la bouche, elle courut au jet d'eau et but l'eau claire et fidèle, à grandes goulées.

Suzy prit conscience que ce qui l'épouvantait c'était de grimper en haut de la tour. Aurait-elle besoin de clefs ? Est-ce qu'à mi-chemin elle allait découvrir qu'elle ne pouvait pas monter plus haut ?

« Je serai brave, se dit-elle en mordant dans la barre de pâte d'amandes. C'est tout ce que je peux faire. »

25

Livermore, Californie

Il avait vécu une bonne vie normale; il avait vendu de la camelote dans son arrière-cour; il était allé aux ventes aux enchères et avait déniché des trucs et des machins; il avait élevé son fils et s'était senti fier de sa femme qui enseignait à l'école. Ses meilleures acquisitions lui avaient procuré beaucoup de plaisir : un lot de carreaux de céramique pour embellir la salle de bains et la cuisine de son immense maison blanche; une vieille jeep anglaise; quinze voitures et camions de marques différentes mais tous bleus; une tonne et demie de vieux meubles de bureau, y compris un antique classeur en bois qui, en définitive, valait plus que ce qu'il avait payé pour tout le lot.

La chose la plus bizarre qu'il avait faite (depuis son mariage) c'était de raser sa mince couronne de cheveux pour devenir chauve plus vite. Il n'avait pas supporté l'état intermédiaire. Ruth avait poussé de hauts cris en le voyant. Il y avait deux mois de cela, et ses cheveux clairsemés avaient repoussé, plus indisciplinés et plus laids qu'auparavant.

John Olafsen s'en était bien tiré... tant que la vie était restée normale. Il avait toujours bien nourri et bien habillé Ruth et leur fils de sept ans, Loren. Il y avait quatre-vingt-dix ans que la maison appartenait à sa famille; depuis qu'elle avait été construite. Ils avaient su se contenter de peu.

Il abaissa les jumelles et essuya la fatigue et la

sueur de ses yeux avec son foulard rouge. Puis, il continua à regarder. Il surveillait toute la superficie des Lawrence Livermore National Laboratories et des Sandra Labs, de l'autre côté de la route. L'odeur d'herbe desséchée et de poussière lui donnait envie de se moucher, de partir, de plier bagage et d'aller nulle part, car c'était le seul endroit qui lui restait où se rendre. Il était 5 h 30 et le crépuscule s'annonçait.

– Agite ton drapeau, Jerry, fils de pute, murmura-t-il.

Jerry était son frère jumeau, son cadet de cinq minutes, deux fois aussi casse-cou que lui. Avant, il pilotait des avions d'épandage sur les cultures de la Salinas Valley. Pourquoi John avait-il survécu, ils ne le savaient ni l'un ni l'autre, mais il était évident que Jerry était trop bourré de DDT, de DBE[1] et de trucs comme ça. Il avait tout simplement trop mauvais goût pour ceux, quels qu'ils soient, qui avaient dévoré la ville de Livermore.

Et Ruth, et Loren.

Jerry était en bas, entre les grands bâtiments modernes, trapus, et les vieux pavillons, les anciennes casernes; il était allé jeter un coup d'œil sur les monticules de dix mètres de haut qui s'élevaient maintenant partout où il restait de la place. Il portait aussi un foulard rouge attaché à un bâton. Les deux frères en avaient toujours un. À chaque Noël, ils s'en offraient mutuellement des neufs, enveloppés dans du papier métallisé, rouge, attaché avec de grands rubans de la même couleur.

– Vas-y, grommela John.

Il bougea la tête et vit, dans ses jumelles, le

1. Dibromure d'éthène, un insecticide répandu par fumigation *(N.d.T.)*.

foulard rouge tournoyer rapidement au bout du bâton : une fois dans le sens des aiguilles d'une montre, une fois dans l'autre sens, et trois fois de nouveau comme au début. Cela voulait dire que John devait descendre voir quelque chose. Rien de dangereux... autant que Jerry pouvait le dire.

Il releva ses cent quinze kilos et frotta les genoux de ses Levi's noirs en loques. Sa barbe et ses cheveux d'un roux vif contrastaient avec la grisaille du ciel; il sortit du fossé de drainage et se glissa entre les fils de fer barbelés de l'élevage de volailles et sous la clôture du périmètre intérieur qui n'était plus électrifiée.

Puis il descendit en courant et en dérapant la pente de dix mètres et franchit d'un saut un autre caniveau avant de ralentir et de marcher normalement. Il alluma une cigarette et brisa l'allumette avant de la jeter par terre. Quinze ou vingt voitures étaient toujours en stationnement sur le parking des bâtiments de l'ancien projet de fusion Yin-Yang. Un tertre particulièrement impressionnant, d'environ dix-huit mètres de diamètre, s'élevait près de là. Jerry se tenait au sommet. Il avait trouvé une pioche quelque part et la balançait en la tenant la tête en bas, un grand sourire sur son visage imberbe.

– Plus de joggers, dit-il, tandis que John gravissait le monticule pour le rejoindre.

Ils appelaient ainsi des choses singulières qu'ils avaient vues à Livermore. Le nom semblait leur aller puisqu'elles couraient presque sans cesse; ils n'en avaient jamais vu une seule immobile.

– Ça me réjouit le cœur. Qu'est-ce que t'as l'intention de faire ?

– Me creuser un chemin jusqu'en Chine, dit Jerry en tapant le tertre du pied. T'as donc aucune curiosité ?

– Il y a curiosité et curiosité. Et si ces monticules étaient quelque chose fabriqué par les gens des labos… tu sais, pour l'armée; ou peut-être que c'est une expérience qui a échappé à leur contrôle ?

– Je dirais que c'est déjà arrivé.

– Je pense pas que ça, ça vienne d'ici.

– Merde. (Jerry balança sa pioche sur le monticule, crevassant la terre et l'herbe sèche, déjà fissurées.) Pourquoi pas, et d'où ça viendrait alors ?

– Y a des labos ailleurs.

– Bien sûr, et c'est peut-être aussi des E.-T.

John haussa les épaules. Ils ne sauraient probablement jamais.

– Alors, creuse.

Jerry leva la pioche et la fit adroitement retomber. L'extrémité passa au travers du sol comme une épingle dans une coquille d'œuf, et la poignée lui échappa presque des mains.

– C'est creux, grogna-t-il en arrachant la tête avec effort. (Il s'agenouilla et regarda dans le trou.) Je vois rien.

Il se releva et brandit de nouveau la pioche.

– Tape-leur dessus, dit John en se léchant les lèvres. Laisse-moi leur taper dessus.

– Nous savons rien de ce qu'il y a là-dessous.

Jerry arracha le manche de la pioche de la main tendue de son frère, large et épaisse.

John se résigna à contrecœur et mit la main dans la poche de son jean. Il regarda le soleil couchant et secoua la tête.

– Nous pouvons rien leur faire. Il n'y a plus que nous deux.

Jerry porta trois rapides coups de pioche et la terre s'effondra, formant un trou d'un mètre de large. Les frères firent un saut en arrière puis reculèrent encore de plusieurs pas, par précaution.

Le reste du monticule tint le coup. Jerry se mit à quatre pattes et remonta jusqu'au trou.

– Je vois toujours rien. Va me chercher la lampe électrique.

La nuit tombait lorsque John revint avec une lanterne renforcée et étanche, celle de leur camion. Jerry était assis près du trou et fumait une cigarette en faisant tomber la cendre dedans.

– J'ai aussi apporté une corde, dit John en laissant tomber le rouleau près du genou de son frère.

– Comment est la ville ? demanda Jerry.

– D'après ce que j'ai vu, comme avant, mais en pire.

– Il en restera quelque chose, demain ?

John haussa les épaules.

– Dépendra de ce que ça deviendra, je suppose.

– D'accord. Il fait noir là-dedans, la nuit y changera rien. Tu tiens la corde. Moi, je vais descendre avec la lampe…

– Pas question. Je reste pas ici sans lumière.

– Alors, c'est toi qui descends.

John réfléchit.

– Bon Dieu, non. Attachons la corde à une voiture et descendons tous les deux.

– Bon, fit Jerry. (Il courut avec la corde jusqu'à la voiture la plus proche, l'attacha au pare-chocs et la laissa filer jusqu'au trou. Il en restait une dizaine de mètres lorsqu'il arriva au sommet du monticule.) Moi d'abord, dit-il.

– Dure obligation, comme disent les mangeurs de grenouilles.

Jerry se glissa dans le trou.

– La lampe.

John la lui passa. La tête de son frère disparut.

– Ça renvoie la lumière.

Le faisceau lumineux monta en flèche dans l'air humide du soir et éclaira le visage de John penché sur le trou. Lorsqu'il eut assez de place, il saisit la corde tendue et suivit son jumeau.

Leur mère leur avait raconté des histoires, à elle transmises par une grand-mère qui parlait danois, au sujet de trous de ce genre, pleins de l'or des lutins, de cadavres, de drôles de feux bleus, de chansons et du son aigre des cornemuses.

Il n'aurait jamais voulu l'admettre, mais ce qu'il s'attendait à y trouver, c'étaient des Morlocks[1].

Le temps qu'ils posent le pied au fond du tertre creux, tous deux étaient trempés de sueur. L'air était beaucoup plus chaud et humide qu'à l'extérieur. Le faisceau lumineux perçait le brouillard épais et douceâtre. Leurs bottes s'enfonçaient dans quelque chose d'élastique, d'un cramoisi foncé, qui craquait lorsqu'ils bougeaient.

– Saleté de merde ! s'exclamèrent-ils en même temps.

– Qu'est-ce que nous allons foutre, maintenant que nous y sommes ? demanda John d'une voix plaintive.

– Nous allons retrouver Ruth et Loren, et peut-être Tricia.

C'était la petite amie de Jerry depuis six ans. Il ne l'avait pas vue se dissoudre, mais on pouvait facilement supposer ce qui lui était arrivé.

– Ils sont morts, dit John d'une voix basse et comme retenue au fond de sa gorge.

– Bon Dieu, non. Seulement démontés et amenés ici.

– Où c'est que t'es allé chercher une idée pareille ?

– C'est ça ou, comme tu dis, ils sont morts. T'as l'impression qu'y sont morts, toi ?

John réfléchit un moment.

– Non, reconnut-il.

1. Cf. *La Machine à explorer le temps*, de H. G. Wells *(N.d.T.)*.

Tous deux avaient autrefois éprouvé cette impression que quelqu'un qui leur était cher était en train de mourir, sans qu'on le leur ait dit.

– Mais peut-être que je me raconte des histoires, ajouta-t-il.

– Foutaise. Je *sais* qu'ils sont pas morts. Et s'ils sont pas morts, alors les autres non plus. Parce que tu as vu...

– J'ai vu, l'interrompit John.

Il avait vu les vêtements pleins de chair en train de se dissoudre. Il n'avait pas su quoi faire. C'était en fin de matinée; Ruth et Loren avaient attrapé une espèce de microbe, la veille au soir. Des stries blanches sur les mains et la figure. Il leur avait dit qu'ils iraient tous chez le médecin le lendemain.

Il ne se souvenait de rien entre le moment où il avait vu les vêtements et celui où Jerry était arrivé. Il avait hurlé, ou fait quelque chose qui lui avait tellement fait mal à la gorge qu'il pouvait à peine parler.

– Alors, pourquoi qu'ils nous ont pas pris, nous aussi ?

Jerry tapota son ventre, aussi proéminent que celui de John.

– On est des trop gros morceaux. (Il fit tournoyer sa main dans le brouillard. Le faisceau lumineux ne dépassait pas un mètre, dans n'importe quelle direction.) Bon Dieu, j'ai la trouille.

– Ça me réjouit le cœur, dit John.

– Ouais, c'est toi qui as proposé de descendre.

John ne protesta pas contre cette inversion de la vérité.

– Alors maintenant, tu nous dis dans quelle direction aller, reprit Jerry.

– Droit devant. Et fais attention aux Morlocks.

– Ouais. Bon Dieu. Des Morlocks.

Ils avancèrent lentement dans cette matière

spongieuse et cramoisie. Plusieurs moments humides et malheureux s'écoulèrent avant que le faisceau ne révèle un mur devant eux. Des tuyaux irréguliers brillaient, taches de gris et de marron. Luisants de vaseline, ils couvraient le mur qui battait à un rythme cadencé. À gauche, les tuyaux faisaient un coude et disparaissaient dans un tunnel obscur.

– J'arrive pas à y croire, dit Jerry.

– Eh bien ? répondit son frère en lui montrant le tunnel.

Jerry hocha la tête.

– On a déjà connu pire.

– J'espère, grogna John.

– Toi d'abord.

– Je t'aime aussi.

– Vas-y !

Ils entrèrent dans le tunnel.

26

Paulsen-Fuchs demanda à Uva de s'arrêter un instant au sommet de la colline. Le nombre des protestataires, autour de Pharmek, avait doublé en une semaine. Ils étaient maintenant près de cent mille, une mer de tentes, de drapeaux et de banderoles, la plupart du côté est des bâtiments, près de l'entrée principale. Ce qui l'ennuyait, c'est qu'ils n'avaient pas l'air d'appartenir à une organisation particulière. Ce n'était pas politique… seulement une partie du peuple allemand affolée par un cataclysme qu'elle ne pouvait comprendre. Ils venaient là à cause de Bernard, sans savoir encore ce qu'ils voulaient faire. Mais cela allait changer. Quelqu'un allait les prendre en main, leur donner un objectif.

Les plus ignorants exigeaient la mort de Bernard et la stérilisation de la chambre du caisson, mais cela ne tenait pas debout. La plupart des gouvernements européens reconnaissaient que les recherches menées par Bernard constituaient peut-être le seul moyen d'étudier le fléau et de découvrir comment le contrôler.

Cependant, l'Europe était en proie à la panique. Un grand nombre de voyageurs – des touristes, des hommes d'affaires et même du personnel militaire – étaient revenus d'Amérique du Nord avant la quarantaine. On ne les avait pas tous retrouvés. On en avait découvert certains en train de se transformer dans des hôtels, des appartements et des maisons. Presque toujours, ces victimes étaient achevées par les autorités locales, les bâtiments soigneusement réduits en cendres, les égouts et les conduites d'eau généreusement arrosés de produits stérilisants.

Personne ne savait si ces mesures étaient efficaces.

Beaucoup de personnes, dans le monde entier, étaient convaincues que ce n'était qu'une question de temps.

Avec les nouvelles qu'il avait apprises le matin, il se prenait à souhaiter qu'ils aient raison. La maladie était peut-être préférable au suicide.

– Porte Nord, dit Paulsen-Fuchs en remontant dans la voiture.

On avait enfin livré l'équipement qui encombrait maintenant la moitié de la chambre du caisson. Bernard réinstalla la couchette et le bureau, recula et contempla avec satisfaction le mini-laboratoire. Au moins, il aurait de quoi s'occuper. Il pouvait se tripoter et se farfouiller *lui-même*.

Les semaines s'étaient écoulées et il n'avait

toujours pas subi la transformation finale. Personne ne pouvait lui dire pourquoi; il ne pouvait pas non plus s'expliquer pourquoi il n'avait pas encore communiqué avec les noocytes, comme le faisait Vergil. Ou comme il avait cru le faire.

Peut-être que Vergil était tout simplement devenu fou. La communication était peut-être impossible.

Il lui aurait fallu plus d'appareils qu'on ne pouvait en entasser dans la pièce, mais la plus grande partie des analyses chimiques qu'il avait prévues pouvait être exécutée à l'extérieur et l'information transmise à son terminal.

Il se sentait un peu redevenu l'ancien Michael Bernard. Il était sur une piste. Il trouverait, ou il aiderait les autres à découvrir comment les cellules communiquaient, quel langage chimique elles utilisaient. Et si elles ne voulaient pas lui parler directement, il trouverait alors un moyen de *leur* parler. Peut-être de les contrôler. Pharmek avait toute la compétence et l'équipement voulus, tout ce qu'Ulam avait eu, et plus encore; si nécessaire, ils pourraient reproduire l'expérience et repartir à zéro.

Bernard doutait qu'on les laisse faire. Les conversations avec Paulsen-Fuchs et d'autres membres du personnel du laboratoire lui avaient donné l'impression qu'une tempête se déchaînait autour de lui.

Après avoir effectué un bref inventaire de l'équipement, il rafraîchit ses souvenirs des procédés en lisant les manuels. Quelques heures plus tard il s'en lassa et fit une entrée dans son carnet de notes informatisé, en sachant que tout cela serait lu tôt ou tard par les gens de Pharmek et les représentants du gouvernement... peut-être par les psychologues, sûrement par les médecins. Tout ce qui le concernait était important désormais.

Je ne peux trouver aucune raison biologique au fait que la Terre n'ait pas encore succombé. Le fléau a beaucoup de cordes à son arc, il peut transformer tout être vivant. Mais l'Europe est indemne – sauf quelques incidents çà et là – et je doute que ce soit à cause des mesures exceptionnelles que l'on a prises. Peut-être le fait que je ne sois pas représentatif des récentes victimes, que je sois soumis à des changements qui ressemblent plus à ceux de Vergil Ulam, expliquera aussi cet autre mystère. Demain je demanderai aux médecins de me faire des prélèvements de sang et de tissus, mais tous ne sortiront pas de la chambre. Je travaillerai moi-même dessus, en particulier sur la lymphe et le sang.

Il hésita, les doigts au-dessus du clavier, et allait continuer lorsque Paulsen-Fuchs, qui était dans la chambre d'observation, fit sonner l'interphone pour attirer son attention.

– Bonjour, fit Bernard en faisant pivoter son fauteuil.

Comme à l'habitude, il était nu. Une caméra, située dans le coin supérieur droit de la fenêtre d'observation, filmait continuellement son corps et envoyait les images aux ordinateurs afin qu'ils les analysent.

– Ce n'est guère un bon jour, Michael. (Le visage chevalin de Paulsen-Fuchs était encore plus allongé et plus hagard qu'à l'ordinaire.) Comme si nous n'avions pas assez de problèmes, il faut maintenant envisager la possibilité d'une guerre.

Bernard s'approcha du hublot et regarda le biologiste brandir un journal anglais. En lisant la manchette, un frisson courut le long de son épine dorsale.

ATTAQUE NUCLÉAIRE RUSSE SUR PANAMA.

– Quand ? demanda-t-il.

– Hier après-midi. Cuba a annoncé qu'un nuage

radio-actif survolait l'Atlantique. Les satellites militaires de l'OTAN ont confirmé le point névralgique. Je suppose que les militaires le savaient bien avant – ils doivent disposer de sismographes et autres appareils de ce genre – la presse ne l'a appris que ce matin. Les Russes ont envoyé neuf ou dix bombes d'une mégatonne, probablement d'un sous-marin. Toute la zone du canal est… (Il secoua la tête.) Pas un mot des Russes. La moitié du peuple allemand s'attend à être envahie d'ici à une semaine. L'autre moitié est ivre.

– Aucune nouvelle du continent ?

C'est ainsi qu'ils désignaient l'Amérique du Nord depuis deux jours : *le* continent, le *vrai* centre de l'action.

– Rien, dit Paulsen-Fuchs en jetant le journal sur la table de la chambre d'observation.

– Est-ce que vous – les Européens – vous pensez que les Russes vont envahir l'Amérique du Nord ?

– Oui. D'un jour à l'autre. Domaine éminent, ou toute autre expression par laquelle vous désignez, vous qui parlez anglais, le droit de sauvetage. (Il se mit à glousser.) Je ne suis pas leur avocat, mais ils trouveront les termes qui conviennent et se justifieront à Genève, s'ils ne l'ont pas aussi déjà bombardée à ce moment-là. (Il se leva, les mains appuyées sur la table, de chaque côté du journal.) Personne n'est prêt à discuter de ce qui se passera s'ils envahissent l'Amérique. Le gouvernement des États-Unis en exil joue le jeu et les menace de ses troupes basées en Europe, et de sa flotte, mais la Russie ne le prend pas au sérieux. Avant que vous m'appeliez, le mois dernier, j'avais prévu de prendre mes premières vacances depuis sept ans. Manifestement, je ne peux pas partir. Michael, vous avez introduit, dans ma vie, un élément qui me tuera peut-être. Excusez ce mouvement d'égoïsme.

– Je vous comprends, répliqua calmement Bernard.

– Il y a un vieux dicton allemand, dit Paulsen-Fuchs en le regardant fixement : “C’est la balle que vous n’entendez pas qui vous tue.” Cela vous dit-il quelque chose ?

L’Américain hocha la tête.

– Alors, travaillez, Michael. Travaillez de toutes vos forces, avant que nous mourions de notre main.

27

Dans le bureau des gardiens, Suzy trouva une lampe électrique, grosse et puissante – très perfectionnée, noire comme des jumelles, et dont le faisceau lumineux pouvait s’élargir ou converger lorsqu’on tournait un bouton – et entreprit d’explorer le hall et le passage souterrain pour piétons, entre les deux tours. Elle passa un certain temps dans une boutique, à essayer des vêtements, mais elle ne se voyait pas très bien à la lueur de la lampe, et s’en lassa vite. Et puis c’était un peu effrayant. Elle tenta, sans conviction, de chercher si d’autres personnes ne s’étaient pas, comme elle, réfugiées ici, et elle s’aventura même un peu dans la station de métro de Cortlandt Street. Lorsqu’elle se fut assurée que les niveaux inférieurs étaient vides – sauf les tas omniprésents de vêtements – elle revint à la Salle des bougies, comme elle l’avait surnommée, et prépara son ascension.

Elle avait trouvé une carte de la tour nord et promenait maintenant son doigt sur le plan du hall et des étages inférieurs. En feuilletant, page à page, l’épaisse brochure, elle se rendit compte que l'immeuble n'avait pas un escalier unique, mais des volées de marches, à des endroits différents selon les étages.

Cela rendrait son expédition encore plus difficile. Elle trouva sur la carte la porte qui menait au premier étage et s'y rendit. Elle était fermée à clef. Elle retourna dans le bureau des gardiens, poussa du pied l'uniforme noir et mit au jour un gros anneau de clefs attaché à une ceinture. Elle la sortit des passants du pantalon, vit un soutien-gorge parmi les habits et prit les clefs.

– Excusez-moi, chuchota-t-elle en remettant à peu près les vêtements comme elle les avait trouvés. Je ne fais que vous les emprunter. Je les rapporterai.

Elle se reprit et se mordit le gras du pouce jusqu'à laisser de profondes marques de dents. Il n'y a personne ici, se dit-elle. Personne nulle part. Rien que moi.

Il lui fallut plusieurs minutes pour lire lentement les étiquettes attachées aux clefs et trouver celle qui ouvrait la porte de l'escalier. De l'autre côté, il y avait des marches en ciment et en métal. À l'étage suivant, elles aboutissaient à un vestibule. Suzy parcourut un couloir blanc dont les portes donnaient sur des bureaux; il y avait tantôt des noms, tantôt simplement des numéros. Un rapide coup d'œil jeté sur quelques-uns des bureaux ne lui révéla pas grand-chose.

– D'accord, dit-elle. Ce n'est qu'une randonnée, une longue randonnée. J'aurai besoin d'eau et de nourriture.

Elle regarda ses mocassins et soupira. Il faudrait bien s'en contenter, à moins d'emprunter une paire de souliers vides à...

Cette idée ne lui souriait guère. Dans le hall du rez-de-chaussée, elle prit un cabas en plastique, derrière le stand de journaux, et le remplit d'aliments légers tirés de son chariot. Emporter de l'eau se révéla plus délicat; les bouteilles de plastique étaient trop volumineuses pour qu'il soit confortable de les porter attachées à sa ceinture, mais elle décida qu'il n'y avait pas d'autre possibilité. Et si elle trouvait encore de l'eau aux étages – il fallait que ce soit celle des distributeurs réfrigérés – elle pourrait toujours abandonner les bouteilles.

Elle commença son ascension à 8 h 30 du matin. Il valait mieux, pensa-t-elle, gravir dix étages d'un coup, puis se reposer ou explorer ce qu'il y aurait à voir à ce niveau-là. Elle pourrait ainsi atteindre le sommet en fin de journée.

Tout en fredonnant *Michelle* elle alla d'escalier en escalier, les mains agrippées aux rampes métalliques, et franchit porte après porte. Elle essaya de se créer un rythme. Kenneth et Howard l'avaient emmenée une fois faire une randonnée dans le Maine et elle avait appris que chaque marcheur avait son propre rythme. Suivre son rythme rendait le chemin plus facile; briser son rythme pour suivre quelqu'un d'autre le rendait beaucoup plus ardu.

« Personne à suivre », se dit-elle, arrivée au quatrième étage. Elle essaya de chanter de nouveau *Michelle* mais le rythme de la chanson n'allait pas avec ses pas, alors elle siffla une marche de John Williams. Au neuvième, elle commença à se sentir hors d'haleine. « Encore un. » Et au dixième, elle s'accroupit, le dos contre le mur du couloir, et regarda fixement les portes. « Ce n'était peut-être pas une bonne idée. » Mais elle était obstinée – sa mère le disait toujours, parfois avec fierté – et elle persisterait.

– Je ne peux rien faire d'autre, dit-elle, et sa voix réveilla les échos du hall abandonné.

Lorsqu'elle eut repris son souffle, elle se leva

et remit en place la bouteille d'eau et le sac de nourriture. Puis elle se dirigea vers la porte suivante et l'ouvrit. Un autre étage, un autre couloir, d'autres vestibules, encore des bureaux. Elle décida d'explorer les toilettes.

– Voir s'il y a de l'eau, dit-elle.

Elle hésita entre les Messieurs et les Dames, rit sottement puis se décida pour les Messieurs. Elle fit courir le faisceau de sa lampe sur les miroirs et les installations, s'abandonna à la curiosité et parcourut la pièce dans toute sa longueur. Elle n'avait jamais vu ces drôles de petits lavabos de porcelaine blanche alignés contre le mur. Elle avait même oublié comment ils s'appelaient. Elle regarda sous les portes et se figea sur place, envahie par la peur et prise d'une crise perverse de fou rire.

Des vêtements s'entassaient sur le sol de l'un des cabinets.

– Aspiré tout droit dans les toilettes, murmura-t-elle en se redressant et en essuyant ses larmes. Pauvre type. Merde alors.

Elle tamponna ses yeux sur ses manches relevées et tourna le robinet d'eau chaude d'un lavabo. Un filet d'eau en sortit. Il en vint un peu plus lorsqu'elle ouvrit celui d'eau froide, mais cela ne s'annonçait pas bien.

Elle quitta les toilettes et traversa le hall d'un pas nonchalant. Une grande porte en bois à deux battants, portant des noms qui avaient l'air japonais, s'ouvrait sur une salle d'attente, des canapés de velours pelucheux, des tables en verre et un grand bureau près du mur du fond. Pas de réceptionniste derrière le bureau, pas de pile de vêtements non plus. Il n'y avait là rien pour elle.

De cette pièce, elle regarda la place, en bas. Le béton était maintenant complètement recouvert par la substance marron.

« Grimpe », se dit-elle.

L'escalier qui mène au ciel. Mourir en haut, plus près de Toi. Mais monter.

28

– On dirait qu'on rampe dans un gosier, dit John.

– Bon Dieu, ce que t'es morbide.

– C'est pourtant ça, non ?

– Ouais. (Jerry grogna et se courba encore plus.) Nous nous comportons comme des idiots. Pourquoi ce monticule-là et pourquoi maintenant ?

– C'est toi qui l'as choisi.

– Et je ne sais pas pourquoi. Peut-être sans raison.

– C'est aussi bien, je suppose.

Tandis qu'ils s'avançaient, les murs du tunnel changèrent. Les gros tuyaux charnus firent place à un filet fin et brillant qui ressemblait à du gras-double peint au pistolet. John approcha son visage du mur et leva la lampe; il vit que chaque petite ondulation du filet était remplie de disques, de cubes et de boules minuscules, entassés en désordre les uns sur les autres. Le sol se resserrait, la matière spongieuse et cramoisie formait des sillons qui couraient parallèlement au tunnel.

– Drainage, lança Jerry en les montrant du doigt.

Ils portaient la lampe à tour de rôle, afin de partager le réconfort qu'elle procurait; ils s'éclairaient mutuellement le visage ou inspectaient leur peau et leurs vêtements pour voir si rien ne s'y accrochait.

Le tunnel s'élargit soudain et le brouillard épais et sucré dériva de nouveau autour d'eux.

– Nous arrivons à un autre monticule, dit Jerry. (Il s'arrêta et arracha sa botte à quelque chose de collant.) Y a un truc partout par terre.

John dirigea la lampe sur la botte de Jerry. Une pâte gluante d'un rouge brunâtre recouvrait la semelle.

– Ça n'a pas l'air trop profond.

– Pas encore, en tout cas.

Le brouillard sentait un peu l'engrais, ou la mer. Il était vivant. Il circulait par grands voiles fins, comme pris entre des rideaux d'air.

– Par où maintenant ? On va pas tourner en rond, dit Jerry.

– C'est toi le chef, ne me demande pas de prendre des initiatives.

– Ça sent comme si quelqu'un avait oublié des algues dans une confiserie. Ça me donne mal au cœur.

– C'est les champignons, dit John en dirigeant le faisceau lumineux vers le sol.

Il y avait des objets blancs, avec des coiffes d'environ cinq centimètres de diamètre, tout autour de leurs pieds, et qui éclataient lorsqu'ils marchaient. Il releva la lumière et vit des lignes verticales et horizontales à travers le brouillard qui s'élevait devant eux.

– Des rayonnages. Avec des choses qui poussent dessus, remarqua Jerry.

Les étagères, qui mesuraient moins d'un demi-centimètre d'épaisseur, reposaient sur des tasseaux irrégulièrement espacés, et le tout était fait d'une substance dure et blanche qui étincelait à la lumière. Sur les étagères, il y avait, empilée, une matière qui ressemblait à du papier brûlé... du papier brûlé mouillé.

– Beurk, commenta Jerry en les tâtant du doigt.

– Si j'étais toi, je ne tripoterais pas n'importe quoi, fit remarquer John.

– Merde, tu *es* moi, frérot. Subtile différence.

– Je ne touche à rien tout de même.

– Ouais. C'est probablement une idée intelligente.

Ils longèrent les rayonnages et arrivèrent à un mur couvert de tuyaux. Ceux-là sortaient des étagères et s'en écartaient en petites grappes qui menaient à d'autres tas marron et luisants.

– Qu'est-ce que c'est que ce truc, du plastique ou quoi ? demanda Jerry en tâtant l'une des attaches de l'étagère.

– Ça ressemble pas à du plastique. On dirait plutôt un os bien nettoyé.

Ils se regardèrent.

– J'espère que non, dit Jerry en se détournant.

Ils traversèrent le brouillard et les tourbillons d'air, vers l'autre extrémité du rayonnage, et découvrirent une espèce de mousse blanche qui ressemblait à un rayon de miel caoutchouteux, criblé de bulles ouvertes, pleines jusqu'à ras bord d'un sirop pourpre. Il dégoulinait parfois et chaque goutte sifflait et fumait en tombant sur le sol.

John réprima un haut-le-cœur et murmura qu'il avait besoin de sortir.

– Sûr et certain, dit Jerry en se baissant pour examiner les bulles. Regarde ça, d'abord.

John se pencha avec répugnance, les mains appuyées sur les genoux, et étudia la bulle que son frère lui montrait.

– Regarde ces petits fils. Ces petites perles qui voyagent sur les fils, à la surface du liquide pourpre. Des perles rouges. Ça ressemble à du sang, non ?

John hocha la tête. Il fouilla dans la poche de son jean et en sortit un couteau suisse qu'il avait trouvé sous les sièges déchirés de la jeep anglaise. Avec ses ongles, il tira du manche une petite loupe.

– Éclaire-moi bien.

Le faisceau inonda la bulle; il étudia le liquide pourpre et les minuscules fils avec leurs gouttes rouges.

Plus il les grossissait avec sa loupe, plus il voyait de choses. Rien qu'il puisse identifier, mais la surface du liquide pourpre était composée de milliers de pyramides. La substance blanche ressemblait à de la mousse de plastique ou à du liège. Il grinça des dents.

– Très joli, dit-il. (Il saisit le rebord de la bulle et l'arracha. Le liquide éclaboussa ses pieds et le brouillard s'épaissit.) Ils ne sont pas là.

– Pourquoi tu as fait ça ? demanda Jerry.

John tapa comme une brute le rayon de miel tendre et leva une main chatoyante de pourpre.

– Parce qu'ils sont pas là.

– Qui ?

– Ruth et Loren. Ils sont juste morts.

– Attends...

Malgré la mise en garde de son frère, John frappa des deux mains, déchirant le treillis de bulles. Ils pouvaient à peine se voir, à cause du brouillard sucré et écœurant. Jerry saisit son jumeau par l'épaule et essaya de le tirer en arrière.

– Arrête, John, arrête, merde !

– Ils les ont emmenés ! cria John. (Il fut pris d'un accès de toux et porta l'une de ses mains à sa gorge tout en continuant à taper et à déchirer de l'autre.) Ils sont pas là, Jerry !

Ils roulèrent dans la matière visqueuse jusqu'à ce que Jerry bloque les deux bras de son frère. La lampe était par terre et son faisceau éclairait obliquement le plafond derrière eux. John secoua la tête, envoyant voltiger des gouttelettes de sueur, et se mit à sangloter en silence, les yeux fermés, la bouche grande ouverte. Jerry le serra dans ses bras et regarda par-dessus son épaule le rayon lumineux et les volutes du brouillard.

– Chut, répétait-il sans se lasser.

Ils étaient couverts de boue brune et malodorante.

– Y fallait que ça sorte, dit John après avoir repris son souffle en hoquetant. Jerry, lâche-moi. Je me suis contenu trop longtemps. Sortons d'ici. Il n'y a personne. Il n'y a personne ici.

– Ouais. Pas ici. Peut-être quelque part, mais pas ici.

– Je les *sens*, Jerry.

– Je sais. Mais pas ici.

– Alors où, bon Dieu...

– Chut.

Ils restèrent couchés dans la gadoue, à écouter le brouillard et les rideaux d'air siffler doucement. Jerry sentait ses yeux s'ouvrir aussi grands que ceux d'un chat dans le noir.

– Chut. Il y a quelque chose...

– Oh, bon Dieu, fit John en se débattant pour s'arracher à l'étreinte de son frère.

Ils se levèrent, dégoulinant de boue, et se tournèrent vers le faisceau de la lanterne. Le brouillard tourbillonnait et fumait dans la lumière.

– C'est un jogger, dit Jerry lorsqu'une silhouette prit forme.

– C'est tros gros.

La chose, aplatie, avait au moins trois mètres de diamètre; une frange pendait de son pourtour; sa couleur semblait brunâtre dans cette lueur incertaine.

– Il n'a pas de pied, dit Jerry, plein d'une crainte émerveillée. Il se contente de planer.

John s'avança.

– Saleté de Martien, dit-il calmement. (Il leva le poing.) Je vais te...

Et ils sombrèrent dans l'oubli.

Dans la lumière du matin, l'est se teintait d'aigue-marine. La ville, recouverte de draps marron et blanc, ressemblait à quelque chose qui aurait été plus à sa place sous l'eau, une section profonde et plate du lit de l'océan.

Ils étaient dans le fossé de drainage, derrière les clôtures, et regardaient la ville.

– J'ai du mal à bouger, dit Jerry.

– Moi aussi.

– Il a dû nous piquer.

– Je n'ai rien senti. (John leva le bras, à titre d'expérience.) Je crois que je les ai vus, dit-il.

– Qui ?

– J'ai l'esprit drôlement embrouillé, Jerry.

– Moi aussi.

Le soleil était déjà haut dans le ciel lorsqu'ils purent enfin marcher. Sur la ville, des hémisphères transparents dérivaient entre les silhouettes des immeubles, et lançaient, de temps à autre, vers le sol, de minces pinceaux de lumière.

– On dirait des méduses, fit remarquer Jerry tandis qu'ils avançaient en chancelant vers la route et le camion.

– Je crois que j'ai vu Loren et Ruth. Je suis pas sûr, dit John.

Ils s'approchèrent lentement, à pas raides, du camion, prirent place sur les sièges avant et refermèrent les portières.

– Allons-y, décida John.

– Où ?

– Je les ai vus, en bas, là où nous étions. Mais ils n'étaient pas là. C'est à n'y rien comprendre.

– Non, je te demande où nous allons maintenant.

– Sortons de la ville. Allons ailleurs, n'importe où.

– Ils sont partout, John. La radio l'a dit.
– Saletés de Martiens.
Jerry soupira.
– Des Martiens nous auraient dématérialisés.
– Qu'ils aillent se faire foutre. Partons d'ici.
– Qu'ils soient ce qu'on voudra, dit Jerry, je suis sûr qu'ils viennent de par ici. (Il montra le terrain avec insistance.) De l'intérieur de cette clôture.
– Démarre, dit John.
Jerry mit le moteur en marche, embraya et s'engagea bruyamment sur le chemin de terre. Ils tournèrent sur l'East Avenue, manquèrent de peu une voiture abandonnée au carrefour suivant, et dans un crissement de pneus prirent la route de South Vasco en direction de l'autoroute.
– On a assez d'essence ?
– J'ai fait le plein en ville, hier. Avant que les pompes soient recouvertes.
– Tu sais, dit John en se penchant pour ramasser un chiffon graisseux et s'essuyer les mains, je crois pas qu'on soit assez intelligents pour y comprendre quelque chose. On n'a pas idée de ce que c'est.
– Ou on en a une idée fausse.
Jerry plissa les yeux. Il y avait quelqu'un sur la route, à un kilomètre et demi de là, qui agitait vigoureusement les bras. John suivit le regard stupéfait de son frère.
– On n'est pas les seuls, dit-il.
Jerry ralentit.
– C'est une femme.
Ils s'arrêtèrent à quarante ou cinquante mètres du bas-côté où elle se tenait. Jerry se pencha à la portière pour mieux la voir.
– Elle est pas jeune, dit-il désappointé.
Elle avait la cinquantaine, des cheveux d'un noir de jais sur les épaules; elle portait une robe

de soie couleur pêche qui flotta mollement derrière elle lorsqu'elle se mit à courir. Les frères se regardèrent et secouèrent la tête, ne sachant que penser ni que faire.

Elle s'approcha en riant du côté du conducteur, hors d'haleine.

– Dieu merci, dit-elle. J'ai cru que j'étais le seul être vivant de toute la ville.

– J'ai l'impression que non, dit Jerry.

John ouvrit sa portière et elle monta dans la cabine. Il lui fit de la place et elle s'assit avec un grand soupir, et rit de nouveau. Elle tourna la tête et le regarda attentivement.

– Vous n'êtes pas des voyous, j'espère ?

– Je ne crois pas, dit Jerry, les yeux braqués sur la route. Vous êtes d'où ?

– D'ici. Ma maison a disparu et celle des voisins est empaquetée comme un cadeau de Noël. J'ai cru que j'étais le dernier être vivant sur Terre.

– Vous n'avez pas écouté la radio, alors ? dit John.

– Non. Je n'aime pas les appareils électroniques. Mais je sais tout de même ce qui se passe.

– Ah, bon ? demanda Jerry en ramenant le camion sur la route.

– Oui. C'est mon fils. Il est responsable de tout cela. Je n'avais pas idée de la forme que cela prendrait mais il n'y a aucun doute là-dessus. Et je l'avais averti.

Les jumeaux se regardèrent. La femme rejeta ses cheveux en arrière et les passa adroitement par-dessus un bandeau élastique.

– Oui, je sais, dit-elle avec un petit rire. Vous me croyez folle. Plus folle que tout cela, là-bas, en ville. Mais je peux vous dire où il faut que nous allions.

– Où ? demanda Jerry.

– Au sud, dit-elle d'un ton ferme. Là où mon

fils travaille. (Elle lissa sa jupe sur ses genoux.) Au fait, je m'appelle Ulam. April Ulam.

– John, dit-il gauchement en tendant la main droite et en serrant la sienne. Et mon frère Jerry.

– Ah, oui. Des jumeaux. C'est logique, je pense.

Jerry se mit à rire. Des larmes coulèrent de ses yeux et il les essuya d'une main tachée de boue.

– Au sud, madame ?

– Exactement.

29

Journal électronique de Michael Bernard

15 janvier : aujourd'hui, elles ont commencé à me parler, d'abord avec des interruptions, puis elles ont pris de l'assurance au fur et à mesure que le jour s'écoulait.

Comment pourrais-je décrire l'expérience de leurs « voix » ? Ayant finalement franchi la barrière sang-cerveau et exploré la frontière (énorme pour elles) de mon système nerveux central, ayant découvert que les activités de mon cerveau se déroulaient selon un modèle – ce modèle étant moi – et compris que l'information en provenance de leur lointain passé, il y a des mois, était exacte, qu'un monde macroscopique existe...

*Ayant appris tout cela, elles ont été obligées d'étudier ce que c'est qu'un être humain. C'était la condition nécessaire pour communiquer avec ce Dieu dans la Machine. Elles ont désigné dix millions d'*érudites *chargées de travailler sur ce projet, et je pense qu'en trois jours seulement elles ont résolu le problème et bavardent maintenant avec moi, d'une manière qui n'est pas plus étrange* *que si elles étaient (par exemple) des aborigènes australiens.*

Je suis assis dans mon fauteuil de bureau et, lorsque le moment prévu arrive, nous conversons. Une partie se déroule en anglais (je pense que la conversation peut avoir lieu dans des parties pré-langage de mon cerveau, et que mon propre esprit la traduit ensuite en anglais), une autre est visuelle, une troisième transmise par d'autres sens – surtout le goût, sens qui semble leur plaire particulièrement.

Je n'arrive pas à comprendre vraiment quel chiffre de population il y a en moi. Elles sont réparties en plusieurs classes : les noocytes d'origine et leurs dérivées, celles qui ont été converties immédiatement après l'invasion; la catégorie des cellules mobiles dont beaucoup sont apparemment nouvelles dans mon corps, conçues spécialement pour de nouvelles fonctions; les cellules fixes, peut-être pas individuelles dans un sens mental, qui n'ont pas de mobilité et auxquelles sont assignées des fonctions déterminées mais complexes; les cellules encore inchangées (presque toutes celles de mon système nerveux et de mon cerveau entrent dans cette catégorie); et d'autres que je n'ai pas encore contactées.

Leur nombre total doit s'élever à une dizaine de trillions.

Selon une estimation sommaire, deux milliards environ d'individus intelligents, totalement développés, vivent en moi.

Si je multiplie ce nombre par celui du chiffre de population de l'Amérique du Nord – cinq cents millions, autre estimation grossière – j'aboutis à un milliard de milliards ou 10^{20}. C'est le nombre d'êtres intelligents qu'il y a sur la surface de la Terre, à cet instant – sans tenir compte, bien sûr, de la population humaine, entièrement négligeable.

Bernard éloigna son fauteuil du bureau après avoir mis son entrée en mémoire. Il y avait tant de choses à enregistrer, tellement de détails. Il désespérait de jamais pouvoir expliquer ses sensations aux chercheurs de l'extérieur. Après des semaines d'insatisfaction, de fièvre, de tentatives pour forcer le langage chimique qui circulait dans son sang, il recevait brusquement un festin d'informations si abondant qu'il arrivait à peine à l'entamer. Tout ce qu'il avait à faire, c'était de demander, et un millier ou un million d'êtres intelligents s'organisaient pour analyser sa question et lui renvoyer rapidement une réponse détaillée.

– Que suis-je pour vous ? provoquait la réponse :

Père/Mère/Univers
Monde-Défi
Source de tout
Ancien, lent
montagne-galaxie

Et il pouvait passer des heures à rejouer les agglomérats sensuels qui accompagnaient les mots : le goût de son propre sérum sanguin, des tissus fixes de son corps, la joie résultant de la diffusion de la nourriture, la nécessité d'épurer, de protéger.

Dans le silence de la nuit, étendu sur sa couchette, avec seulement les scanners à infrarouge braqués sur lui et les détecteurs omniprésents rattachés à son corps, il traversait comme à la nage ses propres rêves ainsi que les demandes de renseignements et les réponses prudentes, presque respectueuses, des noocytes. De temps à autre il s'éveillait comme si un chien de garde mental l'avertissait qu'elles exploraient un nouveau territoire.

Même dans la journée, son sens du temps s'altérait. Les minutes passées à converser avec les cellules lui semblaient des heures et il revenait au monde du caisson avec un manque de conviction déroutant quant à sa réalité.

Il avait l'impression que Paulsen-Fuchs et les autres venaient le voir à de longs intervalles alors que ces visites s'effectuaient en réalité chaque jour à heure fixe.

À 3 heures de l'après-midi, Paulsen-Fuchs arriva avec son étude détaillée des nouvelles que Bernard avait lues ou vues plus tôt dans la matinée. Elles étaient invariablement mauvaises et ne faisaient qu'empirer. L'Union soviétique, tel un cheval indompté qui a brisé sa longe, avait laissé l'Europe plongée en pleine panique et hérissée de rage impuissante. La Russie s'était maintenant murée dans un silence boudeur qui ne rassurait personne. Bernard réfléchit un peu à ces problèmes puis demanda à Paulsen-Fuchs si les recherches sur le contrôle des cellules intelligentes avaient progressé.

– Pas du tout. Les cellules commandent toutes les réactions immunitaires; en plus de leur métabolisme élevé, elles sont très soigneusement camouflées. Nous pensons qu'elles peuvent maintenant neutraliser n'importe quel antimétabolite avant qu'il commence à opérer; elles sont déjà sensibilisées aux inhibiteurs comme l'actinomycine. En bref, nous ne pouvons pas leur nuire sans vous nuire à vous.

Bernard hocha la tête. Étrangement, cela lui était égal, maintenant.

– Et vous communiquez avec elles, dit Paulsen-Fuchs.

– Oui.

L'Allemand soupira et se détourna du triple vitrage.

– Êtes-vous encore un être humain, Michael ?

– Bien sûr que oui. (Puis il lui vint à l'esprit que depuis plus d'un mois, il n'était pas *seulement* un être humain.) Paul, je suis toujours moi.

– Pourquoi avons-nous été obligés de vous espionner pour découvrir cela ?

– Je n'appellerais pas ça espionner. Je suppose que vous avez intercepté et lu mes entrées.

– Michael, pourquoi ne pas m'en avoir parlé ? C'est bête, mais cela me fait mal. Je croyais être quelqu'un d'important dans votre univers.

Bernard secoua la tête et rit doucement.

– Vous l'êtes, Paul. Vous êtes mon hôte. Et dès que je serais arrivé à savoir comment l'exprimer en paroles je vous l'aurais dit. Et je vous le dirai. Le dialogue entre les noocytes et moi ne fait que commencer. Je ne sais pas s'il n'y a pas encore quelques graves malentendus entre nous.

Paulsen-Fuchs s'avança vers l'écoutille de la chambre d'observation.

– Dites-moi quand vous serez prêt. C'est peut-être très important, dit-il d'un air las.

– Bien sûr.

Paulsen-Fuchs sortit.

Cela manquait presque de cordialité, pensa Bernard. Je me suis comporté comme quelqu'un qui s'est retiré de la société. Et Paul est un ami.

Mais que pouvait-il faire ?

Peut-être son humanité arrivait-elle effectivement à son terme.

30

Arrivée au soixantième étage, Suzy comprit qu'elle ne pourrait pas monter plus haut ce jour-là. Elle s'assit dans un fauteuil directorial, derrière un immense bureau directorial (elle avait poussé dans un coin le costume gris, la fine chemise de soie et les souliers de crocodile du directeur) et regarda la cité par la fenêtre à quelque deux cents mètres plus bas. Les murs étaient recouverts de panneaux de vrai bois et ornés de gravures signées Norman Rockwell, dans des cadres de bronze. Elle mangea un cracker avec du beurre de cacahuète et de la confiture, le tout tiré de son cabas en plastique, et but quelques gorgées d'une bouteille d'eau minérale, découverte dans le bar bien garni du directeur.

Un télescope en cuivre monté sur la fenêtre lui procura une vue étendue de son quartier – maintenant enseveli sous une épaisse couche de la substance marron – ainsi que sur ce qu'elle voulait voir d'autre, au sud et à l'ouest. Le fleuve autour de Governors Island ne ressemblait plus à de l'eau. Il avait l'air boueux et gelé et d'étranges vagues solidifiées se déployaient en cercles pour en rencontrer d'autres qui venaient d'Ellis Island et de Liberty Island. Cela ressemblait plus à du sable ratissé qu'à de l'eau, mais elle savait que le fleuve n'avait pas pu se changer en sable.

– Vous avez dû être très riche, gagner beaucoup d'argent, dit-elle au costume gris, à la chemise de soie et aux souliers. Je veux dire, c'est beau, c'est luxueux, ici. Je vous en remercierais si je pouvais.

Elle termina la bouteille et la jeta dans une corbeille en bois sous le bureau.

Le fauteuil était assez confortable pour y dormir, mais elle espérait trouver un lit. Elle avait vu, sur l'écran de leur vieille télé, de riches PDG qui avaient une chambre à coucher contiguë à leur bureau. Celui-là semblait assez luxueux pour que ce fût le cas. Pourtant, elle était trop fatiguée pour chercher tout de suite.

Le soleil descendait sur le New Jersey tandis qu'elle massait ses jambes douloureuses.

La plus grande partie de la ville, ce qu'elle pouvait en voir, était ensevelie sous une couverture marron et blanc. On ne pouvait pas décrire cela autrement. Quelqu'un était venu et avait emmitouflé les immeubles de Manhattan avec des couvertures des surplus de l'armée, jusqu'au dixième ou vingtième étage. De temps à autre, elle voyait de vastes morceaux de cette substance se détacher et s'envoler, comme cela s'était passé à Brooklyn, mais ce type d'activité avait diminué.

– Bonsoir soleil, dit-elle.

Le minuscule arc rouge plongea et disparut, et pour la première fois de sa vie, elle aperçut, à la dernière seconde de lumière réfractée, un bref éclair vert. On lui en avait parlé à l'école et l'institutrice avait dit que cela arrivait rarement (et elle ne s'était pas donné la peine d'en expliquer la cause). Elle sourit de plaisir. Elle l'avait réellement vu.

– Je suis seulement privilégiée, c'est tout, dit-elle.

Une idée lui vint. Elle ne savait pas si c'était l'une de ses bizarres intuitions, ou si c'était juste un rêve éveillé. On la regardait. La substance marron la regardait, et le fleuve aussi. Et les piles de vêtements. Ce en quoi les gens s'étaient changés, cela la regardait. Ce n'était pas désagréable car elle savait qu'elle leur plaisait. Elle ne serait pas transformée tant qu'elle continuerait à faire ce qu'elle faisait.

– Eh bien, je m'en vais chercher un lit, maintenant, dit-elle en se relevant. Un beau bureau, répéta-t-elle en s'adressant au costume.

Derrière le bureau de la secrétaire, dans la première pièce, il y avait une petite porte, sans aucune indication. Elle l'ouvrit et trouva un placard plein de formulaires et de papiers empilés sur des étagères, avec des fournitures tout en bas et une drôle de petite boîte où brillait une lumière rouge. Quelque chose lui fournissait encore de l'électricité. C'était peut-être un système d'alarme, pensa-t-elle, qui marchait sur piles; ou bien un détecteur de fumée. Elle referma la porte et partit dans la direction opposée. Il y avait là une autre porte, avec une plaque de cuivre sur laquelle était écrit INTERDIT AU PUBLIC. Elle hocha la tête et tourna la poignée. La porte était fermée à clef, mais elle était devenue une experte en chapardage de clef. Elle sortit d'un tiroir du bureau une candidate possible et l'essaya. La seconde fut la bonne. Elle tourna le bouton et ouvrit.

La pièce était plongée dans l'obscurité. Elle alluma sa lampe. Le large faisceau balaya un lit, qui avait l'air confortable, une table de nuit, un bureau, dans un coin, avec un petit ordinateur, et…

Suzy hurla. Elle entendit un bruit sourd et, du coin de l'œil, vit une petite chose bouger sous le bureau et d'autres filer sous le lit. Elle leva sa lampe. Un tuyau se dressait, à côté du lit. Il se terminait par un objet rond, avec beaucoup de facettes triangulaires et des ficelles qui pendaient de chaque côté. Il se balançait et tentait d'échapper à la lumière. Quelque chose de petit et de noir passa en trottinant devant ses pieds et elle fit un saut en arrière en éclairant ses souliers.

Trop grand pour être un rat et trop petit pour être un chat. Il avait beaucoup d'yeux, ou des trucs brillants, sur sa tête ronde, mais il n'avait que trois pattes, recouvertes de fourrure rouge. Il s'enfuit dans le grand bureau. Elle ferma rapidement la porte de la chambre et recula, une main plaquée sur sa bouche.

Tant pis pour le dernier étage. Cela ne l'intéressait plus.

Il n'y avait rien dans l'entrée où donnait le bureau de la secrétaire. Elle reprit sa radio, son sac de nourriture, défit sa ceinture et la passa dans la poignée de la bouteille d'eau, mit le cabas sur l'épaule.

– Mon Dieu, mon Dieu, chuchota-t-elle. (Elle parcourut le couloir en courant, la bouteille battant ses fesses, et ouvrit la porte de la cage d'escalier.) Faut que je descende, murmura-t-elle, faut que je descende, faut que je descende !

Elle allait essayer de quitter l'immeuble. Puisqu'il y avait des choses dans les étages supérieurs, elle n'avait pas le choix. Ses mocassins martelaient rapidement les marches. Le sac de nourriture, qui rebondissait à chaque pas, se rompit soudain, éparpillant dans l'escalier les crackers, les petits pots et des morceaux de bœuf cuit. Les pots se brisèrent et une boîte de prunes au sirop qu'elle n'avait pas ouverte dégringola de marche en marche à grand bruit.

Elle hésita, se pencha pour la ramasser puis regarda le mur. Une couche brun et blanc le recouvrait. Lentement, les yeux élargis, elle se pencha sur la rampe. Des filaments blancs enveloppaient la porte et la substance marron montait le long du mur, comme une tortue.

– Non, cria-t-elle. Merde, non ! Salauds, laissez-moi passer, laissez-moi descendre ! (Des larmes jaillirent de ses yeux. Elle rejeta la tête en arrière et tapa sur la rampe jusqu'à s'en meurtrir les poings.) Laissez-moi tranquille !

Et toujours la substance avançait.

Elle remonta. Quoi qu'il y ait, plus haut, il lui fallait remonter. Elle pourrait les repousser avec un balai, mais il lui était impossible de barboter là-dedans... c'était trop lui demander et elle deviendrait folle.

Elle ramassa le plus de nourriture possible et en bourra ses poches. Il devait y avoir de quoi manger au restaurant.

– J'ai qu'à ne pas y penser, se répéta-t-elle.

Elle ne parlait pas de la nourriture qui ne l'inquiétait guère. Elle avait qu'à ne pas penser à ce qu'elle ferait lorsqu'elle aurait atteint le sommet.

La mer de substance brune et coriace avait nettement l'intention de recouvrir toute la ville, et même les étages supérieurs du World Trade Center.

Et cela laisserait très peu de place pour Suzy McKenzie.

31

April Ulam se protégea les yeux du soleil levant pour regarder les moulins à vent de Tracy se découpant sur le ciel jaune; les ailes tournaient encore, fournissant de l'énergie à la station d'essence abandonnée où les jumeaux avaient fait le plein. Elle jeta un coup d'œil à John et hocha la tête, comme pour donner son accord; oui, bien sûr, un jour de plus. Puis elle retourna dans la petite épicerie pour superviser la recherche de provisions entreprise par Jerry.

Elle était bien plus résistante qu'elle n'en avait

l'air, se dit John. Folle ou pas, elle tenait les jumeaux sous le charme. Ils avaient passé la nuit à la station, épuisés après n'avoir parcouru que trente-deux kilomètres depuis Livermore. Ils avaient finalement décidé de prendre la route de la vallée centrale. C'est April qui l'avait suggéré; il valait mieux éviter les zones les plus peuplées, pensait-elle.

– À en juger par ce qui s'est passé à Livermore, nous ne souhaitons pas nous embourber à San Jose ou ailleurs, avait-elle dit.

Comme ils étaient partis, ils seraient pourtant obligés de traverser Los Angeles, ou de contourner la ville, mais John n'en avait soufflé mot.

Au moins, elle leur avait imposé un but. Il valait mieux ne pas la critiquer car, sans elle, ils seraient encore à Livermore, en train de devenir fous, et probablement fous furieux. John fit le tour du camion, les mains dans les poches, les yeux fixés sur le sol.

Ils allaient tous mourir.

Cela lui était égal. Hier soir, il était accablé de fatigue… d'une fatigue que le sommeil ne pouvait soulager. Il savait que Jerry éprouvait la même chose. Que cette folle les mène par le bout du nez, qu'est-ce que cela pouvait faire ?

Los Angeles, ce serait peut-être intéressant. Il doutait qu'ils puissent jamais atteindre La Jolla.

Jerry et April sortirent de la boutique avec des sacs à provisions plein les bras. Ils les rangèrent à l'arrière du camion et Jerry sortit une carte, tout usée, de la boîte à gants.

– La 580, vers le sud, jusqu'à la 5, dit-il.

April ratifia ce choix. John prit le volant et ils s'engagèrent bruyamment sur l'autoroute.

Celle-ci était en grande partie vide de voitures. Mais, de loin en loin, ils doublaient des véhicules abandonnés (ou, du moins, inoccupés) – des camions, des automobiles, et même un car de l'Air Force. Ils ne s'arrêtèrent pas pour se livrer à des investigations.

L'asphalte était intact et ils roulaient à vive allure. Les collines, autour des réservoirs de San Luis et Los Banos, auraient dû être verdoyantes après les pluies d'hiver, mais elles étaient d'un gris mat, comme couvertes d'un premier enduit avant l'application d'une nouvelle couche de peinture. Les réservoirs, eux, étaient d'un vert brillant et immobiles comme du verre. Pas un oiseau ni un insecte nulle part. April regardait tout cela avec une fierté empreinte de fatalité; *c'est mon fils qui a fait cela*, semblait-elle penser, et bien qu'elle fronçât les sourcils lorsqu'ils passèrent devant les réservoirs, dans l'ensemble elle ne semblait pas désapprouver ce qu'elle voyait.

Elle intriguait Jerry et lui donnait la chair de poule mais il ne disait rien. Néanmoins, John sentait son inquiétude.

De chaque côté de la 5, les champs étaient recouverts de housses d'un brun moussu, qui étincelaient au soleil comme du plastique.

– Tous ces arbres et toutes ces plantes, dit April en secouant la tête. À votre avis, qu'est-il arrivé aux récoltes ?

– Je ne sais pas, m'dame, répondit Jerry. Je me contente de faire des pulvérisations, j'y connais rien.

– Pas seulement les gens. Ça s'est emparé de *tout.* (Elle sourit et secoua la tête.) Pauvre Vergil. Il était loin de se douter de ça.

Ils firent un arrêt technique à Carl's Junior, au bord de l'autoroute. Les portes de la boutique étaient ouvertes et il y avait des tas de vêtements derrière le comptoir, mais le bâtiment était intact. Dans les toilettes, tandis qu'ils pissaient côte à côte, John dit :

– Je crois à son histoire.
– Pourquoi ?
– Parce qu'elle est tellement sûre d'elle.
– Tu parles d'une raison.
– Et elle ment pas.
– Bon Dieu, non. Elle est timbrée.
– Je crois pas.
Jerry remonta sa fermeture éclair et déclara :
– C'est une sorcière ?
John ne dit pas le contraire.
Les monotones terres cultivées, recouvertes de marron, changèrent peu à peu de couleur et de caractère aux abords de l'embranchement de Lost Hills. La terre nue apparut de plus en plus, poussiéreuse, comme morte. Au loin, de petits souffles d'air balayaient la terre comme des servantes qui nettoient après une soirée déchaînée.
– Où sont passées les récoltes ? demanda April.
Jerry secoua la tête. Il ne savait pas. Il ne voulait pas savoir.
John regarda les volutes de poussière en plissant les yeux, et tapota légèrement la pédale de frein, en rétrogradant habilement. Puis il appuya à fond et le camion patina; les pneus crièrent. Jerry jura et April se cramponna d'un air mécontent au rebord de la fenêtre.
Le camion s'arrêta en biais. John le remit dans le bon sens et embraya au point mort.
Ils regardèrent. Pas besoin de parler... pas envie.
Une colline traversait la route. Une masse de marron brillant et de gris terne, lente et pesante, qui devait mesurer à peu près trente mètres de haut, se déplaçait dans la poussière fouettée par le vent, à quatre cents mètres d'eux.
– À votre avis, combien y en a-t-il comme cela ? demanda April, brisant le silence avec effronterie.

– Peux pas dire, répondit John d'un air hésitant.

– Ce doit être une de ces Collines perdues annoncées sur les panneaux de signalisation, dit Jerry sans perdre une miette de son sérieux.

– Peut-être bien que c'est là que sont toutes les récoltes, avança April.

Les frères ne tenaient pas à discuter là-dessus. John attendit que la colline soit passée et, une demi-heure plus tard, lorsqu'elle se fut engagée dans les champs, en direction de l'est, il remit le moteur en marche et débraya. Ils traversèrent lentement l'asphalte mutilé. L'air sentait la poussière et les plantes broyées.

– Des Martiens, lança John.

Ce fut la dernière fois qu'il protesta contre la prétention qu'avait April de savoir ce qui ce passait. Il dit ensuite très peu de chose jusqu'à ce qu'ils commencent à gravir Grapevine et passent devant les arbres et les bâtiments, non transformés, de Fort Tejón, et la silhouette floue du minuscule Gorman. Comme ils se rapprochaient de la ligne de faîte, il regarda Jerry avec de grands yeux aux pupilles dilatées et il dit :

– V'là la Cité des Anges.

Il n'était que 5 heures et le soir tombait déjà.

L'air au-dessus de Los Angeles était rouge comme de la viande crue.

32

À midi, Bernard reçut son déjeuner par le petit guichet : un bol de salade de fruits et un sandwich au rosbif, accompagnés d'un verre d'eau pétillante. Il mangea lentement, d'un air pensif, en jetant parfois un coup d'œil sur l'écran qui affichait les résultats récents de l'analyse des protéines de son sang.

Les alphanumériques de l'écran étaient verts comme la menthe. Des lignes rouges prenaient forme sous les nombres et montaient en s'enroulant tandis que de nouvelles séries s'alignaient.

Bernard, qu'est-ce que c'est que cela ?

« Ne vous inquiétez pas, répondit-il à la question posée intérieurement. Si je ne fais pas de recherches, je fonctionne mal. »

Leur niveau de communication s'était énormément amélioré en deux jours.

? Vous analysez quelque chose qui concerne notre communication. Ce n'est pas nécessaire. Vous communiquez déjà par les filières adéquates, par nous-mêmes.

« Oui, bien sûr. Mais me direz-vous tout ce que j'ai besoin de savoir ? »

Nous vous dirons ce que l'on nous a chargées de vous dire.

« Vous m'avez battu en brèche, permettez-moi de faire de même. J'ai besoin de sentir que j'ai encore un certain pouvoir, que je fais quelque chose d'utile. »

Avec beaucoup de difficultés, nous avons essayé d'appréhender *coder* votre situation. De l'IMAGINER. Vous êtes dans un ESPACE clos. C'est un ESPACE de *concentration* que vous considérez comme PETIT.

« Mais suffisant depuis que je peux bavarder avec vous, mes amies. »

On vous entrave. Vous ne pouvez pas *diffuser* au-delà des limites de l'ESPACE clos. Avez-vous choisi cette contrainte ?

« Je ne suis pas puni, si c'est cela qui vous chiffonne. »

Nous ne *codons* appréhendons pas PUNI. Vous êtes bien. Vos fonctions corporelles sont

en bon état. Votre ÉMOTION n'est pas excessive.

« Pourquoi serais-je bouleversé ? J'ai perdu. Tout est fini sauf le (hum !) codage à haute voix. »

Nous SOUHAITONS que vous soyez plus conscient de la physiologie de votre cerveau. Nous pourrions vous en dire beaucoup plus sur votre état. Les choses étant ce qu'elles sont, nous avons une difficulté extrême à trouver les MOTS qui conviennent pour décrire la localisation de nos équipes. Mais pour revenir à la question antérieure, pourquoi SOUHAITEZ-vous développer d'autres formes de communication ?

« Je ne dissimule pas mes pensées, non ? (non ?) Vous devriez être capables de trouver toutes seules ce que je fais. » (Comment pourrais-je vous dissimuler mes pensées ?)

Vous prenez conscience de notre insuffisance. Vous êtes tellement nouveau pour nous. Nous vous considérons comme...

« Oui ? »

Celles qui ont été désignées pour répliquer cet état à ***** Ce n'est pas clair.**

« Je m'en doute. »

Nous vous considérons comme capable d'une légère *dissociation* désapprobation par interprétation minimale du traitement assigné.

« Vous me considérez comme quoi ? »

Nous vous considérons comme un *amas de commandement suprême*.

« Qu'est-ce que c'est que ça ? Cela soulève une foule de questions que j'aimerais vous poser. »

On nous a autorisées à répondre à ces questions.

(Bon Dieu ! Elles savaient l'essentiel avant même qu'il les ait formulées en esprit.)

« J'aimerais parler à un individu. »

INDIVIDU ?

« Pas seulement l'équipe ou le groupe de recherche. L'une de vous, qui agit seule. »

Nous avons étudié INDIVIDU dans votre acception. Ce concept ne cadre pas avec nous.

« Il n'y a pas d'individus ? »

Pas vraiment. L'information est partagée entre des amas de *******

« Ce n'est pas clair. »

C'est peut-être ce que vous voulez dire par INDIVIDU. Pas la même chose qu'une mentalité unique. Vous savez bien que les cellules s'amassent pour la structuration de base; chaque amas est le plus petit INDIVIDU. Les amas se séparent rarement longtemps en cellules uniques. L'information passe entre amas participant à des tâches assignées, y compris l'enseignement et la mémoire. La mentalité est ainsi divisée entre amas exécutant une fonction. Une mémoire importante peut être *diffusée* entre tous les amas. Ce que vous concevez comme INDIVIDUEL peut être disséminé à travers la totalité.

« Mais vous ne faites pas toutes partie d'une seule mentalité, un seul esprit de groupe, une seule conscience collective. »

Non, autant que nous puissions analyser ces concepts.

« Vous pouvez argumenter les unes avec les autres. »

Il peut y avoir des différences de méthode, oui.

« Alors, qu'est-ce que c'est qu'un amas de commandement ? »

Un amas clef placé sur le trajet *point de jonction* de la lymphe et des vaisseaux sanguins, pour contrôler la performance des amas itinérants, des cellules servantes, des cellules *façonnées*. Vous êtes comme le plus puissant des amas de cellules de commandement, pourtant vous êtes CLOÎTRÉ et vous n'avez pas encore été choisi pour exercer le pouvoir de *lyser*. Pourquoi n'exercez-vous pas le contrôle ?

Les yeux fermés, il réfléchit sur cette question pendant longtemps – peut-être une seconde ou deux – et répondit.

« Vous êtes en train de faire connaissance avec le mystère. »

Est-ce que vous essayez, par ces recherches, de contester notre communication ?

« Non. »

Il y a là une *disjonction*.

« Je suis fatigué, maintenant. Je vous en prie, laissez-moi seul un moment. »

Compris.

Il se frotta les yeux et prit un morceau de fruit. Il était brusquement épuisé.

– Michael ?

Paulsen-Fuchs se tenait dans le coin de réception.

– Entrez, Paul. Je viens d'avoir la plus étrange des conversations.

– Oui ?

– Je pense qu'elles me traitent comme une espèce de divinité mineure.

– Oh ! la la !

– Et je n'ai probablement pas plus de deux semaines devant moi.

– Vous avez dit cela lorsque vous êtes arrivé... seulement, alors, vous parliez d'une semaine.

– Maintenant, je sens le changement. Il est lent, mais il se produit tout de même.

Ils se regardèrent fixement, au travers du triple vitrage. Paulsen-Fuchs essaya plusieurs fois de parler, mais rien ne sortit de ses lèvres. Il leva les mains, en signe d'impuissance.

– Oui, dit Bernard en soupirant.

33

AMÉRIQUE DU NORD, TRANSMISSION PAR SATELLITE EN PROVENANCE D'UN SRB-1C EN RECONNAISSANCE EN HAUTE ALTITUDE; VOIX DE LLOYD UPTON, CORRESPONDANT DE L'EBN.

Oui, tout est en place – câbles séparés et branchés – nous sommes tous un peu nerveux ici, ne faites pas attention aux claquements de dents. On enregistre ? Et la ligne directe... oui, Arnold ? 1,2,3. Ici Lloyd Uptanné, oui, c'est comme ça que je me sens... Okay. Colin, cette bouteille. La combinaison orange va pas saturer la vidéo ? Moi, ça me dérange. Allons-y.

Bonjour, ici Lloyd Upton, de la branche britannique de l'European Broadwasting Network. Je suis en ce moment à vingt mille mètres au-dessus des États-Unis d'Amérique; dans le compartiment arrière d'un bombardier américain B-1 transformé pour une reconnaissance en haute altitude : un SRB-1C. Il y a là, avec moi, des correspondants des quatre principaux réseaux du continent, des agences européennes des deux organismes de presse des États-Unis et de la BBC. Nous sommes les premiers journalistes civils à survoler les États-Unis depuis le commencement du plus hideux fléau de l'histoire mondiale. Deux scientifiques, qui n'appartiennent pas à l'armée, nous accompagnent; nous les interrogerons pendant le trajet retour de ce vol qui, en moyenne, s'effectue à deux fois la vitesse du son, c'est-à-dire Mach 2.

En huit semaines seulement, deux mois tout juste, le continent nord-américain a subi une transformation pratiquement indescriptible. Tous les points de repère familiers – des cités entières – se sont changés en un paysage de cauchemar biologique, ou sont dissimulés dessous. Notre avion a volé en zigzag de New York à Atlantic City, puis est passé au-dessus de Washington, par la Virginie, le Kentucky et l'Ohio, et bientôt nous descendrons à douze mille mètres pour survoler Chicago, l'Illinois et les Grands Lacs. Arrivés là, nous ferons demi-tour et nous longerons le littoral est jusqu'à la Floride; au-dessus du golfe du Mexique nous serons ravitaillés en vol par un avion de la base militaire de Guantanamo, à Cuba, qui a miraculeusement échappé aux effets du fléau.

Nous partageons la douleur des Américains qui se sont retrouvés bloqués en Angleterre, en Europe, en Asie et dans d'autres parties du monde. J'ai bien peur que ce survol historique ne leur apporte aucun réconfort. Ce que nous avons vu ne peut en procurer à aucun membre de la race humaine. Cependant, ce ne sont pas des images de désolation mais plutôt un paysage étrange et – si l'on veut bien me permettre ce bizarre jugement esthétique – magnifique, d'une forme de vie entièrement nouvelle dont l'origine est enveloppée de mystère, bien qu'il se puisse que les autorités elles-mêmes l'ignorent. L'hypothèse selon laquelle cette épidémie aurait pris sa source dans un laboratoire de biologie de San Diego n'a jamais été confirmée ni démentie par les autorités et EBN n'a pas réussi à interviewer un témoin qui fut, peut-être, une cheville ouvrière du... euh... du drame, le docteur Michael Bernard, célèbre neurochirurgien, actuellement isolé en caisson stérile près de Wiesbaden, en Allemagne de l'Ouest.

Nous transmettons maintenant des signaux vidéo directs et des plans fixes, pris par nos appareils et les caméras de reconnaissance, en temps réel, de notre avion. Certains seront vus en direct, d'autres seront traités, étudiés et suivront cette émission historique.

Par où commencer pour décrire le paysage qui défile au-dessous de nous ? Il faudrait créer un nouveau vocabulaire, une nouvelle langue. Des matières et des formes jusqu'ici inconnues des biologistes et des géologues recouvrent les villes, les banlieues et même les étendues sauvages de l'Amérique du Nord. Des forêts entières sont devenues une... euh... forêt de flèches, de pointes, d'aiguilles d'un vert grisâtre. À travers le téléobjectif, nous avons vu remuer, dans ces agglomérats, des choses grosses comme des éléphants qui se déplaçaient grâce à des moyens de locomotion inconnus. Nous avons vu des rivières soumises à une sorte de flux contrôlé, qui ne ressemble en rien au courant normal d'une voie d'eau. Sur la côte atlantique, et plus spécialement au voisinage de New York et d'Atlantic City, sur une distance de dix à vingt kilomètres, l'océan lui-même est dissimulé sous une couverture d'un vert brillant, transparent, apparemment vivante.

Quant aux villes elles-mêmes... pas le moindre signe de choses vivantes normales, d'êtres humains. La ville de New York est un méli-mélo de formes géométriques nouvelles, une cité que le fléau semble avoir démantelée et réagencée afin de l'adapter à ses buts... si un fléau peut avoir un but. Vraiment, ce que nous avons vu entérine la rumeur populaire selon laquelle l'Amérique du Nord a été envahie par une forme de vie biologique intelligente... des micro-organismes intelligents, des organismes qui coopèrent, mutent, s'adaptent et modifient leur environnement. Le New Jersey et le Connecticut offrent des formations bio-logiques similaires. Ce que les journalistes de ce vol ont fini par appeler des Mégaplexes, à défaut d'un mot plus adéquat. Nous laissons les raffinements de nomenclature aux scientifiques.

Nous descendons. La ville de Chicago est dans l'État de l'Illinois, situé à la pointe sud-ouest du lac Michigan, immense masse d'eau douce. Nous sommes maintenant à environ cent kilomètres de la ville; nous survolons le lac. Faisons pivoter la caméra pour montrer ce que nous, les journalistes, les scientifiques et l'équipage de cet avion, nous voyons directement. Ce moniteur vidéo à haute définition montre la surface du lac Michigan, absolument lisse, tout à fait comme celle de l'océan autour des métropoles côtières. La grille est là, je pense, pour des raisons de cartographie. Excusez mon doigt mais je voudrais attirer votre attention sur ces traits bizarres, que nous avons déjà vus dans les eaux de l'Hudson, ces cercles d'un jaune verdâtre, particulièrement éclatant, d'où partent des lignes extrêmement complexes qui forment comme les rayons d'une roue. On ne peut trouver aucune explication à ces formations, bien que les images satellites aient parfois montré des extensions de ces rayons s'élançant vers le rivage pour s'associer aux changements topographiques qui ont lieu à terre.

Pardon ? Oui, je me déplace. On vient de, euh, nous informer que certaines de ces images sont classées top secret, et destinées à ne pas être vues par d'autres que nous.

Maintenant, nous avons changé de cap et nous descendons en décrivant un arc de cercle au-dessus de Waukegan. L'Illinois est aussi célèbre pour la monotonie de ses paysages que pour ses automobiles. Detroit est dans... non, Detroit est dans le Michigan. Oui. L'Illinois est célèbre pour sa topographie dépourvue de relief et l'on appelle Chicago la cité éventée à cause des vents qui soufflent du lac Michigan. Comme nous pouvons le voir, cette topographie consiste, maintenant, en un réseau de sols qui ressemblent à des terres cultivées, bien qu'au lieu d'être des carrés et des grilles, les divisions soient ovoïdes... je veux dire, elliptiques... ou circulaires, avec de très petits cercles inscrits dans les plus grands. Au centre de chacun d'eux il y a un monticule qui n'est pas sans rappeler le cône central des cratères lunaires. Ces cônes... oui, je vois, ce sont en réalité des pyramides en forme de cônes, avec des marches ou des gradins concentriques. Les sommets sont orange, un peu comme la combinaison de vol que je porte. Orange électrique, très voyant.

Nous allons beaucoup moins vite. On a déployé les ailes portantes, et nous survolons maintenant, à une allure de croisière, Evanston, au nord de Chicago. Où que nous regardions, pas le moindre signe d'êtres humains. Nous sommes tous... euh... très nerveux; même les officiers et l'équipage de l'US Air Force, je crois, car si quelque chose tournait mal, nous serions largués directement au milieu de... oui, eh bien, n'y pensons pas. De plus en plus bas.

Nous avons décidé de survoler Chicago parce que les photographies prises de satellites ou d'avions de reconnaissance en haute altitude montrent une activité bio-logique autour de cette ex-grande cité. Chicago fut autrefois le Capitole du cœur de l'Amérique et maintenant, il sert apparemment de foyer, de bureau central peut-être, à l'activité de tout le pays, du Canada au Mexique. De grandes structures, qui ressemblent à des oléoducs, affluent de toutes parts à Chicago. Dans certaines zones, les oléoducs aboutissent à de larges canaux et nous voyons couler rapidement un liquide visqueux et vert... Oui. Là. Pouvons-nous... ? Bon, plus tard, dans l'émission. Les canaux doivent avoir dans les cinq cents mètres de large. Ahurissant, terrifiant.

Selon une rumeur qui circule dans les grands centres de la Sécurité militaire de Wiesbaden, de Londres et d'Écosse, il y a un autre centre d'activité, très différent, sur la côte ouest des États-Unis. Il est impossible d'avoir communication des détails, mais, apparemment, Chicago partage avec la Californie du Sud-Ouest l'honneur d'être le principal sujet d'intérêt des enquêteurs et des chercheurs. Pourtant, nous n'irons pas jusqu'à la côte ouest; notre avion n'a pas une autonomie suffisante et il n'y a pas de point de ravitaillement si loin dans l'intérieur.

Nous accélérons maintenant en effectuant des tournants brusques. Nous passons au-dessus de la banlieue de Oak Park où, d'après la carte qui est sous nos yeux, il est impossible d'identifier la moindre rue. Puis, c'est Chicago même, et si j'en juge d'après les proportions, nous devons être au-dessus de Cicero Avenue, maintenant nous revoilà sur le lac, oui, c'est Montrose Harbour et

Lake Shore Drive et le parc de Lincoln, seulement identifiable par ses contours. Nous accélérons encore; un grand arc de cercle, peut-être au-dessus du musée des sciences et de l'industrie... tout cela ne peut être que suppositions. Maintenant j'aperçois un cours d'eau, peut-être le bras principal du Ship Canal; nous sommes descendus à dix mille mètres environ, altitude très périlleuse car nous ne savons pas jusqu'où les bio-logiques peuvent s'élever. J'ai peur. Nous avons tous peur. Nous passons maintenant au-dessus de... Oui...

Seigneur. Excusez-moi. Ce devait être les parcs à bestiaux d'Union Stockyards. Ce devait être ça. Nous les avons à peine vus et le pilote s'est mis à remonter et nous nous dirigeons maintenant droit vers le sud. Ce que nous avons vu...

Pardonnez-moi.

Je m'essuie les yeux, de terreur, d'effroi, car je n'ai rien vu de semblable durant ces heures où nous avons survolé ces terres de cauchemar. Les téléobjectifs des caméras nous ont montré en détail ce qui a dû être, autrefois, les célèbres parcs à bestiaux de Chicago. Si nous réfléchissons à l'énorme masse de créatures vivantes – des porcs et des bœufs – concentrées dans ce lieu, nous ne devrions peut-être pas être étonnés, ni choqués. Mais les plus grandes créatures vivantes que j'ai jamais vues jusqu'ici, c'étaient des baleines, et la taille de ce que je viens de voir excédait de je ne sais combien celle de la plus grande des baleines. Est-ce que ces grands œufs marron et blanc planaient vraiment ? Ils étaient peut-être sur le sol. Plus grands que des dinosaures, sans pattes, ni tête, ni queue visible. Pas sans particularités, cependant, des extensions et des prolongements, gardés ou entourés par des polyèdres, plus précisément des icosaèdres ou des dodécaèdres… avec des pattes comme celles des insectes, droites et non articulées, des pattes qui devaient faire deux ou trois mètres de diamètre. Ces créatures ovoïdes auraient facilement recouvert un terrain de rugby.

Oui, oui… on vient de nous dire… de nous informer, qu'il y a des formes de vie qui évoluent dans les airs, des choses vivantes, et que nous en avons raté deux de justesse, qui ressemblaient à de gigantesques raies déployées, à des planeurs ou à des chauves-souris, également marron et blanc. Flottant dans un courant sud-ouest, tel un escadron ou une troupe d'oiseaux. Excusez-moi. Excusez-moi.

Coupez le direct. Coupez le direct, merde. Et cessez de me filmer.

(Silence de cinq minutes.)

Nous revoilà, et toutes nos excuses pour cette interruption. Je suis un être humain et… parfois un petit peu sujet à la panique. J'espère que vous comprendrez. Le calme et la compétence des… euh… des officiers et de l'équipage m'émerveillent, ce sont tous des professionnels, de sacrés types. Nous venons de survoler Danville, dans l'Illinois, et bientôt… dans quelques secondes, nous serons au-dessus d'Indianapolis. Nous avons remarqué des changements dans le caractère du paysage qui se déroule sous nos yeux, des changements de couleur et de forme, mais nous ne savons comment les interpréter. C'est comme si nous survolions une planète totalement inconnue et nos scientifiques sont bien trop occupés à relever les indications des instruments et à les noter avec acharnement pour nous transmettre les théories ou les hypothèses qu'ils pourraient formuler.

Indianapolis est au-dessous de nous, aussi indéchiffrable, aussi mystérieuse, aussi... belle et étrangère que les autres mégaplexes. Certaines de ces structures paraissent aussi grandes que les immeubles qu'elles remplacent, elles font peut-être cent à deux cents mètres de hauteur, et projettent maintenant des ombres dans la lumière de l'après-midi. Bientôt le temps va en quelque sorte s'inverser pour nous, tandis que nous volerons cap à l'est, au sud-est, et que le soleil se couchera. Les ombres s'allongent sur le paysage, l'atmosphère est remarquablement claire... plus d'industrie, plus d'automobiles... cependant, qui peut dire quelle sorte de pollution un paysage vivant peut provoquer ? Quelle qu'elle soit, cette pollution ne s'est pas transmise à l'atmosphère.

Oui.

Oui, c'est confirmé par nos scientifiques. Lorsque nous avons survolé Chicago à basse altitude, les relevés indiquaient un air pratiquement pur, débarrassé de toute fumée, de toute pollution, et cela se voyait aux couleurs de l'horizon. L'air est aussi humide et chaud pour la saison. L'hiver n'atteindra peut-être pas l'Amérique du Nord cette année, car en ce moment Chicago et les cités que nous venons de survoler auraient dû être voilées par, au moins, quelques légères chutes de neige. Pas de neige. Il pleut de grosses gouttes tièdes... nous avons survolé d'épaisses formations nuageuses; mais pas de neige, pas de glace.

Oui. Oui, moi aussi je l'ai vu. Cela ressemblait à une boule de feu, une espèce de météore, peut-être, remarquable – Et en voici d'autres, semble-t-il…

(Voix à l'arrière-plan, très fortes; bruits de signal d'alarme.)

Mon Dieu. C'était, paraît-il, un ou plusieurs véhicules de rentrée dans les couches supérieures de l'atmosphère, à une douzaine de kilomètres de nous. Les détecteurs de notre appareil hurlent qu'il y a des radiations dangereuses. Le pilote et les officiers ont mis en service tous les circuits de secours et nous nous éloignons maintenant en prenant de l'altitude, avec… oui, avec, oui… non, nous descendons en piqué et nous présentons, je crois, un profil postérieur à cet objet, quel qu'il soit…

Quelqu'un dit que la boule de feu était un ressemblait au profil d'un véhicule de rentrée un projectile nucléaire une fusée balistique intercontinentale peut-être et qu'elle n'a pas, répétez, qu'elle n'a pas bien sûr – comment serions-nous ici ? – *n'a pas explosé* et maintenant…

(Encore des voix, perplexes; encore des signaux d'alarme.)

Je crois que nous ne nous tirerons pas vivants de ce piqué. Nous avons perdu la plus grande partie de nos appareils. Les moteurs ont lâché et nous tombons. Notre radio fonctionne toujours mais…

(Fin de la transmission du SRB-1C. Fin de l'émission en direct de Lloyd Upton de EBN. Fin de la télémétrie scientifique.)

34

Bernard était couché sur le lit de camp, une jambe pendante, l'autre de travers, appuyée contre un repli du matelas. Il ne s'était ni rasé ni baigné depuis une semaine. Sur sa peau, couraient de nombreuses arêtes blanches et des bosses avaient poussé sur la partie inférieure de ses jambes, du genou à la base des orteils. Même nu, il avait l'air de porter des pantalons à pattes d'éléphant.

Il s'en moquait. Sauf son entretien d'une heure avec Paulsen-Fuchs et ses dix minutes d'examen médical quotidien, il passait la plus grande partie de son temps allongé sur son lit, les yeux fermés, à converser avec les noocytes. Le reste du temps il essayait de décrypter le langage chimique. Les noocytes ne l'aidaient guère. Leur dernière conversation à ce sujet remontait à trois jours.

Votre conception est incomplète, inexacte.

« Je n'ai pas encore fini. »

Pourquoi ne pas laisser vos camarades poursuivre ce travail ? Vous pourriez accomplir plus de choses si votre attention était totalement tournée vers l'intérieur.

« Il serait plus simple de nous dire comment vous communiquez. »

Nous SOUHAITERIONS que nos relations avec vous soient plus *pures*, mais les amas de commandement croient qu'actuellement, il vaut mieux que nous soyons discrets.

« Oui, bien sûr. »

Ainsi, les noocytes leur cachaient des choses... à lui et aux chercheurs de l'extérieur. Les gens de Pharmek, à leur tour, cachaient des choses à Bernard. Il ne pouvait que deviner leur raisonnement; il n'avait pas protesté lorsque Paulsen-Fuchs avait peu à peu réduit sa transmission des nouvelles et des résultats des recherches; Bernard avait suffisamment à faire, à essayer de s'adapter aux interactions avec les noocytes.

Le terminal était allumé et affichait toujours des données fournies par l'ordinateur trois jours auparavant. Les lignes rouges avaient totalement remplacé les chiffres verts. Parfois des lignes bleues se joignaient à elles. La courbe s'aplatissait de plus en plus, au fur et à mesure que la chimie était décomposée en un langage mathématique intermédiaire qui, lors de la phase suivante, serait traduit en une sorte de petit-nègre composé de notations logiques formelles et d'anglais. Mais cela n'arriverait pas avant des semaines, sinon des mois.

Le fait qu'il concentrait son attention sur la mémoire déclencha une interruption atypique des noocytes.

Bernard. Vous travaillez encore sur notre « musique du sang ».

Ulam n'avait-il pas utilisé une fois cette phrase ?

Est-ce que vous SOUHAITEZ nous rejoindre sur notre plan ? Nous n'avions pas envisagé cette possibilité.

« Je ne suis pas certain de comprendre ce que vous suggérez. »

La partie de vous-même qui se tient derrière toute communication émise peut être codée, activée, restituée. Ce serait comme un RÊVE, si nous comprenons totalement ce que c'est. (NOTE : Vous rêvez constamment. Le saviez-vous ?)

« Je peux devenir l'un de vous ? »

Nous pensons que c'est une estimation correcte. Vous êtes déjà l'un de nous. Nous avons codé

une partie de vous dans de nombreuses équipes, pour le changement. Nous pouvons coder votre PERSONNALITÉ et achever la boucle. Vous serez l'un de nous... temporairement, si vous le choisissez. Nous pouvons faire cela tout de suite.

« J'ai peur. J'ai peur que vous me dérobiez mon âme de l'intérieur. »

Votre ÂME est déjà codée, Bernard. Nous ne nous mettrons en action que si tous vos fragments mentaux nous en donnent la permission.

– Michael ?

La voix de Paulsen-Fuchs l'arracha à l'entretien. Bernard secoua la tête et fixa le hublot d'observation en clignant des yeux.

– Michael ? Êtes-vous réveillé ?

– Je ne... dormais pas. Qu'y a-t-il ?

– Il y a quelques jours, vous avez accepté que Sean Gogarty vienne vous voir. Il est là.

– Oui, oui. (Michael se leva.) Ici, avec vous ? Ma vue est brouillée.

– Non. À l'extérieur. Je suppose que vous souhaitez vous laver et vous habiller d'abord.

– Pourquoi ? riposta Bernard d'un ton irrité. Je ne suis pas beau à voir, que je me rase ou pas.

– Vous voulez le recevoir tel que vous êtes ?

– Oui. Faites-le entrer. Vous avez interrompu quelque chose d'intéressant.

– Nous ne sommes plus que des interruptions pour vous, n'est-ce pas ?

Bernard essaya de sourire. Son visage aux muscles raides lui parut étranger.

– Introduisez-le, Paul.

Sean Gogarty, professeur de physique théorique au King's College de l'université de Londres, entra dans la chambre d'observation et se protégea les yeux de la main pour scruter le caisson d'isolement. Il avait un visage ouvert et amical, un nez long et pointu, des dents qui avançaient. Il était grand et se tenait droit; ses bras semblaient musclés sous sa veste de laine irlandaise. En voyant Bernard, son sourire s'évanouit et il plissa les yeux derrière ses élégantes lunettes d'aviateur.

– Docteur Bernard, dit-il.

Son agréable accent irlandais avait une petite pointe d'Oxford.

– Docteur Gogarty.

– Professeur, appelez-moi Sean, je vous en prie. Je n'aime pas beaucoup les titres.

– Alors, moi, c'est Michael. *(Suis-je Michael ?)*

– Oui, et dans votre cas... euh... ce sera plus difficile. Je vous connais, et je suis sûr que vous n'avez jamais entendu parler de moi, euh, Michael.

De nouveau il sourit, mais d'un air troublé, incertain. Comme si, pensa Bernard, il s'était attendu à voir un être humain et qu'il rencontrât...

– Paul m'a mis au fait de certains de vos travaux. Vous me laissez loin derrière, Sean.

– Cette chose, cet incident, dans votre pays, me dépasse tout autant, j'en suis sûr. J'aimerais parler de certaines choses avec vous, Michael, et pas seulement avec vous.

Paulsen-Fuchs regarda Gogarty avec appréhension. Pas de doute, cette réunion avait dû obtenir le consentement de plusieurs gouvernements, se dit Bernard, sans quoi elle n'aurait pas eu lieu; mais Paul avait tout de même les nerfs en pelote.

– Vous voulez dire, mes collègues ? demanda Bernard en désignant Paulsen-Fuchs du geste.

– Non, pas vos collègues humains.

– Mes noocytes, alors.

– Noocytes ? Oui, oui, je comprends. Vos noocytes. Teilhard de Chardin aurait approuvé ce nom, je pense.

– Je n'ai pas beaucoup pensé à Teilhard de Chardin, mais ce ne serait pas un mauvais guide.

– Oui, eh bien, on m'a permis, à contrecœur, de venir ici, et le temps de l'entretien est limité. J'ai une notion à vous proposer et j'aimerais que vous et vos petits collègues jugiez de sa valeur.

– Comment avez-vous obtenu des informations détaillées sur moi, sur les noocytes ?

– On a fait appel à des experts dans toute l'Europe. Quelqu'un a eu l'idée de s'adresser à moi. J'espère que cela n'affectera pas ma carrière. Je ne suis pas très apprécié de tous mes collègues, docteur Ber... Michael. Mes idées ne sont guère orthodoxes.

– Exposez-les-moi, dit Bernard qui s'énervait.

– Oui. Je suppose que vous n'avez pas entendu grand-chose sur la mécanique de l'information.

– Rien du tout.

– Je travaille dans un domaine très spécialisé de cette branche de la physique – un domaine qui n'est pas encore reconnu –, les effets du traitement de l'information sur l'espace-temps. Je vais présenter cela le plus simplement possible car les noocytes en savent peut-être déjà bien plus long que moi et pourront vous expliquer...

– N'y comptez pas. Elles se délectent de la complexité, moi pas.

Gogarty fit une pause et demeura immobile et silencieux plusieurs secondes. Paulsen-Fuchs le regarda avec une anxiété passagère.

– Michael, j'ai amassé une grande quantité de structures théoriques qui corroborent l'assertion suivante. (Profonde respiration.) Le traitement de l'information – plus précisément, l'observation – a un effet sur les événements survenant dans l'espace-temps. Les êtres conscients font partie de l'univers; nous lui fixons des limites, ce qui, en grande partie, détermine sa nature, comme lui détermine la nôtre. J'ai des raisons de croire – ce n'est jusqu'à maintenant qu'une hypothèse –

qu'au lieu de découvrir des lois physiques, nous avons surtout collaboré à leur existence. Nos théories sont testées à la lumière des observations passées, à la fois par nous et par l'univers. Si l'univers accepte que les événements passés ne soient pas contredits par une théorie, cette théorie devient un modèle. L'univers est d'accord avec elle. Plus la théorie colle aux faits, plus elle dure longtemps... si elle dure. Alors, nous décomposons l'univers en territoires... Notre territoire particulier, en tant qu'êtres humains, est ainsi tout à fait distinct. Pas de contact extraterrestres, vous le savez. S'il y a d'autres êtres intelligents ailleurs que sur Terre, ils occupent d'autres territoires de théorie. Nous ne nous attendons pas à trouver de grandes différences entre les théories des différents territoires – après tout, l'univers joue un rôle essentiel – mais des différences mineures, oui.

» Les théories ne peuvent être indéfiniment efficaces. L'univers change sans cesse; nous pouvons imaginer des régions de la réalité qui évoluent tellement que de nouvelles théories deviennent nécessaires. Jusqu'à maintenant la race humaine n'a pas produit de traitement d'information – par ordinateur ou par la pensée – assez dense ou assez volumineux pour que ses effets sur l'espace-temps soient vraiment visibles. Nous n'avons pas créé de théories assez achevées pour qu'elles bloquent l'évolution de la réalité. Mais cela a complètement changé, et tout à fait récemment.

Écoutez attentivement le GOGARTY.

Bernard dressa l'oreille et commença à lui prêter plus d'attention.

– Si seulement j'avais le temps de vous exposer mes mathématiques, mes corrélations avec la mécanique de l'information et l'électrodynamique des quanta... et si seulement vous pouviez comprendre !

– Je vous écoute. Nous vous écoutons, Sean.

Les yeux de Gogarty s'agrandirent.

– Les... noocytes ? Ont-elles vraiment réagi ?

– Vous ne leur avez pas donné grand-chose à quoi réagir. Alors, continuez, professeur.

– Jusqu'à maintenant, sur cette planète, l'unité la plus condensée de traitement de l'information était le cerveau humain... saluons peut-être au passage celui des cétacés mais ils ont beaucoup moins de stimuli et donc un traitement qui est plus... limité, dirais-je. Quatre, cinq milliards de cerveaux humains, pensant continuellement. Peu d'effets. Des tensions du temps, de petits tremblements, à peine mesurables. Notre pouvoir d'observation – notre possibilité de formuler des théories efficaces – n'est pas assez intense pour provoquer les effets que j'ai découverts dans mon travail. Rien dans le système solaire, peut-être même pas dans la galaxie !

– Vous discourez, professeur Gogarty, intervint Paulsen-Fuchs.

Gogarty acquiesça d'un air irrité et garda les yeux fixés sur Bernard comme pour l'implorer.

Ce qu'il dit est intéressant.

– Il va arriver à l'essentiel, Paul, ne le bousculez pas.

– Merci. Merci beaucoup, Michael. Ce que je dis, c'est que nous disposons maintenant des conditions suffisantes pour provoquer les effets que j'ai décrits dans mes articles. Il n'y a plus seulement quatre, cinq milliards de penseurs individuels, Michael, mais des billions... peut-être des milliards de billions. La plupart en Amérique du Nord. Minuscules, très intenses, fixant leur attention sur tous les aspects de leur cadre, depuis les très très petits jusqu'aux très grands. Observant tout dans leur environnement et théorisant sur les choses qu'ils ne peuvent observer. Des êtres qui observent et qui théorisent peuvent fixer la forme des événements, de la réalité, dans des proportions considérables. Michael, tout n'est qu'information. Toutes les particules, toute l'énergie, l'espace et le temps eux-mêmes ne sont que de l'information. La nature même, le *timbre* de l'univers peuvent être modifiés, à l'instant même. Par les noocytes.

– Oui, dit Bernard, nous vous écoutons toujours.

Quelque chose de non formulé... une évidence...

– Il y a deux jours, reprit Gogarty en s'animant, le visage empourpré par l'excitation, l'URSS a lancé une attaque nucléaire à grande échelle sur l'Amérique du Nord. Contrairement à ce qui s'est passé à Panama, pas une des ogives n'a explosé.

Bernard regarda Paulsen-Fuchs, avec dépit d'abord, puis amusement. Il ne lui en avait rien dit.

– L'URSS ne fabrique pas des têtes nucléaires si médiocres que ça, Michael. Il aurait dû y avoir un holocauste. Il ne s'est rien produit. J'ai pris connaissance de plusieurs courbes faites à partir d'observations et d'informations. L'une des sources les plus intéressantes, c'est le vol de reconnaissance d'un avion américain qui a transporté des journalistes et des scientifiques au-dessus de l'Amérique du Nord et qui a transmis une émission en direct vers l'Europe, par satellite. L'avion survolait le centre des États-Unis lorsque les bombes sont arrivées. L'appareil est tombé, mais pas à cause du bombardement. Personne ne sait pourquoi il s'est écrasé, mais la manière dont sa télémétrie et ses communications se sont tues... la chronologie, le positionnement corroborent tout à fait ma théorie. Pas seulement cela, mais dans plusieurs endroits du monde, des effets très particuliers se sont fait sentir. Des silences radio, des coupures d'énergie, des phénomènes météorologiques. Jusqu'à l'orbite géosynchrone… deux satellites, à douze mille kilomètres l'un de l'autre, ont eu des défaillances. J'ai introduit les effets et les coordonnées des incidents dans notre ordinateur et il a produit cette image de la configuration du champ espace-quatre.

Il sortit de sa sacoche l'agrandissement photo d'un diagramme d'ordinateur.

Bernard plissa les yeux pour mieux voir. Brusquement, sa vision devint plus perçante. Il put distinguer le grain du papier.

– Ça ressemble au cauchemar d'un haltérophile, dit-il.

– Oui, c'est un peu entortillé autour du tore, acquiesça Gogarty. C'est la seule figure qui soit compréhensible, à la lumière de l'information. Et personne n'arrive à la comprendre… sauf moi. J'ai bien peur que cela ne fasse monter mes actions en flèche sur le marché scientifique. Si je ne me trompe pas, et j'en suis sûr, nous allons avoir encore plus d'ennuis que nous ne le pensions, Michael… ou moins, selon le type d'ennuis que l'on prévoyait.

Bernard sentit que le diagramme était intensément absorbé. Les noocytes cessèrent, durant plusieurs secondes, leur constant tripotage de son état mental.

– Sean, vous donnez pas mal à penser à mes petites collègues.

– Oui, et quelles sont leurs réactions ?

Bernard ferma les yeux.

Au bout de plusieurs secondes, il les rouvrit et secoua la tête.

– Pas un mot. Je suis désolé, Sean.

– Eh bien, je n'en attendais pas tant.

Paulsen-Fuchs regarda sa montre.

– Est-ce tout, docteur Gogarty ?

– Non. Pas tout à fait. Michael, le fléau ne peut pas s'étendre ailleurs. Il ne peut pas dépasser un cercle de sept mille kilomètres de diamètre; si les noocytes ont atteint leur population moyenne en Amérique du Nord.

– Pourquoi ?

– À cause de ce que je viens de dire. Les cellules intelligentes sont déjà beaucoup trop nombreuses. Si elles s'étendaient au-delà de ce rayon, elles pourraient créer quelque chose de très particulier… une portion d'espace-temps observé de trop près. Ce territoire ne pourrait plus évoluer. Vous ne comprenez pas ! Il y aurait beaucoup trop de théoriciens brillants. Ce serait une sorte d'état gelé, un effondrement au niveau des quanta. Une singularité. Un trou noir de la pensée. Le temps serait gravement perturbé et les effets détruiraient la Terre. Je pense que lorsqu'elles se sont rendu compte de ça, elles ont limité leur croissance.

Gogarty s'essuya le front avec un mouchoir et soupira.

– Qu'ont-elles fait pour empêcher les ogives d'exploser ? demanda Bernard.

– Je dirais qu'elles ont appris à créer des poches isolées d'observation, très puissantes. Elles *leurrent* des milliards d'observateurs en établissant une petite poche temporaire d'espace-temps remanié. Une poche où les processus physiques sont suffisamment différents pour que cela empêche les ogives d'exploser. La poche ne dure pas longtemps, bien sûr – l'univers n'est pas du tout d'accord avec –, mais juste assez pour empêcher l'holocauste. J'ai une question cruciale à poser, poursuivit-il. Vos noocytes sont-elles en communication avec celles d'Amérique du Nord ?

Bernard écouta intérieurement et ne reçut pas de réponse.

– Je ne sais pas.

– Elles peuvent entrer en communication sans se servir de la radio ou de moyens habituels de ce type. Si elles peuvent contrôler les effets qu'elles produisent sur le collecteur local, elles peuvent aussi créer des ondes qui ne perturbent que subtilement le temps. Je crains bien que nous n'ayons pas d'instruments assez sensibles pour détecter des signaux de ce genre.

Paulsen-Fuchs se leva et tapota sa montre avec éloquence.

– Paul, dit Bernard, est-ce pour cela que vous avez censuré mes bulletins d'information ? Pourquoi ne m'avez-vous pas parlé de l'attaque soviétique ?

Paulsen-Fuchs ne lui répondit pas.

– Y a-t-il quelque chose que vous puissiez faire pour monsieur Gogarty ? demanda-t-il.

– Pas tout de suite. Je...

– Alors, nous allons vous laisser à votre contemplation.

– Attendez une seconde, Paul. Bon Dieu, que se passe-t-il ? Monsieur Gogarty aimerait passer encore un peu de temps avec moi, et moi avec lui. Pourquoi cette restriction ?

Gogarty les regarda l'un et l'autre, l'air profondément embarrassé.

– C'est la sécurité, Michael. Les petits bavards. Vous savez.

La réaction de Bernard fut un brusque et bref éclat de rire désabusé.

– J'ai eu grand plaisir à parler avec vous, professeur Gogarty, dit-il.

– Moi aussi.

On coupa l'interphone et les deux hommes partirent. Bernard passa derrière le rideau des toilettes et urina. Le liquide était d'un rouge violacé.

Ce n'est pas vous qui commandez ? Ils vous donnent des ordres ?

« Si vous ne l'avez pas encore découvert, sachez que je suis un simple mortel. Qu'est-ce qui se passe avec mon urine ? Elle est violacée. »

Nous y déversons des phényls et des cétones. Il nous faut PLUS DE TEMPS pour étudier votre statut hiérarchique.

– Je suis un singe inférieur, dit-il à voix haute. Un singe très inférieur, maintenant.

35

Le feu crépitait vigoureusement et projetait les ombres des arbres, élargies et floues, sur les vieux bâtiments historiques de Fort Tejn. April Ulam se tenait le dos tourné à la fosse, serrant ses épaules dans ses mains; sa robe en lambeaux ondulait légèrement dans la brise fraîche du soir. Jerry tisonna le feu avec un bâton et regarda son jumeau.

– Alors, qu'est-ce qu'on a vu ?

– Merde, dit catégoriquement John.

– Nous avons vu Los Angeles, messieurs, répliqua April dans l'obscurité.

– Je n'ai *rien* reconnu, reprit John. Pas même comme à Livermore, ou dans les champs. Je veux dire...

– Il n'y avait rien de *réel*, acheva Jerry à sa place. Juste que tout cela... tournoyait.

April s'avança et décolla sa robe de ses jambes pour s'asseoir sur un rondin.

– Je pense que nous devrions nous dire ce que nous avons vu, le décrire aussi exactement que possible. Je vais commencer, si vous voulez bien.

Jerry haussa les épaules. John continua à regarder fixement le feu.

– Je crois avoir reconnu la configuration de la vallée de San Fernando. Dix ans se sont écoulés depuis mon dernier passage à Los Angeles, mais je me souviens de mon arrivée par les collines et il y a Burbank, et Glendale... Seulement je ne me rappelle pas leur aspect, à ce moment-là. L'atmosphère était voilée. Il faisait chaud, mais pas comme maintenant.

– La brume rouge est encore là, dit Jerry. Mais elle a pas l'air pareil.

– Une brume rouge !

John se mit à ricaner.

– Maintenant, si vous êtes d'accord pour dire que nous avons vu la vallée...

– Ouais. Peut-être bien, dit Jerry.

– Alors, il y avait quelque chose *dans* la vallée, qui envahissait tout.

– Mais c'était pas solide. C'était pas un truc solide, expliqua lentement John.

– D'accord, dit April. De l'énergie, alors ?

– Ça ressemblait à une peinture de Jackson Pollock qui tournerait tout autour.

– Ou un Picasso, proposa John.

– Messieurs, je suis d'accord avec vous, mais pas totalement. Cela m'évoquerait bien plus un Max Ernst.

– Je connais pas, dit Jerry.

– Quelque chose tournoyait au milieu. Une tornade.

April fit signe que oui.

– Mais quel type de tornade ?

John grimaça et se frotta les yeux.

– Élargie à la base, avec des espèces de pointes, tout autour... comme des éclairs, mais pas lumineux. Comme des ombres d'éclairs.

– Qui frappent et puis disparaissent, dit John.

– Peut-être une tornade qui danse, suggéra April.
– Ouais. (À l'unisson.)
– J'ai vu des files de disques qui se faufilaient sous la tornade, poursuivit-elle. Et vous ?
Ils hochèrent la tête en même temps.
– Et sur les collines, il y avait des lumières qui se déplaçaient, comme des lucioles qui grimperaient jusqu'aux cieux.
Elle avait de nouveau l'air exalté en fixant rêveusement le feu. John se prit la tête dans les mains et continua à la secouer.
– C'était pas réel, dit-il.
– Non. Pas réel du tout. Mais il doit y avoir un lien quelconque avec ce qu'a fait mon fils.
– C'est des conneries, dit John.
– Non. Moi je vous crois.
– Si cela a commencé à La Jolla et s'est répandu dans tout le pays, alors où est-ce que c'est le plus ancien, le plus fort ?
– À La Jolla, dit Jerry en la regardant avec l'air d'attendre d'elle quelque chose. Ça a peut-être démarré à San Diego.
April secoua négativement la tête.
– Non, à La Jolla, là où Vergil travaillait et habitait. Mais cela a remonté et descendu, rapidement, le long de la côte. Peut-être jusqu'à San Diego, puis tout s'est rassemblé et a choisi cet endroit pour centre.
– Bordel de merde, gronda John.
– Nous ne pouvons pas aller à La Jolla, pas avec ça en plein sur notre route. Et je suis venue ici pour rejoindre mon fils.
– Vous êtes plus folle que con, dit John.
– Je ne sais pas pourquoi vous, messieurs, avez été épargnés, mais quant à moi, c'est évident.
– Parce que vous êtes sa mère, dit Jerry en riant et en hochant la tête, comme s'il venait de faire une déduction éblouissante.

– Exactement. Aussi demain, messieurs, nous reviendrons sur nos pas et nous gravirons les collines; si vous voulez, vous pouvez vous joindre à moi, sinon j'irai seule rejoindre mon fils.

Jerry se dégrisa.

– April, c'est de la folie. Et si c'est quelque chose de vraiment dangereux, comme un gros orage électrique ou une centrale nucléaire qui s'est détraquée ?

– Il n'y a pas de grosse centrale nucléaire à Los Angeles, répliqua John. Mais Jerry a raison. C'est de la connerie de dire qu'on va entrer dans cet enfer.

– Si mon fils est là, cela ne me fera pas de mal.

Jerry tisonna brutalement le feu.

– Je vais vous conduire jusque-là, dit-il. Mais je n'entrerai pas avec vous là-dedans.

John regarda son frère d'un air dur et sérieux.

– Vous êtes deux foutus dingues.

– Je peux aussi marcher, dit April d'un air résolu.

John, les mains sur les hanches, regardait son frère et April Ulam se diriger vers le camion. Un brouillard sucré d'un rose violacé se déversait du bassin de Los Angeles et dérivait, au niveau du sommet des arbres, sur Fort Tejn; dans la lumière voilée du petit matin, tout était dépourvu d'ombre et fantomatique.

– Hé ! cria-t-il. Bon Dieu, hé ! Ne me laissez pas ici !

Il courut derrière eux.

Le camion franchit la crête des collines, sur l'autoroute déserte; ils plongèrent du regard dans le maelström. À la lumière du jour, il avait l'air très peu différent.

– Ça ressemble à ce qu'on a toujours rêvé,

rassemblé tout d'un coup, remarqua John qui conduisait très attentivement.

– Ce n'est pas une mauvaise description. Une tornade de rêve… Peut-être les rêves de quelqu'un qui a été pris par le changement.

John s'accrocha des deux mains au tableau de bord et regarda la route avec de grands yeux.

– Il y a encore un kilomètre ou deux de route, annonça-t-il. Et puis, il faudra s'arrêter.

Jerry acquiesça d'un bref signe de tête. Le camion ralentit.

Ils avancèrent, à moins de vingt kilomètres-heure, vers un rideau de serpentins de brume qui dansaient verticalement. Le rideau se déployait sur une dizaine de mètres de hauteur, devant et de chaque côté de la route, et ondulait autour de vagues formes orangées qui avaient peut-être été des immeubles.

– Mon Dieu, mon Dieu, gémit John.

– Stop, fit April.

Jerry arrêta le camion. Elle regarda sévèrement John, jusqu'à ce qu'il ouvrît la portière de la cabine et s'effaçât pour la laisser passer. Jerry mit l'embrayage au point mort, serra le frein et descendit de l'autre côté.

– Messieurs, ceux que vous aimiez vous manquent, n'est-ce pas ? commença April en défroissant sa robe en lambeaux.

Le maelström chantait comme un ouragan lointain… chantait et sifflait et mugissait dans une gouttière.

John et Jerry hochèrent la tête.

– Si mon Vergil est là, et je sais qu'il y est, alors ils doivent y être aussi. Ou nous pouvons les rejoindre à partir d'ici.

– C'est complètement dingue. Ma femme et mon gamin peuvent pas être là.

– Pourquoi pas ? Sont-ils morts ?

John la regarda fixement.

– Vous savez bien qu'ils ne sont pas morts. Je sais que mon fils n'est pas mort.

– Vous êtes une sorcière, dit Jerry d'un ton plus admiratif qu'accusateur.

– On me l'a déjà dit. C'est ce que le père de Vergil m'a dit en me quittant. Mais vous le *savez*, n'est-ce pas ?

John tremblait. Des larmes coulaient sur ses joues. Jerry regardait fixement le rideau avec un sourire indécis.

– Y sont là-dedans, John ?

– Je sais pas, répondit son frère en reniflant et en s'essuyant le visage sur sa manche.

April s'avança vers le rideau.

– Merci pour votre aide, messieurs.

Lorsqu'elle y pénétra, elle devint brouillée, comme l'image d'un mauvais téléviseur, puis elle disparut.

– T'as vu ça ! s'écria John tremblant.

– Elle a raison. Tu sens rien ?

– Je *sais* pas, gémit-il. Bon Dieu, frérot. Je sais pas.

– Allons les chercher, dit Jerry en prenant son jumeau par la main.

Il le tira doucement. John résista. Son frère le tira de nouveau.

– D'accord, dit-il calmement. Ensemble.

Côte à côte, ils franchirent les quelques mètres d'autoroute et traversèrent le rideau.

36

Elle fut prise de crampes au quatre-vingt-deuxième étage. Elle poussa un cri, tomba en tournant sur elle-même et sa tête vint porter contre la rampe. Elle se heurta le genou contre un rebord de marche, juste sous la rotule. La lampe et la radio lui échappèrent et dégringolèrent sur le ciment du palier. La bouteille d'eau se coinça entre deux degrés, s'ouvrit et l'éclaboussa avant de s'écouler dans l'escalier tandis qu'elle la regardait, paralysée par la douleur. Des heures s'écoulèrent, lui sembla-t-il – alors qu'il s'agissait sans doute de minutes –, avant qu'elle puisse se hisser jusqu'au palier. Elle s'étendit sur le dos, les yeux brûlants du besoin de pleurer, mais elle n'avait pas de larmes.

Une bosse au front, une jambe qui ne pouvait plus la porter, presque plus de nourriture et pas d'eau; effrayée, éclopée et à trente étages du sommet. La lumière de la lampe vacilla et s'éteignit, la laissant dans une obscurité totale.

– Merde !

Sa mère était encore plus choquée lorsqu'elle disait cela que lorsqu'elle employait, en vain, le nom de Dieu. Sa famille n'étant pas particulièrement religieuse, c'était pour eux une infraction mineure, qui ne devenait odieuse que lorsqu'on jurait devant des personnes que cela scandalisait. Mais dire « merde », c'était pire, c'était révéler qu'on avait de mauvaises manières, qu'on était mal élevé, ou simplement que l'on s'abandonnait aux émotions les plus basses.

Suzy essaya de se lever et retomba, le genou traversé par une douleur atroce.

– Merde, merde, MERDE ! cria-t-elle. Remets-toi, oh je t'en prie, remets-toi !

Elle essaya de se frotter le genou, mais ce fut encore pire.

Elle chercha la lampe à tâtons et la trouva. Elle s'alluma de nouveau, en tremblotant, et Suzy promena le faisceau autour d'elle pour s'assurer que les tentures et les filaments ne l'avaient pas rejointe. Elle regarda la porte du quatre-vingt-deuxième étage et se dit qu'elle ne pourrait plus grimper d'escalier pendant un moment, peut-être pas avant demain. Elle rampa jusqu'à la porte et jeta un coup d'œil à la radio, par-dessus son épaule, en tendant la main vers la poignée. Elle se dit d'abord qu'elle ferait mieux de la laisser là, mais cet appareil avait pour elle une signification particulière. C'était la seule chose qui lui restait des autres humains, la seule chose qui lui parlait. Elle pourrait peut-être en trouver une autre dans l'immeuble mais elle ne voulait pas courir le risque du silence. Elle retourna la chercher en rampant et en essayant de garder raide son genou blessé.

Franchir la lourde porte coupe-feu lui valut encore plus de contusions et de souffrance car elle se referma violemment sur son bras; mais elle put enfin s'allonger sur la moquette de la petite entrée de l'ascenseur et contempler fixement le plafond insonorisé. Puis elle se retourna sur le ventre, attentive à ce qui pourrait bouger.

Immobilité, silence.

Lentement et en essayant d'économiser ses forces, elle partit en rampant et tourna le coin.

De l'autre côté de la cloison vitrée, le sol était encombré de tables à dessin, de pieds d'émail blanc sur la moquette beige, de lampes noires disposées comme autant d'oiseaux aux cous réglables. La porte vitrée était déjà maintenue ouverte par une cale de caoutchouc. Elle passa en sautant à cloche-pied devant le bureau et les banquettes et s'appuya contre la table la plus proche, les yeux brillants de douleur et d'épuisement. Dessus, il y avait des croquis; c'était un bureau d'architecte. Elle regarda le dessin de plus près : des plans d'étages ou de ponts, si c'était ainsi que cela s'appelait, sur un navire. Alors, c'était un bureau pour les gens qui dessinaient des bateaux.

« Pourquoi diable est-ce que je m'occupe de ça ? », se demanda-t-elle.

Elle s'assit sur un haut tabouret dont les roulettes étaient bloquées. Avec un seul pied, elle peina pendant une demi-minute pour les débloquer puis elle roula entre les tables en se servant de leurs bords pour se propulser.

Une autre cloison vitrée séparait l'atelier de dessin des autres bureaux. Elle s'arrêta et regarda. Toute peur avait maintenant disparu. Elle n'en avait plus à sa disposition. Demain, ses réserves seraient peut-être reconstituées, mais pour le moment, elle s'en passait volontiers. Elle se contenta d'observer.

Les boxes étaient remplis de choses qui bougeaient. Elles étaient si étranges que, tout d'abord, elle ne sut comment se les décrire à elle-même. Des disques avec un pied d'escargot et des bords qui s'allumaient vraiment, rampaient le long du verre; quelque chose de fluide et d'informe, comme une grosse goutte de cire fondue, sautillait dans un autre box, accroché à des cordes ou des câbles noirs qui s'étiraient et scintillaient; la grosse goutte devenait d'un vert fluorescent lorsqu'elle heurtait la vitre ou un meuble. Dans le dernier bureau, une forêt de brindilles écailleuses, qui ressemblaient à des pattes de poulet, ondulaient et se balançaient sous une impossible brise.

« C'est dingue. Ça n'a aucun sens. Ça n'existe pas puisque ça ne veut rien dire. »

Elle s'éloigna des bureaux et fit rouler son tabouret vers la lointaine fenêtre. Le reste de l'étage était vide.... pas de vêtements chiffonnés. Vus de plus loin, les boxes ressemblaient à des aquariums remplis de créatures marines exotiques.

Peut-être ne courait-elle aucun danger. Habituellement ce qui est dans un aquarium ne peut pas en sortir. Elle essaya de se convaincre qu'elle ne risquait rien, mais en réalité cela n'avait pas vraiment d'importance. Pour le moment elle ne pouvait pas aller ailleurs.

Son genou enflait, tendant le tissu du jean. Elle se dit qu'il fallait qu'elle le découpe puis décida qu'il serait plus simple de l'ôter. Avec un gémissement, elle se laissa glisser du tabouret et s'adossa à un classeur. En prenant appui sur un pied, elle souleva ses hanches, se cambra et sortit avec précaution son genou de la jambe du pantalon.

L'enflure n'était pas encore trop laide, seulement rouge et boursouflée, juste sous la rotule. Elle la tâta et se sentit mal, non à cause de la douleur mais parce qu'elle était épuisée. Il ne restait plus rien de Suzy McKenzie. L'ancien monde avait disparu le premier et il ne restait que des immeubles qui, désertés, n'étaient plus que des squelettes dépourvus de chair. La nouvelle chair qui devait les recouvrir arrivait. Bientôt, Suzy McKenzie allait disparaître aussi, ne laissant derrière elle qu'une ombre bizarre.

Elle tourna l'angle du classeur et regarda pardessus une crédence basse.

C'était le nouveau visage de Manhattan, une cité de tentes avec des gratte-ciel pour mâts, une ville faite avec les cubes d'un jeu de construction réagencés sous des couvertures. Qui brillait doucement, brune, et jaune, dans le soleil couchant. New York, remplie de vêtements vides.

Suzy se laissa tomber sur la moquette, fourra

son jean, dont la vacuité la hantait, sous son genou, pour le soulever, et mit sa tête entre ses bras.

« Lorsque je me réveillerai, se dit-elle, je serai une *Wonder Woman,* brillante et intelligente. Et je comprendrai ce qui se passe. »

Cependant, elle savait, tout au fond, qu'elle allait se réveiller, à peine normale, et que le monde n'aurait pas changé.

– C'est pas chouette, murmura-t-elle.

Dans l'obscurité, des filaments poussèrent silencieusement sur la moquette, pénétrèrent dans les boxes vitrés et maîtrisèrent la créativité enjouée.

37

« Je ne relève de personne. Je ne suis plus celui que j'ai été. Je n'ai pas de passé. J'ai coupé les amarres et n'ai plus nulle part où aller, sauf l'endroit où elles souhaitent m'emmener.

– Je suis séparé physiquement, et maintenant mentalement, du monde extérieur.

– Mon travail ici est terminé.

– J'attends.

– J'attends. »

Vous souhaitez vraiment voyager parmi nous, être parmi nous ?

« Oui. »

Il regarde le rouge, le vert et le bleu de l'écran vidéo. Les chiffres ont, pour le moment, perdu toute signification, comme s'il était un enfant nouveau-né. Puis l'écran, la table sur laquelle il est posé, le rideau des toilettes et les murs du caisson d'isolement font place à un vide argenté.

Michael Bernard franchit une interface.

Il est codé.

Il n'a plus conscience de toutes les sensations que l'on a lorsqu'on est dans un corps. Disparues l'attention et les réactions automatiques au glissement des muscles les uns contre les autres, au glouglou des liquides dans son abdomen, à la poussée et au rugissement du sang, aux battements du cœur.

Tout d'abord, la pensée elle-même est grenue, discontinue. Si une telle chose existe, il se voit au dernier sous-sol de l'univers, là où les atomes et les molécules se combinent et se séparent, échangeant des bruits silencieux comme des crustacés affairés au fond de la mer. Il est suspendu au sein d'une activité saccadée et silencieuse, et incapable de critiquer sa situation, ou de s'assurer de ce qu'il est. Une partie de ses facultés est temporairement interrompue. Et puis... tchac ! Il peut critiquer, évaluer. La pensée bouge comme des feuilles éparpillées par la brise, sur une pelouse. Tchac ! Maintenant, comme un flot paresseux de gélatine, tournant et s'installant dans un bol froid.

Le voyage de Bernard n'est même pas encore commencé. Il est encore pris dans l'interface, ni grand ni petit. Une partie de lui compte encore sur son cerveau, qui envoie toujours des pensées le long des cellules et non dans les cellules.

La suspension se transforme en inconscience qui se prolonge; la pensée est étirée comme un fil qui doit s'adapter au minuscule
chas d'une aiguille. ------------------------------------

Le lilliputien s'offre à lui et son monde s'emplit brusquement d'action et de simplicité. Il n'y a pas de lumière mais des sons, qui l'envahissent en grandes vagues nonchalantes qu'il n'entend pas mais sent par ses centaines de cellules. Elles palpitent, se séparent, se contractent suivant l'assaut du liquide. Il est dans son propre sang. Il peut goûter la présence des cellules en train de fabriquer son nouvel être, et celle d'autres encore, qui ne font pas directement partie de lui. Il sent le crissement des microtubules qui se propulsent dans son cytoplasme. Ce qui est plus étonnant encore, c'est qu'il peut sentir – et c'est le fond de toute sensation – le cytoplasme lui-même.

C'est maintenant la base de son être, le flot et la sensation électrique de la vie pure. Il est conscient du fragile équilibre chimique entre l'animation et la gelée morte, qui plonge ses racines dans l'*ordre*, la hiérarchie et l'interaction. La coopération. Il est, à la fois, un individu, et chacune des compagnes de son équipe, et les autres amas d'une centaine de cellules, en amont et en aval. Ceux de l'aval sont aussi éloignés, aussi chimiquement isolés que s'ils étaient au fond d'un grand puits; ceux de l'amont sont intenses et riches.

Il ne peut pas résoudre mieux les mécanismes de sa pensée qu'il ne le faisait dans son cerveau, grand, comme un univers. La pensée s'élève au-dessus de la chimie, des échanges entre amas et des processus qui s'effectuent à l'intérieur de ses cellules. La pensée est la combinaison, le langage de toute interaction.

Les sensations le long des membranes de ses cellules sont intenses. C'est là qu'il reçoit, qu'il sent l'aura et la pression des énormes messages moléculaires venus de l'extérieur. Il recueille un morceau de données qui ressemble à un plasmide, il l'*ase[1] et en extrait l'information, l'absorbe dans son être et duplique les parties dont certaines de ses compagnes auront besoin. Maintenant, les morceaux arrivent rapidement, et tandis qu'il brise et vide chacun d'eux, chaque chaîne de molécule semblable à une bibliothèque, il trouve des bribes et des fragments de Michael Bernard, qui reviennent à lui.

L'immense Bernard est inclus dans un minuscule amas fait d'une centaine de cellules. Il sent qu'il est vraiment un être humain, sur le même plan que les noocytes... lui-même.

Bienvenue.

« Merci. »

Un membre de son équipe, il le sent comme une gamme de goût, toutes les variétés de douceur et d'éclat. La camaraderie est irrésistible. Il aime son équipe (que pourrait-il aimer d'autre ?). Il en fait partie intégrante, il est lui aussi aimé et nécessaire.

Soudain, il goûte la paroi d'un capillaire. Il fait partie de l'équipe de recherche qui transmet de l'information en confectionnant des paquets d'acides nucléiques. Absorber, refaire, transmettre, absorber.

Expulsez-vous. Enfoncez-vous.

Ce sont des ordres. Il quitte le capillaire, pénètre dans le tissu.

Laissez une partie dépasser dans le flux de données.

Il se fraie un chemin entre les cellules du capillaire – des cellules de soutien qui ne sont pas des noocytes – et va se loger dans la paroi. Maintenant, il attend des données en forme de protéines, d'hormones et de phéromones, de chaînes d'acides

1. *Ase* : suffixe désignant une enzyme (*N.d.T.*).

nucléiques, peut-être même en forme de cellules *adaptées*, de virus et de bactéries apprivoisés. Il a non seulement besoin de nutriment de base, qu'il peut tirer facilement du sérum sanguin, mais encore de réserves d'enzymes qui lui permettent d'absorber et de traiter les données, de penser. Ces enzymes lui sont fournies par les bactéries *adaptées* qui, à la fois, les fabriquent et les livrent.

Le sang est une autoroute, une symphonie d'information, d'instruction. C'est un délice de traiter et de modifier le riche bouillon. L'information a, elle aussi, une grande diversité de goûts, et c'est comme une chose vivante, susceptible de changer dans le sang, à moins qu'on ne la contrôle soigneusement, rogne ses accroissements, la polisse. Les mots ne peuvent pas décrire ce qu'il fait. Tout son être bruit du bavardage de l'interprétation et du traitement.

Il sent la spirale vertigineuse de la récursion, pense à ses propres minuscules processus de pensée – des molécules réfléchissant au sujet de molécules, consignant des rapports sur elles-mêmes – en utilisant des mots qui, jusqu'à maintenant, n'avaient eu aucune place dans son royaume. Il a l'impression d'apporter à un arbre la parole de Dieu qui lui était destinée, et de lui parler, de le regarder fleurir de confusion incarnate.

Vous êtes le pouvoir, le doux pouvoir, le goût le plus riche de tous... l'ultime message en amont.

Ses compagnes s'approchent de lui, s'amassent autour de son appendice brandi dans le sang, s'attroupent. Il est comme un initié, dans un monastère, soudain inspiré par le souffle de Dieu. Les moines se rassemblent, affamés d'un contact, d'un signe de rédemption, d'un but. C'est enivrant. Il les aime parce que c'est son équipe; elles font plus que l'aimer, car il est la Source.

Les amas de commandement savent qu'il fait, lui-même, partie d'une hiérarchie plus grande, mais cette information n'est pas descendue au niveau qu'il occupe en ce moment. Les amas ordinaires sont pleins d'un respect mêlé de crainte.

Vous êtes la circulation de toute vie. Vous détenez la clef de *l'ouverture* et du *blocage*, du battement rythmique et du silence.

« Plus loin, dit-il. Emmenez-moi plus loin et montrez-moi comment vous vivez. »

38

– Suzy. Réveille-toi.

Les yeux de Suzy s'ouvrirent en papillotant. Kenneth et Howard étaient penchés sur elle. Elle cligna des paupières et fit, des yeux, le tour des murs bleu pastel de sa chambre; les draps étaient tirés jusqu'à son menton.

– Kenny ?

– Maman t'attend.

– Howard ?

– Viens, Sauvageonne.

C'était comme cela que Kenneth l'appelait. Elle repoussa les couvertures puis les remonta; elle avait toujours son corsage et son slip, mais pas de pyjama.

– Il faut que je m'habille, dit-elle.

Howard lui tendit son jean.

– Dépêche-toi.

Ils sortirent de sa chambre et fermèrent la porte derrière eux. Elle lança ses jambes hors du lit et les glissa dans son pantalon, puis se leva et finit de le mettre, remonta la fermeture éclair et boutonna la ceinture. Elle n'avait plus mal au genou.

L'enflure avait disparu et tout semblait bien aller. Elle avait un drôle de goût dans la bouche. Elle parcourut de nouveau la pièce des yeux, cherchant la lampe de poche et la radio. Elles étaient par terre, au pied du lit. Elle les ramassa, ouvrit la porte et sortit dans le hall.

– Kenny ?

Howard la prit par le bras et la poussa gentiment vers la chambre de leur mère. La porte en était fermée. Kenneth tourna la poignée, l'ouvrit et ils se retrouvèrent dans l'ascenseur. Howard appuya sur le bouton du restaurant et du bar.

– Je le savais, dit-elle, les épaules voûtées. Je suis en train de rêver.

Ses frères la regardèrent en souriant et en secouant la tête.

– Non, tu ne rêves pas, répliqua Kenneth. Nous sommes revenus.

L'ascenseur leur fit monter, doucement, les vingt-cinq étages qui restaient.

– Foutaise, dit-elle en sentant les larmes couler sur ses joues. C'est de la cruauté.

– Bon, d'accord, la chambre, la maison, c'est un rêve. Il y a probablement des trucs que tu n'aurais pas envie de voir. Mais nous sommes bien là. Nous sommes de nouveau avec toi.

– Vous êtes morts. Maman aussi.

– Nous sommes différents. Pas morts.

– Alors, qu'est-ce que vous êtes ? Des zombies ? Merde de merde.

– On ne nous a pas tués, fit remarquer Kenneth. On nous a seulement... démontés. Comme tout le monde.

– Presque tout le monde.

Howard la montra du doigt et ils échangèrent un sourire.

– T'as eu de la veine... ou t'en as pas eu.

Elle était épouvantée. La porte de l'ascenseur

s'ouvrit et ils se retrouvèrent dans un hall luxueux, tout en glaces. Les lumières se réfléchissaient à l'infini, de tous côtés. *Les lumières étaient allumées. L'ascenseur fonctionnait.* Elle rêvait ou bien elle était complètement folle.

– Certains sont morts, dit gravement Kenneth en la prenant par la main. Des accidents, des erreurs.

– Ce n'est qu'une partie de ce que nous savons, pour le moment.

Ils avancèrent entre les miroirs, passèrent devant une immense géode coupée pour montrer ses cristaux d'améthyste, un monumental morceau de quartz rose et un nodule de malachite. Il n'y avait pas de maître d'hôtel pour les accueillir.

– Maman est là. Si tu as faim, il y a tout ce qu'il faut ici, ça ne fait aucun doute.

– L'électricité marche, dit-elle.

– Le générateur de secours est dans la cave. Lorsque l'électricité de la ville a été coupée, il a continué à fonctionner, mais il n'y avait plus de combustible, tu comprends ? Alors, nous en avons trouvé. On nous a dit comment faire et nous l'avons mis en route avant d'aller te chercher, expliqua Howard.

– Oui. C'est difficile pour elles de reconstituer beaucoup de gens, alors elles ont seulement fabriqué maman et nous. Pas le personnel de l'entretien, ni les autres. Nous avons fait tout le travail. Tu as dormi pendant un bon moment, tu sais.

– Deux semaines.

– C'est pour ça que ton genou va mieux.

– Et que...

– Chut ! fit Kenneth en levant la main pour faire taire son frère. Pas tout d'un coup.

Suzy regardait, tantôt l'un, tantôt l'autre, tandis qu'ils la guidaient vers le restaurant.

C'était une fin d'après-midi. La cité, bien visible par les grandes fenêtres panoramiques, n'était plus enveloppée dans les draps marron et blancs.

Elle ne découvrit aucun point de repère. Avant, elle avait pu, au moins, identifier les formes voilées des immeubles, les vallées formées par les rues, et la configuration des quartiers.

Ce n'était plus le même endroit.

Des pyramides et des polyèdres de marbre gris, noir et d'un blanc éblouissant, dont certains translucides comme du verre gelé. Des blocs de plusieurs dizaines de mètres de haut, comme des dominos, le long de ce qui avait été West Street, de Battery Park jusqu'à Riverside Park. On avait jeté dans un sac toutes les formes des immeubles de Manhattan, on l'avait secoué puis on les avait redisposées et repeintes.

Mais les structures n'étaient plus en béton et en acier. Suzy ne savait pas en quoi elles étaient.

Vivantes.

Sa mère était assise derrière une grande table surchargée de nourriture. Des saladiers étaient alignés devant, un gros jambon partiellement découpé en tranches s'élevait au milieu, des assiettes d'olives et des pickles garnissaient les côtés, des gâteaux et des desserts étaient disposés derrière. Sa mère lui sourit, se glissa hors de sa chaise et s'avança, sur ses jambes musclées d'ex-joueuse de tennis, les bras tendus. Elle portait une luxueuse robe de Rabarda, avec des manches longues drapées, des franges et des perles, et était absolument divine.

– Suzy. N'aie pas l'air aussi bouleversé. Nous sommes revenus te voir.

Elle serra sa mère dans ses bras, sentit que sa chair était substantielle et abandonna l'idée qu'elle rêvait. Tout cela était vrai. Ses frères n'étaient pas venus la prendre à la maison – ça, ce ne pouvait pas être vrai, n'est-ce pas ? – mais ils l'avaient fait monter dans l'ascenseur et maintenant elle était avec sa mère, chaleureuse et pleine d'amour, qui s'apprêtait à nourrir sa fille.

Et par-dessus l'épaule de sa mère, par la fenêtre, elle voyait la cité modifiée. Elle ne pourrait pas imaginer tout cela, n'est-ce pas ?

– Qu'est-ce qui se passe, maman ? demanda-t-elle, s'essuyant les yeux, reculant et regardant Kenneth et Howard.

– La dernière fois que je t'ai vue, nous étions dans la cuisine, répondit sa mère en l'observant d'un air scrutateur. Je n'ai pas été très bavarde. Il se passait des tas de choses.

– Tu étais malade.

– Oui... et non. Viens t'asseoir. Tu dois être très affamée.

– Si j'ai vraiment dormi pendant deux semaines, je devrais mourir de faim.

– Elle ne nous croit toujours pas, dit Howard en souriant.

– Chut ! (Sa mère lui fit signe de se taire.) Vous non plus, vous ne le croiriez pas, hein ?

Ils reconnurent que, probablement, non, ils ne le croiraient pas non plus.

– J'ai faim, admit Suzy.

Kenneth tira une chaise et elle s'installa à la table immaculée chargée de couverts d'argent et de fine porcelaine.

– Nous en avons probablement trop fait, dit Howard. Cela ressemble trop à un rêve.

– Oui. (Elle était sonnée, heureuse, et peu lui importait ce qui était vrai ou non.) Espèces de pitres, vous avez pas mal exagéré.

Sa mère remplit son assiette de jambon et de salades. Suzy montra du doigt la purée et la sauce.

– Ça fait grossir, fit remarquer Kenneth.

– Tss, tss, répliqua Suzy.

Elle porta à sa bouche un premier morceau de jambon et le mâcha. C'était du vrai jambon. Ses dents avaient vraiment mordu le morceau piqué par la fourchette.

– Tu sais ce qui est arrivé ? demanda-t-elle.

– Pas tout, répondit sa mère assise à côté d'elle.

– Si nous le voulons, nous sommes bien plus intelligents qu'avant, dit Howard.

Suzy se sentit d'abord vexée; faisait-il allusion à elle ? Howard avait toujours eu honte de ses propres notes; il travaillait dur mais n'était pas très brillant. Pourtant, il était encore plus intelligent que sa sœur.

– Nous n'avons même plus besoin de corps, dit Kenneth.

– Moins vite, moins vite, leur recommanda sa mère. C'est très compliqué, ma chérie.

– Nous sommes des dinosaures, maintenant, expliqua Howard.

Il prit une tranche de jambon, fit la grimace et la laissa retomber dans le plat.

– Quand nous avons été malades..., commença sa mère.

Suzy posa sa fourchette et mâcha pensivement, n'écoutant pas sa mère mais quelque chose d'autre.

Nous vous avons soignés
Nous vous chérissons
Besoin de vous

– Oh, mon Dieu, dit-elle, la bouche pleine de jambon.

Elle avala et regarda autour d'elle. Elle leva la main. Des lignes blanches couraient sur le dessus et se prolongeaient jusqu'à son poignet pour former ensuite un lacis presque invisible, sous la peau de son bras.

– N'aie pas peur, Suzy, lui dit sa mère. Je t'en prie, n'aie pas peur. Elles t'ont laissée tranquille parce qu'elles ne pouvaient pas entrer dans ton corps sans te tuer. Ta chimie est bizarre, ma chérie. Il y en a d'autres, comme toi. Ce n'est plus un obstacle. Mais c'est toi qui décideras, ma douce. Contente-toi de nous écouter… et de les écouter. Elles sont bien plus sophistiquées, maintenant, chérie, beaucoup plus intelligentes que lorsqu'elles sont entrées en nous.

– Moi aussi je suis malade, maintenant, n'est-ce pas ? demanda-t-elle.

– Elles sont tellement nombreuses, dit Howard, en balayant l'espace d'un geste du bras, que tu pourrais compter chaque grain de sable de la Terre, et chaque étoile du ciel, et tu n'approcherais toujours pas de leur nombre.

– Écoute. (Kenneth se pencha sur sa sœur.) Tu m'écoutes toujours, n'est-ce pas, Sauvageonne ?

Elle hocha la tête comme une enfant, lentement et délibérément.

– Elles ne veulent pas faire de mal, ni tuer. Elles ont besoin de nous. Nous ne sommes qu'une petite partie d'elles, mais elles ont besoin de nous.

– Oui ? dit-elle d'une toute petite voix.

– Elles nous aiment, insista sa mère. Elles disent qu'elles viennent de nous et elles nous aiment comme… comme tu aimes ton berceau, celui qui est dans la cave.

– Comme nous aimons maman, renchérit Kenneth.

Howard hocha la tête avec ardeur.

– Et maintenant, elles te laissent le choix.

– Quel choix ? Elles sont en moi.

– Tu peux rester comme tu es ou te joindre à nous.

– Mais vous êtes comme moi, en ce moment.

Kenneth s'agenouilla devant elle.

– Nous aimerions te montrer comment c'est, comment nous sommes.

– On vous a fait un lavage de cerveau. Je veux rester vivante.

– Nous sommes encore plus vivants, avec elles, dit sa mère. Ma douce, elles ne nous ont pas fait un lavage de cerveau, elles nous ont convaincus. Nous avons traversé de très mauvais moments, au début, mais ce n'est plus nécessaire maintenant. Elles ne détruisent rien. Elles peuvent tout garder en elles, dans leur mémoire, mais c'est mieux qu'une mémoire...

– Parce que tu peux *te penser* dedans, et être là, comme c'était...

– Ou comme ce sera, ajouta Howard.

– Je ne sais toujours pas ce que vous voulez dire. Elles veulent que je leur donne mon corps ? Elles vont me changer, comme elles vous ont changés, comme elles ont changé la cité ?

– Quand on est avec elles, on n'a plus besoin de son corps, dit sa mère. (Suzy la regarda avec horreur.) Suzy, ma chérie, nous sommes passés par là. Nous savons.

– Vous êtes comme les dingues de Moon, dit-elle doucement. Tu m'as avertie que les types de Moon, ou d'autres sectes comme ça, essaieraient de me tromper. Maintenant, c'est toi qui essaies de me laver le cerveau. Vous me nourrissez, vous faites tout pour que je me sente bien et je ne sais même pas si vous êtes ma mère et mes frères.

– Tu peux rester comme tu es, si c'est ce que tu désires, dit Kenneth. Elles pensaient que tu aimerais savoir. C'est cela ou être seule et effrayée.

– Me laisseront-elles mon corps ? demanda-t-elle en levant la main.

– Si c'est ce que tu veux, dit sa mère.

– Je veux être un être vivant, pas un fantôme.

– Tu as pris ta décision ? demanda Kenneth.

– Oui, dit-elle fermement.

– Tu veux aussi nous quitter ?

Elle sentit de nouveau que ses larmes coulaient et tendit la main vers sa mère.

– Je ne sais plus où j'en suis. Tu ne me mentirais pas, hein ? Tu es *vraiment* ma mère, et toi Kenny, et toi Howard ?

Ils hochèrent la tête.

– Seulement améliorés, précisa Howard. Écoute, sœurette, je n'étais pas le type le plus intelligent du quartier, hein ? Bon cœur, oui, mais parfois, la tête comme un bloc de granit. Mais quand elles sont entrées en moi...

– *Elles,* qui est-ce ?

– Elles viennent de nous, expliqua Kenneth. Elles sont comme nos propres cellules, pas du tout comme une maladie.

– Ce sont des cellules ?

Elle pensa aux choses gélatineuses dont elle avait oublié le nom et qu'elle avait vues au microscope du collège. Cela l'épouvanta encore plus.

Howard hocha la tête.

– Des cellules intelligentes. Lorsqu'elles sont entrées en moi, je me suis senti tellement fort... en esprit. Je pouvais penser et me rappeler toutes sortes de choses et je me suis souvenu de trucs que je n'avais même pas vécus. C'était comme si je parlais au téléphone avec des millions et des millions de gens intelligents, tous amicaux, tous prêts à coopérer...

– Pour la plupart, dit Kenneth.

– Ah, oui, elles discutent parfois, et nous discutons aussi. Ce n'est pas du tout cuit. Mais personne ne déteste personne puisque nous sommes tous dupliqués des centaines de milliers de fois, peut-être des millions de fois. Tu sais, comme dans une photocopieuse. Dans tout le pays. Alors, si je mourais, ici, maintenant, il y en aurait des centaines d'autres qui se brancheraient sur moi, prêtes à *devenir* moi, et je ne mourrais pas. Je perdrais juste ce moi-là. Et je peux aussi me brancher sur quelqu'un d'autre et je peux être n'importe qui d'autre et ça devient impossible de mourir.

Suzy s'était arrêtée de manger. Elle cessa de tripoter sa nourriture avec sa fourchette et la posa.

– C'est trop difficile pour moi de décider tout de suite. Je veux savoir pourquoi je n'ai pas été malade.

– Laisse-les répondre, cette fois, dit sa mère. Écoute-les.

Elle ferma les yeux.

Des gens différents
Certains comme toi
Morts/désastre/fin
Mis de côté, conservés
Comme des parcs ces
Gens/toi
Apprendre.

Les mots ne se formaient pas seuls dans son esprit. Ils étaient accompagnés par une série claire et frappante de voyages visuels et sensuels, sur de grandes distances, mentales et physiques. Elle prit conscience des différences qui existaient entre l'intelligence des cellules et la sienne, des expériences différentes maintenant intégrées; elle effleura les formes et les pensées de gens absorbés dans les mémoires des cellules; elle sentit même que les souvenirs de ceux qui étaient morts avant d'avoir été absorbés étaient partiellement sauvés. Elle n'avait jamais senti/vu/goûté quelque chose d'aussi riche.

Suzy ouvrit les yeux. Elle n'était déjà plus la même. Quelque chose en elle avait été dépassé... cette partie d'elle-même qui la rendait lente. Elle n'était pas complètement lente, maintenant, pas d'un bout à l'autre d'elle-même.

– Tu vois comment c'est ? demanda Howard.
– Je vais réfléchir, dit-elle. (Elle repoussa sa chaise loin de la table.) Dites-leur de me laisser tranquille et de ne pas me rendre malade.
– Tu le leur as déjà dit, fit remarquer sa mère.
– J'ai seulement besoin de temps.
– Chérie, si tu veux, tu peux avoir *l'éternité*.

39

Bernard flotte dans son propre sang, ne sachant pas très bien avec qui il est en train de communiquer. L'information remonte le courant sanguin, apporté par des flagellés, des protozoaires adaptés, capables d'atteindre une grande vitesse, dans le sérum. Ses réponses repartent de la même manière ou sont simplement lancées dans le flot.

Tout est information, ou manque d'information.

« Combien de "moi" y a-t-il ? »

Ce nombre change sans cesse. Peut-être un million, en cet instant.

« Est-ce que je vais les rencontrer ? M'intégrer à eux ? »

Aucun amas n'a la capacité d'absorber l'expérience de tous les amas semblables. Cela est réservé aux amas de commandement. Toutes les informations n'ont pas la même utilité, à un moment donné.

« Mais aucune information ne se perd ? »

On perd toujours de l'information. Voilà la difficulté. Aucune structure totale d'amas n'est jamais perdue. Il y a toujours duplication.

« Où est-ce que je vais ? »

En définitive, au-dessus de la *musique du sang*. Vous êtes l'amas choisi pour être réintégré avec BERNARD.

« Je *suis* Bernard. »

Il y a beaucoup de BERNARD.

Peut-être un million d'autres, pensant comme il pensait à l'instant, se répandant au travers du sang et des tissus, pour être graduellement absorbés dans la hiérarchie noocyte. Un million de versions en train de changer, qui ne seront jamais réintégrées.

Vous allez rencontrer les amas de commandement. Vous allez expérimenter l'UNIVERS-PENSÉE.

« C'est beaucoup trop. Je suis de nouveau effrayé. »

EFFRAYÉ est impossible dans les réactions hormonales du Bernard qui est à macro-échelle. Êtes-vous réellement EFFRAYÉ ?

Il cherche les effets de la peur et ne les trouve pas.

« Non, mais je devrais l'être. »

Vous avez montré de l'intérêt pour la hiérarchie. Adaptez votre traitement à *************.**

Le message est incompréhensible pour un esprit humain, enchâssé qu'il est dans la bio-logique de l'amas de noocytes, mais l'amas comprend et se prépare à l'entrée de ce paquet de données spécifiques.

Comme les données arrivent – de gracieuses chaînes d'ARN enroulées et des protéines tordues et noueuses – il sent ses cellules les absorber et les incorporer. Il n'a aucun moyen de savoir combien de temps cela prend, mais il lui semble comprendre presque immédiatement ce que vivent les cellules qui foncent dans le capillaire. Il se nourrit des mémoires-expériences dont elles viennent de se dépouiller.

Pour la plupart, ce ne sont pas des noocytes matures mais des cellules somatiques normales, soit légèrement modifiées pour qu'elles n'interfèrent pas avec l'activité noocyte, soit des cellules serves aux fonctions limitées, spécifiées par une bio-logique simple. Certaines de ces cellules exécutent les ordres des amas de commandement, d'autres transportent la mémoire-expérience en bouquets hybridés ou polymérisés, d'un endroit à un autre. D'autres encore accomplissent les fonctions du nouveau corps que des cellules somatiques non adaptées ne peuvent assumer.

Encore plus bas dans la hiérarchie, se trouvent les bactéries apprivoisées, soigneusement façonnées pour accomplir une ou deux fonctions. Certaines de ces bactéries (il lui est impossible de leur appliquer des noms humains qu'il connaît) sont de petites usines qui inondent le sang des molécules nécessaires aux noocytes.

Tout en bas de l'échelle, il y a les virus phages, fabriqués spécialement, dont l'importance est loin d'être négligeable. Certaines de ces particules virus servent de transports ultra-rapides pour les informations cruciales, remorquées par des bactéries flagellées ou des lymphocytes amaigris; d'autres errent librement dans le sang, entourant les très grandes cellules comme des nuages de poussière. Si des cellules somatiques, des serves ou même des noocytes matures, ont quitté la hiérarchie – soit parce qu'elles se sont rebellées, soit parce qu'elles sont déréglées – les particules virus interviennent et leur injectent des paquets d'ARN disruptif. Les cellules incriminées explosent alors en projetant un nuage de virus mieux façonnés, et les débris sont nettoyés par différents éboueurs, noocytes ou serves.

Chaque type de cellule, originairement dans son corps – amie ou ennemie –, a été étudié par les noocytes et transformé en élément utile.

Délogez-vous de la paroi et suivez la piste de l'amas de commandement. Vous allez avoir un entretien.

Bernard sent son amas retourner dans le capillaire. Les parois se rétrécissent, l'obligeant à s'échelonner en une longue file; ses communications intercellulaires se réduisent au point de lui faire éprouver l'équivalent noocyte de la suffocation. Puis il traverse la paroi du capillaire et baigne dans le liquide interstitiel. La piste est très nette. Il peut « goûter » la présence de noocytes matures, en très grand nombre.

Il lui vient brusquement à l'idée qu'il est, en fait, encore bien près de son cerveau, peut-être même encore *dedans* et qu'il va rencontrer l'un des chercheurs qui ont découvert le monde à macro-échelle.

Il traverse une foule de cellules serves, de flagellés porteurs d'informations, de noocytes qui attendent des instructions.

On va me présenter au Grand lunaire, se dit-il. Cette idée et le gloussement mental qui l'accompagne passent presque immédiatement dans ses données d'expérience, sont extraits et récupérés en hâte par une cellule serve qui les porte à l'amas de commandement. Plus rapide encore, une réaction lui parvient.

BERNARD nous compare à un MONSTRE.

« Pas du tout. C'est moi le monstre, ici. Ou bien, c'est la situation qui est monstrueuse. »

Nous ne sommes pas près de comprendre les subtilités de votre pensée. Avez-vous trouvé le *chargement* instructif ?

« Jusqu'ici, très instructif. Et j'admets qu'ici, je me sens humble. »

Pas comme un amas suprême de commandement ?

« Non. Je ne suis pas un dieu. »

Nous ne comprenons pas DIEU.

L'amas de commandement était beaucoup plus grand qu'un amas normal de noocytes. Bernard estima qu'il comprenait au moins dix mille cellules, et avait une capacité de pensée en rapport avec ce nombre. Malgré sa difficulté à porter des jugements dans le royaume des noocytes, il avait, mentalement, l'impression d'être un nain.

« Avez-vous accès à mes souvenirs de H.G. Wells ? »

Silence. Puis.

Oui. Ils sont très vivaces pour des souvenirs qui ne sont pas d'expérience pure.

« Oui. Ils viennent d'un livre, c'est le codage d'une expérience imaginaire. »

Nous sommes au fait de la *fiction*.

« Je me sens comme Cavour dans *Les Premiers Hommes dans la lune.* Lorsqu'il parle avec le Grand lunaire. »

La comparaison est peut-être appropriée, mais nous ne la comprenons pas. Nous sommes très différents, BERNARD, bien plus différents que votre comparaison avec l'expérience imaginaire pourrait le laisser croire.

« Oui, mais comme Cavour, j'ai un millier de questions à poser. Peut-être ne souhaitez-vous pas répondre à toutes. »

Pour empêcher que vos compagnons HUMAINS apprennent notre pouvoir et essaient d'y mettre obstacle.

Le message était juste assez vague pour révéler à Bernard que l'amas de commandement était encore incapable d'appréhender totalement la réalité à macro-échelle.

« Êtes-vous en contact avec les noocytes d'Amérique du Nord ? »

Nous sommes conscients qu'il y a d'autres concentrations bien plus *puissantes*, et disposant de bien meilleures conditions.

« Et… ? »

Pas de réponse.

Alors, êtes-vous conscients que votre *espace clos* est en péril ?

« Non, quelle sorte de péril ? Vous voulez parler du labo ? »

***Le labo* est encerclé par vos compagnons en *relation hiérarchique incertaine*.**

« Je ne comprends pas. »

Ils souhaitent détruire *le labo* et probablement nous toutes.

« Comment avez-vous appris cela ? »

Nous pouvons recevoir des ÉMISSIONS À HAUTE FRÉQUENCE dans plusieurs LANGAGES *codages*. Pouvez-vous mettre fin à ces tentatives ? Occupez-vous une position INFLUENTE dans la hiérarchie ?

Bernard essaie de comprendre leur requête.

Nous avons les ÉMISSIONS en mémoire.

« Alors, faites-les-moi entendre. »

Il peut goûter le passage d'un flagellé qui croise le messager de l'amas de commandement et revient portant un paquet de données. L'amas de Bernard les absorbe.

Il « écoute » les émissions, maintenant en mémoire. Elles ne sont pas de très bonne qualité, et pour la plupart en allemand, langue qu'il connaît mal; suffisamment cependant pour comprendre pourquoi Paulsen-Fuchs avait l'air de pire en pire, dernièrement.

Les installations de Pharmek sont encerclées par des campements de contestataires. De là à l'aéroport, la campagne en est constellée; leur nombre s'élève peut-être à un demi-million, et chaque jour, il en arrive d'autres en autocar, en voitures particulières ou à pied. L'armée et la police n'osent pas les disperser; l'état d'esprit de l'opinion publique est très mauvais dans toute l'Allemagne de l'Ouest et dans la plus grande partie de l'Europe.

« Je ne peux rien faire pour les arrêter. »

La PERSUASION ?

Un autre gloussement intérieur.

« Non, c'est moi qu'ils veulent détruire. Ainsi que vous. »

Vous avez beaucoup moins d'influence dans votre royaume que nous ici.

« Oh, oui, bien sûr. »

Durant un long moment, aucun message ne lui parvient de l'amas de commandement.

Il nous reste moins de temps que prévu. Maintenant, nous allons vous transférer.

Il sent un subtil changement dans la voix tandis que des flagellés l'éloignent de l'amas de commandement. Suivre. Il s'aperçoit qu'un groupe de cellules s'est détaché de l'amas de commandement. Elles communiquent avec lui et leur voix lui semble curieusement familière, plus directe et plus facilement compréhensible.

« Qui me guide ? »

La réponse est chimique. Une chaîne d'identification et, brusquement, il sait qu'il est guidé par quatre amas de lymphocytes-B primitifs, les premières versions de noocytes. On a concédé une place aux lymphocytes-B primitifs dans la plupart des amas de commandement et on les traite avec un grand respect; ce sont des précurseurs, même si leurs activités sont limitées. Ils sont primitifs dans les deux sens du mot; leur conception et leurs fonctions sont moins sophistiquées que celles des noocytes récemment créés, et ce sont les ancêtres de tous.

Vous pouvez pénétrer dans l'UNIVERS-PENSÉE.

Les voix montent et s'affaiblissent comme une mauvaise liaison téléphonique. Elles sont hachées, incomplètes.

La sensation d'être dans un amas de noocytes a brusquement cessé. Maintenant Bernard n'était ni incrusté ni rapetissé à l'échelle noocyte. Ses pensées *étaient,* tout simplement, et l'endroit où elles *étaient* avait une beauté insupportable.

Si c'était une extension dans l'espace, elle était illusoire. Les dimensions semblaient déterminées par le sujet; l'information utile à sa pensée courante était toute proche, d'autres sujets étaient plus éloignés. L'impression générale était celle d'une vaste bibliothèque sur plusieurs niveaux, disposée en sphère autour de lui. Il partageait le centre avec une autre présence.

Humains, forme humaine, dit la présence.

Un tourbillon d'informations enveloppa Bernard, lui donnant des bras, des jambes, un corps et un visage. À côté de lui, apparemment installée dans une chaise longue, une image vaporeuse de Vergil Ulam. Il souriait, sans passion ni conviction.

– Je suis votre Vergil cellulaire. Bienvenue dans le cercle intérieur des amas de commandement.

– Vous êtes mort, dit Bernard d'une voix qui n'était qu'une approximation imparfaite.

– À ce que je sais.

– Où sommes-nous ?

– En traduisant grossièrement la chaîne descriptive noocyte, nous sommes dans l'Univers-Pensée. J'appelle cela une noosphère. Ici, tout ce que nous vivons est engendré par la pensée. Nous pouvons être tout ce que nous voulons, apprendre ou penser tout ce que nous désirons. Nous ne sommes pas limités par le manque d'expérience ou de connaissance; tout peut nous être fourni. Quand je ne suis pas utilisé par les amas de commandement, je passe la plus grande partie de mon temps ici.

Un dodécaèdre de granit, les bords décorés de barreaux d'or, se forma entre eux. Il roula ici et là durant un moment puis s'adressa à la forme pâle et translucide de Vergil. Bernard ne comprit pas la communication. Le dodécaèdre s'évanouit.

– Nous prenons tous des formes caractéristiques, ici, et la plupart de nous y ajoutent des textures, des détails. Les noocytes n'ont pas de nom, monsieur Bernard; les cellules ont des séquences d'acides aminés d'identification, choisies par des codons parmi les introns d'ARN ribosomique. Des sons compliqués, mais bien plus simples qu'une empreinte digitale. Dans la noosphère, tous les chercheurs actifs doivent avoir des symboles d'identification définis.

Bernard essaya de trouver des traces du Vergil Ulam qu'il avait rencontré et dont il avait serré la main. Il n'y en avait guère, apparemment. Même sa voix n'avait plus cet accent et ce léger halètement dont il se souvenait.

– Il n'y a pas grand-chose de vous ici, n'est-ce pas ?

Le fantôme de Vergil hocha la tête.

– Rien de moi n'a été traduit sur le plan noocyte avant que mes cellules vous contaminent. J'espère qu'il y a un meilleur enregistrement quelque part. Celui-ci n'est guère à la hauteur. Je ne suis présent que pour un tiers environ. Tiers qui est, cependant, chéri et protégé. Une ombre d'ancêtre honoré, un vague souvenir du créateur.

Sa voix montait et s'affaiblissait, omettant certaines syllabes ou glissant dessus. L'image bougeait avec économie.

– Mon espoir, c'est qu'elles se mettent en liaison avec les noocytes de chez moi et trouvent plus de données à mon sujet. Que je ne sois plus simplement un vase brisé.

L'image devint encore plus évanescente.

– Il faut que je parte maintenant. Des suppléments arrivent. Une partie de moi reste toujours ici; vous et moi, nous sommes les modèles. Je suppose que maintenant, vous avez la préséance.

Bernard était seul dans la noosphère, environné

d'options dont il savait à peine tirer profit. Il tendit la main vers l'information qui l'entourait. Elle ondulait, vagues de lumières qui s'étendaient du nadir au zénith. Les informations échangeaient des priorités et des souvenirs qui s'empilaient autour de lui comme des tours, formées de cartes, dont chacune était représentée par une ligne de lumière.

Les lignes se défirent en cascades.

Il avait été pensé.

– C'est seulement un jour comme un autre pour moi, n'est-ce pas ?

Nadia se retourna et posa gracieusement le pied sur l'escalier mécanique de la salle du tribunal.

– Pas un des plus agréables, dit-il.

Ils descendaient.

– Oui, un jour comme un autre.

Elle sentait la rose-thé, et quelque chose d'autre, de calme et de propre. Elle avait toujours paru belle à ses yeux, et sans doute à ceux des autres; petite, mince, brune, elle n'attirait pas tout de suite les regards, mais quelques secondes seul avec elle dans une pièce, et l'on ne gardait plus le moindre doute. La plupart des hommes rêvaient de passer ainsi des heures, des jours, des mois.

Mais pas des années. Nadia s'ennuyait vite, même avec Michael Bernard.

– De retour au travail, alors, dit-elle à mi-étage. Encore des interviews.

Il ne répondit pas. Lorsqu'elle s'ennuyait, Nadia devenait harcelante.

– Eh bien, te voilà débarrassé de moi, dit-elle une fois arrivée en bas. Et moi, de toi.

– Je ne serai jamais débarrassé de toi. Tu as représenté quelque chose d'important dans ma vie.

Elle pivota sur ses hauts talons et lui présenta

le dos d'un tailleur bleu parfaitement coupé. Il la prit par le bras, un peu brutalement, et l'obligea à lui faire face.

– Tu étais ma dernière chance d'être normal. Je n'aimerai jamais une autre femme comme je t'ai aimée. Tu as presque réussi. J'aimerai encore des femmes mais je ne me fierai plus à elles. Je ne serai plus jamais naïf avec elles.

– Tu racontes n'importe quoi, Michael, dit Nadia, les lèvres pincées sur son nom. Lâche-moi.

– Pas si bête. Tu as obtenu un million et demi de dollars. Donne-moi quelque chose en contrepartie.

– Va te faire voir.

– Tu n'aimes pas les scènes, n'est-ce pas ?

– Lâche-moi.

– Toujours froide et digne. Je n'aurais rien contre un petit quelque chose, si tu es d'accord. Faisons une sorte de marché.

– Salaud !

Il se mit à trembler et la gifla.

– Pour la dernière de mes naïvetés. Pour ces trois années, dont la première fut merveilleuse. Pour la troisième, qui fut un supplice de premier ordre.

– Je te tuerai. Personne...

Il lui fit un croc-en-jambe. Elle tomba sur le derrière en poussant un cri perçant. Les jambes étalées, les mains écartées, les bras raides, elle leva les yeux vers lui; ses lèvres se tordaient.

– Tu es...

– Une brute. D'une brutalité calme, froide, rationnelle. Ce n'est pas très différent de ce que tu m'as fait subir. Sauf que toi, tu n'utilisais pas la force physique. Tu te contentais de la provoquer.

– Tais-toi.

Elle lui tendit la main et il l'aida à se relever.

– Je suis désolé, dit-il.

Pas une fois, au cours des trois années qu'ils avaient passées ensemble, il ne l'avait frappée. Il aurait voulu mourir.

– Quelle foutaise. Tu es tout à fait comme je l'ai dit, espèce de salaud. Un misérable *petit garçon.*

– Je suis désolé, répéta-t-il.

Les gens attroupés dans le hall les regardaient avec des murmures de désapprobation. Dieu merci, il n'y avait pas de journalistes.

– Va t'amuser avec tes jouets. Tes scalpels, tes infirmières, tes *malades.* Va ruiner leur vie et *ne t'approche jamais plus de moi.*

Un souvenir plus ancien.

– Père.

Il était debout à côté du lit; le renversement des rôles le mettait mal à l'aise; être le visiteur, et non plus le médecin. La chambre sentait le désinfectant, et quelque chose d'autre qui essayait de couvrir cette odeur; un parfum de rose-thé, ou une autre senteur aussi douce; ça lui rappelait la morgue. Il cligna des yeux et prit la main de son père dans les siennes.

Le vieil homme (il avait l'air vieux, usé par la vie, et il *l'était*) ouvrit les yeux et battit des paupières. Sa peau et ses yeux étaient jaune moutarde. Il se mourait d'un cancer du foie et toutes ses fonctions flanchaient l'une après l'autre. Il n'avait pas réclamé de mesures extraordinaires et Bernard avait demandé à ses hommes d'affaires de s'arranger avec la direction de l'hôpital pour que les désirs de son père soient réellement pris en considération. (Voulait-il que son père meure ? Désirait-il s'assurer qu'il mourrait rapidement ? Bien sûr que non. Voulait-il qu'il vive éternellement ? Oui. Oh, oui. Car dans ce cas, lui non plus ne mourrait pas.)

Toutes les deux heures, on lui administrait un analgésique puissant, une formule nouvelle du cocktail de Brompton qui était à la mode lorsque Bernard avait entamé sa carrière.

– Père, c'est Michael.

– Oui. J'ai toute ma tête. Je te reconnais.

– Ursula et Gerald t'embrassent.

– Je les embrasse aussi.

– Comment te sens-tu ? (Comme un mourant, espèce d'idiot.)

– Je suis devenu un camé, Mike.

– Oui, je sais.

– Il faut que je te parle.

– À quel sujet, père ?

– Ta mère. Pourquoi n'est-elle pas là ?

– Maman est morte, père.

– Oui. Je le sais. J'ai toute ma tête. C'est seulement... et, remarque bien, je ne me plains pas; c'est seulement parce que... ça fait mal. (Il prit la main de Bernard et l'étreignit aussi fort qu'il le pouvait... une étreinte pitoyablement faible.) Quel est le diagnostic, mon garçon ?

– Tu le sais, père.

– Tu ne peux pas transférer mon cerveau ailleurs ?

Bernard sourit.

– Pas encore. Nous y travaillons.

– Vous ne trouverez pas assez vite, j'en ai bien peur.

– Probablement.

– Ursula et toi... ça se passe bien ?

– Nous nous arrangeons à l'amiable, père.

– Et comment Gerald prend-il cela ?

– Mal. Il boude.

– Une fois, j'ai failli divorcer d'avec ta mère.

Bernard, les sourcils froncés, scruta le visage de son père.

– Ah, bon ?

– Elle m'avait trompé. Cela m'avait rendu furieux. Cela m'a, aussi, appris pas mal de choses. Je n'ai pas divorcé.

Bernard n'avait jamais entendu parler de cette crise.

– Tu sais, peut-être qu'avec Ursula…

– C'est fichu, père. Nous nous sommes *mutuellement* trompés, et de mon côté c'est devenu passablement sérieux.

– On ne peut pas posséder une femme, Mike. Ce sont de merveilleuses compagnes, mais on ne peut pas les posséder.

– Je sais.

– Vraiment ? Peut-être. J'ai cru, lorsque j'ai découvert que ta mère avait un amant, j'ai cru que j'allais mourir. Ça m'a fait presque aussi mal que maintenant. Je croyais qu'elle était à moi.

Bernard aurait bien voulu que la conversation prenne un autre tour.

– Gerald a l'air de s'en moquer, d'être pensionnaire pendant un an, dit-il.

– Mais je ne la possédais pas. Je ne faisais que la partager. Même si une femme n'a pas d'autre amant que toi, tu la partages. Elle te partage. Toutes ces histoires de fidélité, c'est de la frime. C'est un masque, Mike. C'est ta conduite qui compte. Ce que tu fais, jusqu'à quel point tu le fais bien, avec quelle ténacité.

– Oui, père.

– Écoute.

Les yeux de son père s'ouvrirent tout grands.

– Quoi ? demanda Bernard en lui prenant de nouveau la main.

– Après cela, nous sommes restés ensemble pendant trente ans.

– Je n'en ai jamais rien su.

– Tu n'avais pas besoin de le savoir. C'était moi qui devais le savoir, l'accepter. Je n'ai pas que cela sur le cœur. Mike, tu te rappelles le chalet ? Il y a une pile de papiers dans la soupente, sous la couchette.

Ils avaient vendu le chalet, dans le Maine, dix ans auparavant.

– J'ai pas mal écrit, poursuivit son père après avoir dégluti péniblement. (Son visage se rida et il fit une moue amère.) Sur les années où je pratiquais la médecine.

Bernard savait où étaient les papiers. Il les avait récupérés et les avait lus pendant son internat. Ils étaient maintenant dans un classeur de son cabinet, à Atlanta.

– Je les ai, père.

– Bien. Tu les as lus ?

– Oui.

Et ce fut très important pour moi, père. Ça m'a aidé à choisir ce que je voulais faire en neurochirurgie, la direction que je voulais prendre... Dis-le-lui, dis-le-lui !

– Bon. Mike, je l'ai toujours su.

– Quoi ?

– Que tu nous aimais. Mais tu n'es pas très démonstratif, n'est-ce pas ? Tu ne l'as jamais été.

– Je t'aime. Et j'aimais maman.

– Elle le savait. Quand elle est morte, elle n'était pas malheureuse. Bon. (Il fit de nouveau une grimace.) Il faut que je dorme, maintenant. Tu es sûr que tu ne peux pas me trouver un corps jeune et sain ?

Bernard hocha la tête. *Dis-le-lui.*

– Les papiers, ils m'ont beaucoup aidé, père. Papa.

Il ne l'avait pas appelé papa depuis l'âge de treize ans. Mais le vieil homme (si vieux) ne l'entendit pas. Il dormait. Bernard prit son manteau et son sac de voyage et sortit. Il passa par le bureau de l'infirmière pour demander – par habitude – à quelle heure on lui donnerait la prochaine dose de calmant.

Son père mourut seul à 3 heures du matin, dans son sommeil.

Et en remontant plus haut...

Olivia Ferguson, la douce et merveilleuse fille de dix-huit ans (comme lui) dont le prénom semblait célébrer la couleur de la peau, et dont la somptueuse chevelure brune s'étalait sur l'appuitête de la Corvette, tourna vers lui ses grands yeux verts et sourit. Il la regarda et sourit aussi. C'était la plus belle soirée du monde, tout était *bien*; c'était la troisième fois qu'il sortait avec une fille. Chose stupéfiante, il était vierge, mais ce soir, cela n'avait pas d'importance. Il l'avait invitée à l'ombre du beffroi du campus de l'université de Berkeley; elle était près d'un des deux ours de bronze et elle l'avait regardé avec une sympathie véritable.

– Je suis fiancée. Je veux dire que ça ne peut pas être quelque chose de...

Désappointé, mais toujours prêt à se montrer galant, il avait dit :

– Eh bien, ce sera juste une agréable soirée. Deux personnes en ville. Des amis.

Il la connaissait à peine; ils suivaient le même cours de littérature. C'était la plus jolie fille de la classe, grande et posée, silencieuse, assurée, et pourtant pas distante du tout. Elle avait souri et dit :

– D'accord.

Le vent soufflait dans ses cheveux sans les décoiffer – une chevelure merveilleuse, prodigieuse; en théorie, ce devait être délicieux d'y passer la main, de les caresser. Ils avaient bavardé depuis qu'il était passé la prendre chez elle, à l'appartement qu'elle partageait avec deux femmes, près du vieil hôtel Clairemont, tout blanc. Ils avaient traversé le Golden Gate pour aller à Marin, manger au Klamshak, un petit restaurant de fruits de mer, et là ils avaient parlé... des cours, de leurs projets, de ce que cela faisait d'être fiancé. (Il n'en savait rien et ne se donna pas la peine de jouer au blasé.) Tous deux furent d'accord pour dire que la cuisine était bonne mais que le décor n'avait rien d'original... des flotteurs de liège et des filets pleins de homards en plastique sur les murs, un poisson-lune séché à l'air exténué, et un vieux doris percé, posé sur du sable parsemé de coquillages. Pas une fois, il ne se sentit maladroit, ni trop jeune, ni même inexpérimenté.

Tout en retraversant le pont il réfléchissait : si les circonstances avaient été autres, nous serions tombés amoureux l'un de l'autre. Je suis sûr que nous nous serions mariés, dans quelques années. Elle est sensationnelle... et je ne vais rien tenter. L'émotion qu'il en tira était triste, romantique, et absolument merveilleuse.

Il sentit que s'il insistait, elle monterait probablement chez lui et ils feraient l'amour.

Bien qu'il méprisât et détestât le fait d'être vierge, il ne ferait pas pression sur elle. Il ne lui ferait même aucune proposition. C'était trop parfait.

Ils restèrent assis dans la voiture, devant la vieille demeure aménagée où elle logeait, et discutèrent de Kennedy, riant de leurs peurs durant la crise des missiles, et puis ils se prirent les mains et se contentèrent de se regarder.

– Tu sais, dit-il calmement, il y a des fois où...

Il s'interrompit.

– Merci. Je m'étais dit que ce serait bien de sortir avec toi. Tu sais, la plupart des hommes…

– Oui. Eh bien, je suis comme ça. (Il sourit.) Anodin.

– Oh, non. Pas anodin. Pas le moins du monde.

Ce fut le moment décisif. Cela pouvait tourner d'une manière ou d'une autre. Il jeta un regard sur son corps couleur d'olive et sut qu'il était parfait de douceur et de jeunesse. Il sut aussi qu'elle était prête à monter chez lui.

– Tu es un romantique, non ?

– Je pense que oui.

– Moi aussi, je le suis. Les gens les plus idiots sont toujours romantiques.

Il sentit la chaleur envahir son visage et son cou.

– J'aime les femmes, dit-il. J'aime la manière dont elles parlent, dont elles bougent. C'est un enchantement. (Il allait s'épancher et le regretter plus tard, mais ce qu'il sentait était trop vrai et indéniable, surtout après cette soirée.) Je pense que la plupart des hommes devraient sentir qu'une femme c'est comme… quelque chose de sacré. Pas sur un piédestal, et ce genre de trucs, non. Mais seulement trop beau pour qu'on en parle. Être aimé par une femme, et… Ça serait tout simplement incroyable.

Olivia regarda à travers le pare-brise, un demi-sourire sur les lèvres. Puis elle baissa les yeux sur son sac et lissa de la main sa robe bleue, qui descendait à mi-mollet.

– Ça t'arrivera un jour, dit-elle.

– Oui, bien sûr.

Il hocha la tête. Mais pas avec elle.

– Merci, dit-elle de nouveau.

Il lui prit la main puis, de l'autre, lui caressa la joue. Elle se frotta contre, comme un chaton, et tira d'un coup sec sur la poignée.

– On se reverra au cours.

Ils ne s'étaient même pas embrassés.

Que m'est-il arrivé depuis ? Trois épouses... la troisième parce qu'elle ressemblait à Olivia... et cette distance, cette séparation. J'ai perdu trop de mes illusions.

Des options existent.

« Je ne comprends pas. »

Que souhaiteriez-vous réviser ?

« Si vous voulez dire, revenir en arrière, je ne vois pas comment. »

Tout est possible, ici, dans l'UNIVERS-PENSÉE. Des simulations. Des reconstitutions à partir de votre mémoire.

« Je pourrais mener une autre vie ? »

Quand le temps sera venu.

« Avec la vraie Olivia ? Elle... où était-elle, est-elle ? »

Nous l'ignorons.

« Alors, j'aime mieux pas. Les rêves ne m'intéressent pas. »

Il y a encore d'autres souvenirs en vous.

« Oui. »

Où s'intégraient-ils, d'où venaient-ils ?

Randall Bernard, vingt-quatre ans, avait épousé Tiffany Marnier le dix-sept novembre 1943 dans une petite église de Kansas City. Elle avait une robe blanche, en dentelle et en soie filetée d'argent, que sa mère avait portée à son propre mariage; elle n'avait pas mis de voile et les fleurs, c'étaient des roses d'un rouge sang. Ils avaient...

Ils burent, alternativement, à petites gorgées, la coupe de vin; échangèrent les promesses et partagèrent un morceau de pain. Le pasteur, un théosophe qui, à la fin des années quarante, serait védantiste, les déclara égaux aux yeux de Dieu et unis, désormais, par l'amour et le respect mutuel.

Le souvenir était camaïeu, comme une vieille photo, et les détails n'étaient pas bien nets. Mais le souvenir était là; il n'était même pas né et il les voyait; puis il fut témoin de leur nuit de noces et s'émerveilla de ce qu'il entrevit de sa propre création; s'émerveilla de voir que si peu de chose avaient changé, entre l'homme et la femme; il s'émerveilla aussi du tempérament passionné et du plaisir de sa mère, ainsi que de la compétence précise, savante, médicale de son père, praticien jusque sur sa couche conjugale...

Son père partit pour la guerre et servit en Europe; il franchit les Ardennes avec la Troisième armée de Patton, traversa le Rhin près de Coblence – cent kilomètres en trois jours – et son fils regarda ce qu'il n'avait sûrement pas pu voir. Et puis, ce que son père n'avait peut-être pas pu voir.

Un soldat en bandes molletières pénétrant dans le vestibule sombre, humide et froid d'un bordel parisien; ce n'était pas son père, ni quelqu'un qu'il connaissait...

L'image brouillée, mais aux contours nets, d'une femme berçant un enfant dans la lumière solaire orange qui filtrait par une vitre de mica...

Un homme pêchant avec des cormorans dans une rivière, aux heures grises de l'aube...

Un enfant regardant, du grenier d'une grange, des hommes en cercle, dans la cour, en train d'abattre un énorme bouvillon noir et blanc aux yeux fous...

Des hommes et des femmes ôtant leurs longues robes blanches et nageant dans une rivière boueuse, entre des promontoires de pierre rouge...

Un homme, sur une falaise, un arc en corne à la main, guettant un troupeau d'antilopes dans une plaine herbue et voilée par la brume...

Une femme accouchant dans un souterrain sombre, éclairé par des chandelles de suif, entourée de visages maculés et anxieux...

Deux vieillards se disputant à propos de balles de terre glaise, gravées en creux, au centre d'un cercle tracé dans le sable...

« Je ne me souviens pas de cela. Ce ne sont pas mes souvenirs, je n'ai pas vécu cela... »

Il se libéra du flot d'informations. Il tendit les deux mains vers les cercles rougeoyants au-dessus de sa tête, si chauds, si attirants.

« D'où viennent-ils ? »

Il toucha les cercles et sentit la réponse dans son corps aux centaines de cellules.

La totalité de la mémoire ne vient pas de la vie d'un individu.

« D'où, alors ? »

La mémoire est emmagasinée dans les neurones... la mémoire interactive, transportée en charge et en potentiel, puis chargée chimiquement dans les cellules, et pour finir, au niveau moléculaire. Emmagasinée dans les introns des cellules individuelles.

L'aperçu était presque déchirant, par son intensité et son intégralité.

La mémoire moléculaire, transcrite à partir de l'intron, est implantée dans les bactéries symbiotiques et les virus de transfert – présents naturellement chez tous les animaux et spécifiques à chaque espèce. Bactéries et virus sortent de l'individu et passent à un autre, l'« infectent », transfèrent la mémoire à ses cellules somatiques. Certains des souvenirs reviennent alors au statut de mise en réserve chimique et d'autres, peu nombreux, retournent à la mémoire active.

« D'une génération à l'autre ? »

D'un millénaire à l'autre.

« Les introns ne sont pas des séquences de bric et de broc... »

Non. Ce sont des réserves de mémoires extrêmement condensées.

Vergil Ulam n'avait pas créé des bio-logiques dans les cellules à partir de rien. Il avait découvert par hasard une fonction naturelle – le transfert de la mémoire raciale. Il avait modifié un système déjà existant.

« Je m'en moque ! Je ne veux plus de révélations. Je ne veux plus d'aperçus. J'en ai eu suffisamment. Que m'est-il arrivé ? Que suis-je devenu ? À quoi peut servir une révélation lorsqu'on la gaspille en la livrant à un imbécile ? »

Il était de retour dans le cadre de l'Univers-Pensée. Il regarda autour de lui les images, les sources symboliques des différentes branches de l'information, puis les anneaux au-dessus de sa tête. Leur lueur était verte, maintenant.

Vous êtes AFFLIGÉ. Touchez-les.

Il leva la main et les toucha de nouveau.

Brusquement, il se déploya dans l'interface et commença à s'intégrer avec le Bernard à macro-échelle; remonta le tunnel de la dissociation et plongea dans l'obscurité tiède du labo. C'était la nuit... ou du moins, c'était l'heure de dormir.

Il était couché sur son lit, et à peine capable de bouger.

Nous ne pouvons pas maintenir plus longtemps la forme de votre corps.

« Quoi ? »

Dans deux jours, vous serez rappelé de nouveau dans notre royaume. Il faut que d'ici là tout votre travail à macro-échelle soit terminé.

« Non... »

Nous n'avons plus le choix. Nous avons attendu le plus longtemps possible. Nous sommes obligés de vous transférer.

– Non ! Je ne suis pas prêt ! C'est trop !

Il s'aperçut qu'il était en train de crier et mit les mains sur sa bouche.

Il s'assit au bord de sa couche; la sueur coulait sur son visage que les stries rendaient grotesque.

40

– Tu vas partir de nouveau ? T'en aller ?

Suzy se cramponnait à la main de Kenneth. Il s'arrêta devant l'ascenseur. La porte s'ouvrit.

– Tu sais, c'est pénible de redevenir humain, dit-il. On se sent seul. Alors, nous retournons là-bas.

– Seul ? Et moi, comment je me sens ? Tu seras mort de nouveau.

– Pas mort, Sauvageonne. Tu le sais.

– C'est tout comme.

– Tu peux nous rejoindre, si tu veux.

Suzy se mit à trembler.

– Kenny, j'ai *peur*.

– Écoute. Elles t'ont laissée tranquille, comme tu l'avais demandé. Bien que je ne voie pas ce que tu peux bien faire, là, dehors. La ville n'est plus faite pour les gens. On te nourrira, tu ne vivras pas trop mal, mais... Suzy, tout est en train de changer. La cité va changer encore plus. Tu vas les gêner... mais elles ne te feront pas de mal. Si tu le veux, elles te garderont à part, comme un parc national.

– Viens avec moi, Kenny. Toi, et Howard, et maman, nous pourrions retourner...

– Brooklyn n'existe plus.

– Seigneur, tu es comme un fantôme ou quelque chose comme ça, je ne peux pas te faire entendre raison.

Kenny lui montra l'ascenseur du doigt.
– Sauvageonne...
– Arrête de m'appeler comme ça, bon sang ! Je suis ta sœur, espèce de saligaud ! Tu vas me laisser là...
– C'est toi qui le veux, Suzy, dit-il calmement.
– Ou faire de moi un zombie.
– Tu sais que nous ne sommes pas des zombies, Suzy. Tu as senti ce que nous sommes, ce qu'elles pourraient faire de toi.
– Mais, je ne serais plus *moi !*
– Arrête de pleurnicher. Tout le monde change.
– Pas comme ça !
Kenneth eut l'air peiné.
– Tu n'es plus la petite fille que tu as été. Avais-tu peur de grandir ?
Elle le regarda fixement.
– Je suis toujours une petite fille. Je suis lente. Tout le monde le dit.
– Avais-tu peur de ne pas rester un bébé ? Voilà la différence. Tous les autres sont condamnés à rester des bébés. Pas nous. Tu peux, aussi, devenir adulte.
– Non. (Suzy tourna le dos à l'ascenseur.) Je vais retourner parler à maman.
Kenneth la prit par le bras.
– Il n'y a plus personne là-bas. C'est une rude épreuve d'être refaçonné comme ça.
Suzy le regarda bouche bée puis entra en courant dans l'ascenseur et se blottit contre le mur du fond.
– Tu descends avec moi ? demanda-t-elle.
– Non. Je rentre. Nous t'aimons toujours, Sauvageonne. Nous veillerons sur toi. Tu auras plus de mères, de frères et d'amis que tu n'en as jamais eu. Peut-être qu'un jour, tu accepteras que nous soyons avec toi.
– Tu veux dire, à l'intérieur de mon corps, comme elles ?

Kenneth hocha la tête.

– Nous ne serons jamais loin de toi. Mais nous n'allons pas reconstruire à nouveau nos corps pour toi.

– Je veux m'en aller, maintenant.

– Descends, alors. (Les portes de l'ascenseur commencèrent à se fermer.) Au revoir, Suzy. Fais attention à toi.

– KennnNETHHH !

Mais les portes s'étaient fermées et la cabine descendait. Elle resta immobile et passa ses doigts dans ses longs, longs cheveux blonds.

La porte s'ouvrit.

Le hall était un tissage d'arches grises, qui avaient l'air substantielles et soutenaient la masse de la tour. Elle s'imagina – ou peut-être se souvint de ce qu'ils lui avaient montré – que la cage de l'ascenseur et le niveau du restaurant étaient tout ce qui restait de la tour, laissés spécialement pour elle.

Où aller ?

Elle fit un pas sur le plancher gris moucheté de rouge... ce n'était ni une moquette ni du ciment, mais quelque chose d'un peu élastique, comme du liège. Une tenture blanc et marron – la dernière qu'elle vit – descendit sur la porte de l'ascenseur et la scella avec un sifflement.

Suzy traversa les toiles des arches en marchant sur les bosses cylindriques du sol rouge et gris, sortit de l'ombre de la tour métamorphosée et s'arrêta dans la lumière du soleil à demi voilé par les nuages.

Il ne restait plus que la tour nord. L'autre avait été démantelée. World Trade Center n'était plus qu'une unique flèche élégante, lisse et d'un gris luisant à certains niveaux, rugueuse et tachetée de noir à d'autres; un soupçon de toile, en lacis, commençait à pousser à travers la substance qui la recouvrait.

De la place transformée, couverte jusqu'au bord de l'eau d'éventails plumeux qui ressemblaient à des arbres, il n'y avait rien qui mesurât plus de cinq mètres de haut.

Elle marcha entre les éventails, qui ondulaient doucement sur leurs troncs d'un rouge brillant, jusqu'à la rive.

L'eau était une matière solide, gélatineuse, d'un gris verdâtre, dépourvue de vagues, aussi lisse que du verre et tout aussi brillante. Suzy aperçut les pyramides et les sphères irrégulières de Jersey City, pareilles à une accumulation particulièrement étrange de cubes et de jouets d'enfants; le reflet à la surface de la rivière solide était net et parfait.

Le vent soufflait agréablement. Il aurait dû être froid, ou tout au moins frais, mais l'air était tiède. Déjà, sa poitrine lui faisait mal de sanglots retenus.

– Maman, dit-elle. C'est parce que je veux être ce que je suis. Rien de plus. Rien de moins.

Rien de plus ? Suzy, c'est un mensonge.

Elle demeura longtemps, debout au bord de la rivière, puis elle fit demi-tour et commença sa randonnée dans Manhattan.

41

L'environnement ridicule dans lequel il avait vécu pendant tant de semaines lui paraissait moins vrai que l'autre réalité.

Il abattait peu de travail, maintenant. Il restait couché sur le lit, le clavier sous le bras, à penser et à attendre. Il savait qu'à l'extérieur la tension montait. Il en était le centre.

Paulsen-Fuchs ne pouvait empêcher deux millions de personnes de parvenir jusqu'à lui, de le détruire, ainsi que le labo. (Des villageois portant des torches; il était à la fois le Dr Frankenstein et le monstre. Des villageois ignorants et effrayés qui accomplissaient la volonté de Dieu.)

Dans son sang, dans sa chair, il portait une partie de Vergil I. Ulam, une partie de son père et de sa mère, et d'autres personnes qu'il n'avait pas connues, des gens qui étaient peut-être morts depuis des milliers d'années. À l'intérieur, il y avait des millions de doubles de lui, plongeant plus profondément dans le monde des noocytes, découvrant des strates et des strates d'univers dans les bio-logiques anciens, nouveaux et potentiels.

Et cependant... où était la police d'assurance, la garantie qu'on ne le trompait pas ? Et si elles étaient simplement en train de fabriquer des faux rêves pour le rendre passif, pour le droguer en vue de la métamorphose ? Et si leurs explications étaient de belles phrases enrobées de sucre qui avaient pour but de le rassurer ? Il n'avait aucune preuve que les noocytes mentaient... mais comment affirmer que quelque chose d'aussi étranger mentait, ou même que le concept « mensonge » lui était accessible ?

(Olivia. Elle avait rompu ses fiançailles deux mois après leur unique rendez-vous, avait-il appris bien plus tard. Le dernier jour des cours, ils avaient échangé un sourire... et étaient partis chacun de leur côté. Il avait été... quoi ? Timide ? Stupide ? Trop romantique, trop amoureux de cette unique et charmante soirée à la Pétrarque ? Où était-elle... dans la biomasse d'Amérique du Nord ?)

Et même s'il acceptait ce qu'elles lui avaient dit, elles ne lui avaient certainement pas tout dit. Il restait encore un million de questions, dont certaines étaient oiseuses, d'autres cruciales.

Les amas de commandement… les chercheurs… personne ne lui répondait plus.

En Amérique du Nord… qu'était-il advenu des êtres *malfaisants* dont les souvenirs étaient conservés par les noocytes ? Bien sûr, ils étaient exclus du monde dans lequel ils avaient été *malfaisants,* tout aussi efficacement que s'ils étaient en prison… plus exclus encore. Mais être *malfaisant* cela sous-entendait, penser *de travers*; être *mauvais,* c'était être une cellule cancéreuse dans la société, un bousilleur dangereux et imprévisible, et il ne pensait pas qu'aux meurtriers armés de haches. Il pensait aux politiciens trop ambitieux ou trop aveuglés pour prendre conscience de ce qu'ils faisaient, aux escrocs en col blanc qui dévoraient les économies de milliers d'actionnaires, aux mères et aux pères trop stupides pour savoir qu'on ne doit pas battre ses enfants à mort. Qu'était-il arrivé à ces gens-là et aux millions de bousilleurs *malfaisants* de la société humaine ?

Les hommes étaient-ils vraiment tous égaux, et dupliqués un million de fois, ou les noocytes exerçaient-elles un petit jugement ? *Biffaient*-elles tranquillement quelques personnalités, les *censuraient*-elles… ou les *remaniaient*-elles ?

Et si les noocytes prenaient la liberté de remanier les vrais bousilleurs, de les fixer peut-être ou de les immobiliser d'une manière ou d'une autre, de pénétrer dans leurs processus de pensée et d'utiliser une espèce de consensus du « bien penser » comme modèle de leurs corrections…

Dans ce cas, qui pouvait dire qu'elles ne remaniaient pas les autres, les gens aux problèmes mineurs, ceux qui présentaient tous les complexes des petits bousilleurs, les erreurs et la méchanceté temporaire… choses inhérentes à la nature humaine. Les risques du métier homme. De vivre dans un univers coriace, un univers *différent* de celui qu'habitaient les noocytes. Si elles corrigeaient et censuraient et remaniaient, qui pouvait dire si elles étaient expertes en la matière ? Si elles savaient ce qu'elles faisaient et si ces personnalités humaines qu'elles conservaient fonctionneraient ensuite normalement ?

Que feraient les noocytes de ceux qui ne pouvaient supporter le changement, qui devenaient fous… ou qui, comme on le lui avait laissé entendre, mouraient à moitié assimilés, en laissant des mémoires partielles, comme celle de Vergil dans le corps de Bernard ? Est-ce que là aussi elles sélectionnaient et désherbaient ?

Y avait-il une politique, une interaction sociale, dans la noosphère ? Y donnait-on aux humains une voix égale à celle des noocytes ? Bien sûr, les humains deviendraient des noocytes, mais les vrais noocytes, ceux du début, ne primeraient-ils pas plus ou moins ?

Y aurait-il un conflit, une révolution ?

Ou serait-ce le silence profond, celui de la tombe, parce qu'elles supprimeraient en eux la *volonté* de résister ? Le libre arbitre, ce n'est pas une chose importante pour une hiérarchie rigide. La noosphère était-elle une hiérarchie rigide où le désaccord et même la critique étaient absents ?

Il ne le pensait pas.

Mais comment pouvait-il en être sûr ?

Respectaient-elles vraiment, aimaient-elles les humains comme des maîtres et des créateurs, ou bien se contentaient-elles d'absorber, de mâcher et de digérer l'information nécessaire et d'envoyer le reste, oublié, désorganisé, *mort,* dans l'entropie ?

Bernard, sens-tu maintenant les affres du grand changement ? Le totalement différent – sublime ou infernal – opposé au *statu quo* difficile, souvent infernal ?

Il doutait que Vergil ait jamais réfléchi là-dessus. Il n'en avait sans doute pas eu le temps, mais même dans le cas contraire Vergil n'était pas homme à considérer attentivement ce genre de choses. Créateur brillant, il négligeait l'étude des conséquences.

Était-ce le cas de tous les créateurs ?

Est-ce que ceux qui changeaient les choses ne condamnaient pas, en fin de compte, certaines personnes – peut-être un grand nombre de personnes – à la mort, au malheur, aux tourments ?

Les pauvres Prométhée qui apportaient le feu à leurs compagnons humains.

Les Nobel.

Einstein. Pauvre Einstein et sa lettre à Roosevelt. Paraphrase : « J'ai déchaîné les démons de l'Enfer et maintenant vous voilà obligé de signer un pacte avec le diable, sinon quelqu'un d'autre le fera. Quelqu'un de plus malveillant que vous. »

Mme Curie, expérimentant sur le radium; peut-être était-elle en partie responsable de ce qui était arrivé à Slotin, plus de quarante ans après ?

Les travaux de Pasteur – ou ceux de Salk, ou les siens – ne sauvaient-ils la vie d'un homme ou d'une femme que pour qu'il, ou elle, puisse continuer à faire du tort aux autres, à tout bousiller ? Indiscutablement.

Et les victimes ne se sont jamais dit : « Intentons un procès à ce salaud. »

Indiscutablement.

Et s'il fallait tenir compte de ce genre de pensées, si l'on devait se poser de telles questions, est-ce que les parents ne tueraient pas leurs enfants au berceau ?

Le vieux cliché... la mère de Hitler décidant d'avorter.

On s'y perd.

Bernard balançait entre le sommeil et le cauchemar, plongeait durement du côté du cauchemar et, à l'oscillation suivante, basculait dans une espèce d'extase.

Rien ne sera jamais pareil.

Bien ! Merveilleux ! Tout n'était-il pas horriblement imparfait ?

Non, peut-être pas. Pas jusqu'à maintenant.

Oh, mon Dieu, me voilà acculé à la prière. Je suis impuissant et incapable de juger. Je ne crois pas en vous, du moins pas tel que vous m'avez été décrit. Mais il faut que je prie car je suis effrayé, pris d'une peur impie.

À quoi allons-nous donner naissance ?

Bernard baissa les yeux sur ses mains et ses bras, enflés et couverts de stries blanches.

Je suis tellement laid, pensa-t-il.

42

La nourriture apparut au sommet d'un cylindre spongieux et gris, d'un mètre de haut, au fond d'un cul-de-sac bordé de hauts murs.

Suzy regarda ce qu'il y avait dans l'assiette, tendit la main pour toucher à ce qui ressemblait à du poulet frit et retira lentement le doigt. Le morceau était chaud, la tasse de café fumait et tout paraissait parfaitement normal. Pas une seule fois, on ne lui avait servi quelque chose qu'elle n'aimait pas, et il n'y en avait jamais trop ni trop peu.

On la surveillait de près, on se tenait au courant de chacun de ses besoins. On la soignait comme un animal dans un zoo, ou du moins, c'était l'impression qu'elle avait.

Elle s'agenouilla et se mit à manger. Lorsqu'elle eut fini, elle s'installa le dos appuyé contre le cylindre, remonta son col et sirota son café. L'air se refroidissait. Elle avait laissé sa veste au World Trade Center – ou du moins à l'endroit qu'était devenue la tour nord – et ces deux dernières semaines, elle n'en avait pas eu besoin. La température avait toujours été agréable, même la nuit.

Les choses étaient en train de changer et c'était inquiétant... ou excitant. Elle ne savait pas.

Pour dire la vérité, la plupart du temps, Suzy McKenzie s'ennuyait. Elle n'avait jamais eu beaucoup d'imagination et ce Manhattan reconstruit qu'elle parcourait ne l'intéressait pas beaucoup. Les immenses canalisations qui pompaient le liquide vert du fleuve pour l'emmener vers l'intérieur de l'île, les arbres-éventails et les arbres-hélices qui bougeaient lentement, les étendues de bosses argentées et brillantes ressemblant à des collections de réflecteurs routiers qui se déployaient sur des centaines d'hectares... rien de tout cela ne retenait son attention plus de quelques minutes. Ces choses n'avaient rien à voir avec elle. Elle ne comprenait pas du tout à quoi cela rimait.

Elle se doutait que cela pouvait être fascinant, mais ce n'était pas *humain* et ça ne la concernait en rien.

C'étaient les gens qui l'intéressaient; ce qu'ils pensaient et ce qu'ils faisaient, qui ils étaient, quels sentiments ils éprouvaient envers elle, et elle envers eux.

– Je te déteste, dit-elle au cylindre, en remettant l'assiette et la tasse dessus. (Il les absorba et rentra dans le sol.) Je vous déteste tous ! cria-t-elle aux murs du cul-de-sac.

Elle croisa les bras sur sa poitrine pour se réchauffer puis reprit la lampe et la radio. Il ferait bientôt nuit; il fallait qu'elle trouve un endroit où dormir, puis elle écouterait peut-être la radio pendant quelques minutes. Les piles faiblissaient, bien qu'elle ne l'allumât qu'avec parcimonie. Elle sortit du cul-de-sac et regarda une forêt d'arbres-éventails qui gravissait un monticule brun-roux escarpé.

Au sommet, il y avait un polyèdre noir dont chaque facette arborait une aiguille argentée d'environ un mètre de long. Il y en avait beaucoup d'autres, comme cela, sur l'île. Elle les remarquait à peine, maintenant. Il lui fallut près de dix minutes pour contourner le monticule. Elle pénétra dans une étroite vallée, longue comme un terrain de football, bordée de chaque côté par un tuyau noir aux courbes douces, aussi épais que son tour de taille. Il disparaissait dans une ondulation du terrain, au fond de la vallée. Elle avait déjà dormi à des intersections de ce type. Elle marcha jusque-là et s'agenouilla près de la dépression. Elle parcourut des mains l'ondulation du sol; c'était bien chaud. Elle pourrait s'étendre là sous les tuyaux, et elle passerait une nuit confortable.

À l'ouest, le ciel s'embrasait de lueurs pourpres. Les couchers de soleil étaient toujours orange et rouge, mais tamisés; l'horizon n'avait jamais paru si électrique.

Elle alluma la radio et approcha son oreille du haut-parleur. Elle mettait le son très bas, pour économiser les piles, bien qu'elle soupçonnât que cela ne servait à rien. Elle capta aussitôt l'émetteur britannique sur ondes courtes, toujours fidèle. Elle régla le bouton et se rencogna encore plus sous les tuyaux.

« ... des émeutes, en Allemagne de l'Ouest,

autour des bâtiments de Pharmek, le laboratoire qui abrite le docteur Michael Bernard, soupçonné d'être porteur de la maladie qui sévit en Amérique du Nord. Bien que le fléau ne se soit pas encore répandu ailleurs que sur ce continent, les tensions s'exacerbent. La Russie a fermé ses frontières et... »

Le son s'évanouit et elle refit le réglage.

« ... famine en Roumanie et en Hongrie en est maintenant à sa troisième semaine et aucune amélioration n'est en vue... »

« ... Mme Thelma Rittenbaum, célèbre médium de Battersea, déclare qu'elle a rêvé que le Christ apparaissait au milieu de l'Amérique du Nord, réveillait les morts et formait une armée pour marcher sur le reste du monde. » (Une voix de femme, chevrotante, enregistrée sur une bande de mauvaise qualité, prononça quelques mots inintelligibles.)

Le reste des nouvelles concernait l'Angleterre et l'Europe; c'était le moment que Suzy préférait car, parfois, on avait l'impression que le monde était peut-être normal, ou du moins, se rétablissait. Il n'y avait plus d'espoir pour son pays; elle y avait renoncé depuis plusieurs semaines. Mais d'autres, ailleurs, pouvaient mener une vie normale. Cela la réconfortait d'y penser.

Bien que personne, nulle part, ne sache son existence ou ne se soucie d'elle.

Elle éteignit la radio et se pelotonna plus encore, écouta le sifflement du liquide qui coulait dans les tuyaux et les faibles gémissements qui venaient de quelque part, loin, sous terre.

Elle dormit entre les contours de tuyaux, environnée par les ténèbres où perçaient quelques étoiles. Et puis, au milieu d'un rêve agréable où elle s'achetait des vêtements, elle se réveilla.

Quelque chose s'était enroulé autour d'elle. À

demi endormie, elle le caressa... c'était doux et chaud, comme du daim. Elle chercha sa lampe à tâtons, l'alluma et fit courir le faisceau de lumière sur ses jambes et ses hanches, maintenant couvertes d'une étoffe souple, bleu ciel rayée d'un vert indéfini... ses couleurs favorites. Ses bras et sa tête, restés hors de la couverture, étaient glacés. Elle avait trop sommeil pour se poser des questions; elle remonta la houppelande et glissa de nouveau dans ses rêves. Cette fois, elle était petite fille et jouait dans la rue, avec d'anciennes amies qui depuis avaient grandi et, souvent, déménagé.

Puis, une à une, on abattit les maisons. Elles virent arriver des hommes armés de monstrueux marteaux de forgeron, qui démolirent les bâtiments de pierre. Elle se retourna pour observer les réactions de ses amies et voilà qu'elles avaient grandi, ou vieilli, et qu'elles s'éloignaient d'elle en l'appelant pour qu'elle les suive. Elle se mit à pleurer. Ses souliers étaient collés au pavé et elle ne pouvait pas bouger. Alors, toutes les maisons disparurent et le quartier ne fut plus qu'un terrain nu avec des tuyauteries qui disparaissaient dans le sol et une cuvette de toilettes follement perchée en haut d'une conduite, là où il y avait eu autrefois un premier étage.

– Les choses vont changer de nouveau, Suzy.

Ses souliers se décollèrent, elle se retourna pour voir Cary, impudiquement nu.

– Mon Dieu, tu n'as pas froid ? Non... bien sûr. Tu n'es qu'un fantôme.

– Peut-être, dit-il en souriant. Nous sommes venus t'avertir. Tu sais ? Ça va changer encore et nous voulons te redonner le choix.

– Je ne rêve pas, hein ?

– Non. (Il secoua la tête.) Nous sommes dans la couverture. Tu pourras aussi nous parler quand tu seras réveillée, si tu en as envie.

– La couverture… vous tous ? Maman, et Kenny, et Howard ?

– Et des tas d'autres, aussi. Ton père, si tu veux lui parler. C'est un cadeau. Une espèce de cadeau d'adieu. Nous nous sommes tous portés volontaires, mais il y a plus de doubles de moi, et de tous les autres, qu'il n'en faut.

– Ce que tu dis n'a pas de sens, Cary.

– Tu comprendras. Tu es une fille forte, Suzy.

L'arrière-plan du rêve était devenu nébuleux. Ils étaient tous deux debout dans une obscurité d'un brun tango. Le ciel au loin s'éclairait d'orange, comme s'il y avait eu des feux à l'horizon. Cary regarda autour de lui et hocha la tête.

– C'est les artistes. Il y a tellement d'artistes, de savants, que je me sens un peu perdu. Mais je serai l'un d'eux dès que je le voudrai. Elles nous laissent le temps. Elles nous honorent, Suzy. Elles savent que nous les avons faites et elles nous traitent vraiment bien. Tu sais, là-bas (il montra du doigt les ténèbres), nous pourrions vivre ensemble. Il y a un endroit où, toutes, elles pensent. C'est tout à fait comme la vie réelle, comme le vrai monde. Comme il était avant, ou bien comme il sera. Selon ce qu'on désire.

– Je ne vous rejoindrai pas.

– Non. Je savais que tu ne le ferais pas. Je n'ai pas vraiment eu le choix, quand j'ai été enrôlé, mais je ne le regrette pas. Je n'aurais jamais été ce que je suis maintenant, à Brooklyn Heights.

– Tu es aussi un zombie.

– Je suis un fantôme. (Il lui sourit.) N'importe comment, une partie de moi va rester avec toi, si tu as envie de parler. Et une autre s'en ira quand elles feront le changement.

– Ça va redevenir comme avant ?

Il secoua la tête.

– Ça ne sera jamais plus pareil. Et… écoute, je ne comprends pas tout ça, mais avant peu il va y avoir un autre changement. Rien ne sera plus comme avant.

Suzy regarda sévèrement Cary.

– Tu crois que de te voir nu ça va me tenter ?

Cary regarda son image.

– Je n'y ai pas pensé une seconde. Ça te montre combien je suis devenu détaché. Tu ne changeras pas d'idée ?

Elle secoua fermement la tête.

– Je suis la seule à ne pas être devenue malade.

– Non, tu n'es pas la seule. Il y en a environ vingt, vingt-cinq. Nous nous occupons d'eux, du mieux que nous pouvons.

Elle aurait préféré être unique.

– Merci infiniment, dit-elle d'un air sarcastique.

– N'importe comment, emporte la couverture. Quand le changement arrivera, enveloppe-toi dedans. Nous laisserons pas mal de nourriture.

– Bien.

– Je suppose que tu vas te réveiller maintenant. Je vais dégager. Tu pourras aussi nous voir quand tu seras réveillée. Pendant encore un moment.

Suzy hocha la tête.

– Ne la perds pas. Sans elle tu pourrais être blessée.

– Je ferai attention.

– Bien.

Il leva la main et appliqua sa paume sur ses bras croisés.

Elle ouvrit les yeux. L'aube était d'un gris orangé pâle. La surface de la dépression et les tuyaux eux-mêmes étaient froids.

Suzy s'enveloppa plus étroitement dans la couverture et attendit.

43

Paulsen-Fuchs se tenait debout dans la chambre d'observation, penché sur la table, les yeux baissés. Il en avait assez de regarder ce qui était couché sur le lit de camp du labo d'isolement.

Bernard avait perdu sa forme humaine tôt dans la matinée. Les caméras avaient enregistré la transformation. Maintenant, une masse gris et marron foncé reposait sur le lit et débordait des deux côtés jusqu'au sol. Elle remuait par à-coups, secouée parfois par un bref frisson violent.

Avant d'être incapable de se déplacer, Bernard avait pris le clavier portable et l'avait emporté sur sa couche. Le cordon du téléphone sortait de la masse. Le clavier lui-même était quelque part en dessous, ou dedans.

Et Bernard envoyait toujours des messages, bien qu'il soit devenu incapable de parler. Le moniteur du laboratoire de contrôle enregistrait un flot régulier de mots : la description par Bernard de sa transformation.

Cette dernière n'avait pas facilité la décision de Paulsen-Fuchs. Les protestataires – et le parlement, en se gardant d'exercer son autorité pour les retenir – avaient demandé que Bernard soit liquidé, que le caisson soit totalement stérilisé.

Ils étaient plus de deux millions, et si leur demande n'était pas satisfaite, ils détruiraient Pharmek pierre par pierre. L'armée avait déclaré qu'elle ne protégerait pas le laboratoire; la police avait également décliné toute responsabilité. Paulsen-Fuchs ne pouvait rien faire pour les arrêter; il ne restait que cinquante employés sur le terrain, les autres ayant été évacués pour leur sécurité.

Il avait envisagé plusieurs fois de quitter simplement Pharmek, d'aller dans sa maison en Espagne et de s'isoler totalement. D'oublier ce qui était arrivé, ce que son ami Michael Bernard avait apporté en Allemagne.

Mais Heinz Paulsen-Fuchs était depuis trop longtemps dans la profession pour se contenter de se retirer. Il était encore un très jeune homme lors de l'entrée des Russes à Berlin. Il avait mis de côté un passé nazi assez tiède et tenté d'être aussi insignifiant que possible, mais il n'avait pas battu en retraite. Durant les années d'occupation, il avait eu trois emplois différents. Il était resté à Berlin jusqu'en 1955, et c'est alors qu'avec deux associés, il avait fondé Pharmek. Ils avaient presque fait faillite, dans le sillage de la panique soulevée par la thalidomide; mais il n'avait pas baissé les bras.

Non : il n'allait pas fuir ses responsabilités. Mais appuyer sur le bouton qui enverrait les gaz stérilisants dans le caisson d'isolement. Il donnerait des instructions aux porteurs de torches qui entreraient et termineraient le travail. Ce serait une défaite, mais au moins il resterait et n'irait pas se cacher en Espagne.

Il n'avait aucune idée de ce que les protestataires allaient faire après la mort de Bernard. Il passa lentement de la chambre d'observation au labo de contrôle et s'assit devant l'écran sur lequel apparaissait le message de Bernard.

Il le fit revenir au début. Il pouvait lire assez vite pour rattraper son retard. Il voulait relire les déclarations de Bernard pour voir s'il pouvait en comprendre davantage.

Dernière entrée du journal électronique de Bernard, commencée à 0835.

Gogarty. Dans quelques semaines elles seront parties.

Oui. Elles communiquent vraiment. *De menus parents. Des déclenchements du « fléau », dont nous ne sommes pas conscients – en Europe, en Asie et en Australie –, des gens qui ne présentent pas de symptômes. Des yeux et des oreilles, qui rassemblent, apprennent, engrangent, la récolte insignifiante de nos vies et de notre histoire. De merveilleux espions.*

Paul – la mémoire raciale. Le même mécanisme que les bio-logiques. Il y a beaucoup de vies en chacun de nous, dans le sang, dans les tissus.

Fardeau sur l'espace-temps local. Beaucoup trop lourd. Gogarty. Se frayer un chemin... elles ne peuvent pas s'en empêcher. Nous... vous... ne pouvons peut-être pas ne voulons pas les arrêter.

Elles sont notre grande réussite.

Elles aiment. Elles coopèrent. *Elles ont une discipline, pourtant elles sont libres; elles connaissent la mort, mais elles sont immortelles.*

Maintenant, elles me connaissent, de bout en bout. Toutes mes pensées et mes motivations. Je suis un thème de leur art, de leurs merveilleuses "fictions" vivantes. Elles m'ont dupliqué plus d'un million de fois. Lequel de moi écrit cela ? Je ne sais pas. Il n'y a plus d'original.

Je peux partir dans un million de directions, mener un million de vies (et pas seulement dans la « musique du sang »... dans un univers de la Pensée, de l'Imagination, de la Fantaisie !) et puis rassembler mes « moi », tenir une conférence et recommencer tout. Le narcissime au-delà de l'amour-propre, consanguin; c'est infiniment plus grandiose que de vivre simplement à jamais. (Elles l'ont retrouvé !)

Chacune d'elles peut avoir mille, dix mille, un million de doubles, selon leurs qualités, leurs fonctions. Aucune n'a besoin de mourir, mais à la longue toutes ou presque toutes vont changer. Au bout d'un certain temps, la plus grande partie de ce million de moi *ne ressemblera plus en rien au moi actuel, car nous sommes variables à l'infini. Nos esprits travaillent en tablant sur la variété infinie des fondements de la vie.*

Paul, je souhaite que vous puissiez vous joindre à nous.

Nous sommes conscients des pressions qui s'exercent sur vous.

(Interruption du texte de 0847 à 1023.)

Gogarty.

GGATCATTAG (UCAGCUCGAUCGAA) Le nom maintenant.

Gogarty. L'ahurissant Gogarty ! Beaucoup trop obtus, beaucoup trop obnubilé par les théories, beaucoup trop existant. Elles s'y connaissent en AN. Jusqu'aux plus petites, elles ont scruté les AN. Elles nous parlent, tout en se préparant. À partir tous ensemble. Mortellement peur, merveilleusement peur, la plus belle des peurs, Paul, pas la peur au ventre mais surprise en pensée, rien de semblable. Peur de la liberté au-delà des contraintes actuelles, et je me sens déjà merveilleusement libre. Tellement qu'il faut *changer pour s'y adapter. Devenir méconnaissable.*

Paul jusqu'à 1130.

1130 1130 1130 !

Une telle bouffée de sentiment, d'affection pour l'ancien monde, celui de la poulette pour l'œuf de l'homme pour la mère de l'étudiant pour l'école.

Je diverge. D'autres prennent l'écriture en charge.

Je rencontre d'autres moi. Les amas de commandement coordonnent. Célébration. Tellement nombreux, tellement intéressants ! Trois "moi", déjà très différents, restent pour écrire. Des amis, de retour de vacances. Ivres d'expériences de liberté de savoir.

Olivia qui attend…

Et puis, Paul, c'est un petit bled *un taudis de noocyte pas comme l'*AN*.*

Paul regret des lumières.

Passager. J'arrive. Bonne année !

NOVA.

(fin du texte à 1126.39.)

Heinz Paulsen-Fuchs lut les derniers mots sur l'écran et leva les sourcils. Les mains sur les accoudoirs de son fauteuil, il regarda la pendule au mur.

1126.46

Il jeta un coup d'œil sur le Dr Schatz et se leva.

– Ouvrez la porte, dit-il.

Elle tendit la main vers le bouton et ouvrit la porte de la salle d'observation.

– Non, dit-il. Celle du labo.

Elle hésita.

1126.52

Il courut à la console, l'écarta avec brusquerie et, d'une pichenette, enfonça rapidement trois boutons l'un après l'autre; il rata le troisième et dut s'y reprendre.

1127.56

L'écoutille à triple épaisseur commença à glisser lourdement.

– Docteur Paulsen-Fuchs…

Il se faufila dans l'étroite ouverture et entra dans le sas extérieur encore glacé par le vide précédent, puis dans celui à haute pression, et enfin dans le caisson intérieur.

1129.32

La pièce était en feu. Paulsen-Fuchs pensa durant un instant que la doctoresse avait commencé quelque mystérieux nettoyage d'urgence, qu'elle avait déclenché la mort, dans cette chambre.

Mais non.

1129.56

Le feu s'éteignit, laissant une odeur d'ozone; quelque chose se tordait, en l'air, au-dessus du lit de camp, et qui ressemblait à une lentille optique.

La couche était vide.

1130.00

44

Suzy eut une nausée et reposa l'assiette.

– Le moment est arrivé ? demanda-t-elle à l'air vide. (Elle s'enveloppa plus étroitement dans le manteau.) Kenny, Howard, le moment est arrivé ? Cary ?

Elle resta debout au milieu de l'arène circulaire à la surface unie, le dos tourné au cylindre gris à nourriture. Le soleil traçait des cercles irréguliers et l'air semblait miroiter. La nuit dernière, pendant qu'elle dormait, Cary lui avait parlé de ce qui allait arriver, il lui avait dit tout ce qu'elle pouvait en comprendre.

– Cary ? Maman ?

La houppelande se raidit.

– Ne partez pas ! cria-t-elle.

L'air redevint tiède et le ciel parut se couvrir d'un émail ancien. Les nuages s'aplanirent en zébrures onctueuses et le vent prit de la vitesse pour s'engouffrer entre le monticule couvert de colonnes, d'un côté de l'arène, et le polyèdre à pointes, de l'autre. Ces pointes, à l'éclat bleuté, frissonnaient. Le polyèdre lui-même se sectionna en morceaux triangulaires et de la lumière filtra entre eux, rouge comme de la lave en fusion.

– Ça y est, n'est-ce pas ? demanda-t-elle en pleurant. (Elle avait vu tant de choses en rêve, depuis une semaine, elle avait passé tant de temps à rêver qu'elle ne savait plus bien distinguer ce qui était réel de ce qui ne l'était pas.) Répondez-moi !

Le manteau frémit et forma un capuchon qui vint coiffer sa tête. Il se ferma tout seul sous le menton et enveloppa son front d'une mince couche blanche, translucide. Puis la houppelande recouvrit ses mains en formant des gants, et descendit le long de ses jambes et de ses pieds, l'enveloppant étroitement mais en lui permettant de bouger aussi librement qu'avant.

L'air sentait bon le vernis, les fruits, les fleurs. Puis le pain chaud. Le tissu vint se coller sur son visage et elle essaya de l'arracher avec ses ongles. Elle se roula sur le sol jusqu'à ce qu'une voix, dans ses oreilles, lui dise d'arrêter. Elle demeura étendue sur le dos, au milieu de l'arène, et regarda en l'air au travers de la matière transparente.

Reste tranquille. Reste immobile. C'était la voix de sa mère, sévère mais douce. Tu t'es comportée en fille obstinée et tu as refusé tout ce que nous t'offrions. J'aurais peut-être fait la même chose. Maintenant, je te demande une fois de plus – et décide-toi rapidement – veux-tu venir avec nous ?

– Je mourrai si je refuse ? demanda-t-elle d'une voix étouffée.

Non. Mais tu seras toute seule. Aucun de nous ne reste.

– Elles vous emportent !

C'est ce que Cary a dit. As-tu écouté, Sauvageonne ? C'était Kenneth. Elle lutta pour arracher la houppelande.

– Ne me quittez pas.

Alors, viens avec nous.

– Non ! Je ne peux pas !

Pas le temps, Sauvageonne. La dernière chance.

Le ciel était d'un jaune orangé électrique et chaud, et les nuages s'amenuisaient en filaments déchiquetés et emmêlés.

– Mère, il n'y a pas de danger ? Est-ce que je vais avoir peur ?

Il n'y a pas de danger. Viens avec nous, Suzy.

Sa bouche se paralysa, mais son esprit se craquela et se désagrégea.

– Non, pensa-t-elle.

Les voix se turent. Durant un instant, elle ne vit que des lignes rouges et vertes qui passaient à toute vitesse et elle crut qu'elle allait vomir.

L'air chatoya, loin, là-haut. Le sol de l'arène se contracta sous elle, sa surface se crevassa et se disloqua.

Durant un moment de folie, elle fut en deux endroits en même temps. Elle était avec *eux*... elles l'avaient emportée, et elle parlait avec sa mère et ses frères, à Cary et à ses amies.

Et elle était en même temps dans l'arène en train de s'effondrer, entourée des débris du monticule aux colonnes et du polyèdre à pointes. Les structures se désagrégeaient comme des châteaux de sable sur une plage, qui sèchent et se délabrent au soleil.

Puis l'impression disparut. Sa nausée passa. Le ciel redevint bleu, mais en certains endroits il lui faisait encore mal aux yeux.

Le manteau tomba de ses épaules et se confondit avec la poussière de l'arène.

Elle se leva et se brossa de la main.

L'île de Manhattan était aussi plate et vide qu'un plateau à gâteaux. Au sud, des nuages épais, d'un gris sombre, s'élevaient en volutes. Elle fit volte-face. Là où s'était dressé le cylindre, il y avait une douzaine de cartons ouverts remplis de boîtes de conserve. Sur le carton le plus proche, un ouvre-boîtes.

– Elles pensent à tout, dit Suzy McKenzie.

Quelques minutes après, la pluie se mit à tomber.

TÉLOPHASE

février de l'année suivante

45

Camusfearna, pays de Galles

L'hiver de la neige brûlante avait durement éprouvé l'Angleterre. Ce soir-là, des nuages d'un noir velouté obscurcissaient les étoiles d'Anglesey à Margate, et semaient des flocons lumineux, bleus et verts, sur la terre et sur la mer. Lorsqu'ils touchaient l'eau, ils s'éteignaient immédiatement. Sur la terre, ils s'empilaient en formant un manteau légèrement rougeoyant qui pulsait sous les pas comme des charbons sur lesquels on souffle.

Depuis des mois les radiateurs électriques, les thermostats et les régulateurs de foyer s'étaient avérés inefficaces contre le froid. Les appareils catalytiques, qui brûlaient de l'essence sans plomb, avaient connu une grande vogue jusqu'au moment où ils avaient manqué et où leur prix avait monté en flèche, car les machines qui les fabriquaient étaient, elles aussi, devenues non fiables.

Les antiques poêles et chaudières à charbon ressuscitèrent. L'Angleterre et l'Europe revenaient doucement et rapidement à d'anciennes époques, plus obscures. Protester ne servait à rien; les forces au travail étaient, au mieux, insondables.

Il faisait tout simplement froid dans la plupart des maisons et des immeubles. Chose étonnante, le nombre des malades et des mourants continua à diminuer, comme il l'avait fait tout au long de l'année.

Il n'y eut aucune épidémie de maladie à virus. Personne ne savait pourquoi.

Le vin, la bière et toutes les industries productrices de boissons alcoolisées se portaient mal. Les bactéries modifiaient radicalement leurs lignes de produits. Les organismes microscopiques avaient changé en même temps que le climat et étaient devenus aussi peu fiables que les machines et l'électricité.

Il y avait en Europe de l'Est et en Asie des famines pour infirmer (ou confirmer) les théories selon lesquelles il s'agissait d'un acte de Dieu. Les plus grandes cornes d'abondance du monde n'étaient plus là pour déverser leurs produits.

La guerre n'était pas une solution. Les radios, les camions et les automobiles, les avions, les missiles et les bombes, rien de tout cela n'était fiable. Quelques pays du Moyen-Orient poursuivaient leur querelle mais sans grand enthousiasme. Là aussi les conditions météorologiques avaient changé et la neige brûlante tomba pendant plusieurs semaines sur Damas, Beyrouth et Jérusalem.

Baptiser cette saison-là « l'hiver de la neige brûlante » résumait tout ce qui allait mal, et pas seulement le temps.

La Citroën de Paulsen-Fuchs toussait le long de la route goudronnée à une seule voie, et ses chaînes grinçaient. Il la traitait avec précautions, appuyait à petits coups sur l'accélérateur, freinait en douceur sur une pente glissante, essayait d'éviter que la machine ne rende prématurément l'âme. Sur le siège, à côté de lui, il y avait deux sacs dans un panier de pique-nique; l'un était rempli de romans à suspense, l'autre enveloppait une bouteille.

Peu de machines fonctionnaient encore très bien. Il avait dû fermer son laboratoire six mois auparavant, à cause des graves problèmes que posait la maintenance. On avait tout d'abord essayé de remplacer les machines par de la main-d'œuvre, mais on s'aperçut bien vite que les usines ne pouvaient pas marcher rien qu'avec du personnel.

Paulsen-Fuchs s'arrêta près d'un poteau indicateur et descendit la vitre pour mieux voir la direction indiquée.

Camusfearna, annonçait une planche découpée à la main; à deux kilomètres d'ici.

Tout le pays de Galles semblait recouvert d'une écume marine phosphorescente. Du ciel noir jaillirent des galaxies de flocons brillants, chargés d'une mystérieuse lumière. Il remonta la vitre et regarda les flocons s'écraser sur le pare-brise; ils étincelaient lorsque l'essuie-glace les repoussait.

Les phares n'étaient pas allumés, malgré la nuit. La luminescence de la neige suffisait à l'éclairer. Le radiateur émit des gargouillements menaçants et Paulsen-Fuchs s'empressa de repartir.

Un quart d'heure plus tard, il tourna à droite pour s'engager sur une route caillouteuse, étroite et enneigée, qui menait à Camusfearna. La minuscule crique ne comptait que quatre maisons et un petit port, pour lors obstrué par une glace marine, déchiquetée et croûteuse. Les lumières d'un jaune chaud rendaient les maisons bien visibles malgré la neige, mais l'océan était aussi noir et aussi vide que le ciel.

La dernière maison du côté nord, avait dit Gogarty. Il manqua le tournant, roula en cahotant sur l'herbe gelée et fit marche arrière pour regagner la route.

Il n'avait rien fait d'aussi insensé depuis trente ans. Le moteur de la Citroën toussa, gronda et cala à dix mètres à peine du petit garage vétuste. La neige incandescente tourbillonnait et rêvait.

La demeure de Gogarty était une très vieille maison en pierre blanchie à la chaux, de forme cubique... un étage surmonté d'un toit de bardeaux. Le long de la façade nord de la maison, on avait ajouté un garage – une charpente de bois et de plaques de tôle ondulée – peint aussi en blanc. La porte en était ouverte, ajoutant sa faible note de jaune orangé à l'universelle symphonie bleu-vert. Paulsen-Fuchs prit la bouteille dans son sac, la fourra sous son manteau et sortit de la voiture; ses bottes tracèrent des légères ondulations de lumière dans la neige.

– Nom de Dieu, fit Gogarty en venant au-devant de lui. Je ne m'attendais pas à ce que vous tentiez le voyage par ce temps.

– Eh bien, c'est le coup de tête d'un vieil homme qui s'ennuie.

– Entrez. Il y a du feu... Dieu merci, le bois brûle encore ! Et du thé, du café, ce que vous voudrez.

– Je veux du whisky irlandais ! s'écria Paulsen-Fuchs en tapant l'une contre l'autre ses mains gantées.

– Nous sommes au pays de Galles, dit Gogarty en ouvrant la porte, et le whisky est rare partout. Je regrette, mais je n'en ai pas.

– J'ai apporté le mien. (Paulsen-Fuchs sortit de sous son manteau une bouteille de Glenlivet.) Très rare et très cher.

Les flammes crépitaient joyeusement dans l'âtre de pierre et suppléaient à la lumière électrique incertaine. À l'intérieur de la petite maison s'accumulaient les bibliothèques et les bureaux – trois dans la pièce principale; il y avait aussi un ordinateur à piles – « Il ne fonctionne plus depuis trois mois », fit remarquer Gogarty –, une étagère pleine de coquillages et de poissons en bocaux, une vieille banquette recouverte de velours rose, une machine à écrire mécanique Olympia – qui valait maintenant une petite fortune – et une table presque invisible sous des cyanotypes déroulés. Les murs étaient décorés de gravures de fleurs, du dix-huitième siècle, encadrées.

Gogarty enleva la théière du feu et remplit deux tasses. Paulsen-Fuchs s'assit dans un vieux fauteuil trop rembourré et sirota, en connaisseur, le thé vert. Deux chats, un tigré orange au poil hérissé et un noir à longs poils et au nez rond retroussé, entrèrent d'un pas nonchalant en clignant des yeux, avec une curiosité teintée de ressentiment.

– Je boirai un whisky avec vous tout à l'heure, dit Gogarty en se perchant sur un tabouret, en face de lui. Je pense que vous avez envie de voir cela tout de suite.

– Votre “fantôme” ? demanda Paulsen-Fuchs.

Gogarty hocha la tête et fouilla dans la poche de son tricot. Il en sortit un morceau de papier plié, d'un blanc éblouissant, et le tendit à Paulsen-Fuchs.

– Elle vous est aussi destinée. Il y avait nos deux noms. Mais elle est arrivée ici, il y a deux jours. Dans ma boîte aux lettres, bien qu'on ne distribue plus de courrier depuis une semaine. Ici, en tout cas. J'ai posté celle que je vous ai envoyée à Pwllheli.

Paulsen-Fuchs déplia la missive. Le papier, insolite, ressemblait à du parchemin d'un blanc éblouissant. D'un côté, il y avait un message rédigé à la main, en noir. Paulsen-Fuchs lut et leva les yeux.

– Relisez-la maintenant, dit Gogarty.

Le texte était assez court pour qu'il l'ait gardé en mémoire. Cependant, lorsqu'il le relut, il avait changé.

Cher Sean, cher Paul.

Avertissement justifié aux sages. Suffisant. De petits changements maintenant, un grand à venir. TRÈS *grand. Gogarty peut l'imaginer. Il en a les moyens. La théorie. D'autres sont alertés. Faites passer. Bernard.*

– Chaque fois, le texte est différent. Parfois plus élaboré, parfois plus concis. Je me suis mis à noter ce qu'il disait chaque fois que je le lisais.

Gogarty tendit la main. Paulsen-Fuchs lui remit la lettre.

– Ce n'est pas du papier, fit remarquer Gogarty.

Il la trempa dans sa tasse de thé. La lettre ne but pas le liquide et ne dégoutta pas, une fois sortie. Gogarty la prit à deux mains et tenta de la déchirer. Malgré la force de son geste, la missive resta intacte, dans l'une de ses mains, comme si elle était passée, d'une manière indétectable, au travers de l'autre.

– Vous voulez la relire ?

Paulsen-Fuchs secoua négativement la tête.

– Alors, elle n'est pas réelle, dit-il.

– Oh, assez réelle pour être ici si je veux la lire. Seulement, ce n'est jamais tout à fait la même, ce qui m'amène à croire qu'elle n'est pas faite de matière.

– Ce n'est pas une farce ?

Gogarty éclata de rire.

– Non, je ne pense pas.

– Bernard n'est pas mort.

– Non. Bernard est parti avec ses noocytes et je crois qu'ils sont au même endroit que les noocytes d'Amérique du Nord. Si « endroit » est le mot qui convient.

– Et où serait-ce ? Dans une autre dimension ?

Gogarty secoua vigoureusement la tête.

– Mon Dieu, non. Ici même. Là où tout commence. Nous sommes situés à macro-échelle, alors quand nous étudions notre monde, nous avons tendance à lever les yeux vers les étoiles. Mais les noocytes sont à micro-échelle. Les cellules ont beaucoup de difficulté à concevoir les étoiles. Alors, elles se tournent vers l'intérieur. Pour elles, c'est dans l'infiniment petit que l'on fait des découvertes. Et si nous pouvons dire que les noocytes d'Amérique du Nord ont créé une civilisation avancée – ce qui me semble évident – nous pouvons supposer qu'elles ont trouvé le moyen d'étudier l'infiniment petit.

– Plus petit qu'elles.

– À un facteur plus élevé que notre petitesse comparée à une galaxie.

– Vous parlez de mesures de longueur de quanta ?

– Il se trouve, répondit Gogarty en hochant la tête, que l'infiniment petit est ma spécialité. C'est pourquoi on a tout d'abord fait appel à moi pour cette enquête sur les noocytes. Dans la plus grande partie de mon travail j'ai affaire à des longueurs plus petites que dix puissance moins trente-trois centimètres. La mesure de longueur de Planck-Wheeler. Et je pense que nous devons chercher dans le monde à submicro-échelle pour découvrir où sont parties les noocytes et pourquoi.

– Pourquoi, alors ?

Gogarty sortit une liasse de papiers couverts de notes et d'équations écrites à la main.

– On peut stocker l'information d'une manière encore plus compacte que dans la mémoire moléculaire. On peut la mémoriser dans la structure même de l'espace-temps. Après tout, qu'est-ce que la matière, sinon une onde stationnaire d'information dans le vide ? Les noocytes ont sans doute découvert cela et travaillé dessus... vous êtes au courant au sujet de Los Angeles ?

– Non. De quoi s'agit-il ?

– Avant même que les noocytes disparaissent, Los Angeles et le sud de la côte jusqu'à Tijuana se sont évanouis. Ou plutôt, ils sont devenus quelque chose d'autre. Peut-être une grande expérience. Une répétition générale de ce qui va se passer maintenant.

Paulsen-Fuchs hocha la tête, sans vraiment comprendre, et se renversa dans son fauteuil, la tasse à la main.

– J'ai eu du mal à arriver ici. Plus encore que je ne l'avais supposé, dit-il.

– Les lois ont changé.

– Cela ressemble à un consensus. Mais pourquoi, et de quelle manière ?

– Vous avez l'air fatigué. Ce soir, détendons-nous, jouissons de la chaleur et contentons-nous de relire plusieurs fois la lettre.

Paulsen-Fuchs laissa retomba sa tête et ferma les yeux.

– Oui, murmura-t-il. Le voyage a été beaucoup plus dur que je ne pensais.

Au lever du soleil, la neige avait cessé de tomber. La lumière du jour rendait aux champs et aux rivages une blancheur modeste. Les sombres nuages de neige s'étaient transformés en traînées grises, d'apparence inoffensive, poussées par le vent d'ouest. Paulsen-Fuchs fut éveillé par l'odeur du pain grillé et du café. Il se souleva sur un coude et frictionna sa chevelure ébouriffée. Le lit avait fait son office; sa fatigue l'avait quitté, mais pas la crasse du voyage.

– Vous voulez de l'eau chaude, pour une douche ? demanda Gogarty.

– Ce serait merveilleux.

– La salle d'eau est un peu froide, mais chaussez ces pantoufles, restez sur les lames de bois et ce ne sera pas trop terrible.

Considérablement rafraîchi, et certainement plus alerte – la salle d'eau était vraiment *très* froide –, Paulsen-Fuchs s'attabla devant le petit déjeuner.

– Votre hospitalité est admirable, dit-il en mâchant son pain grillé tartiné de fromage blanc abondamment recouvert de marmelade. Je suis très gêné de la manière dont vous avez été traité en Allemagne.

Gogarty fit la moue et écarta la remarque d'un geste.

– N'y pensons plus. Tout le monde était tendu, voilà tout.

– Que dit la lettre, ce matin ?

– Lisez vous-même.

Paulsen-Fuchs déplia la feuille éblouissante de blancheur et fit courir ses doigts sur les lettres nettement tracées.

Cher Paul, cher Sean.

Sean a la réponse. Extension de la théorie, observation trop intense. Trou noir de la pensée. Comme il le dit. La théorie colle, l'univers prend forme. Pas d'autre moyen. Beaucoup trop de théorie, trop peu de souplesse. Il va encore arriver beaucoup de choses. De grands changements. Bernard.

– Remarquable, fit Paulsen-Fuchs. Le même fragment de ce drôle de truc ?

– Autant que je puisse l'affirmer, oui.

– Et cette fois, qu'est-ce qu'il veut dire ?

– Je pense qu'il ratifie mon travail, bien qu'il ne soit pas très clair. Si toutefois ce petit mot vous dit la même chose qu'à moi. Vous devriez noter ce que vous avez lu pour que nous en soyons certains.

Paulsen-Fuchs nota les mots sur une feuille de papier et la tendit à Gogarty. Le physicien hocha la tête.

– C'est beaucoup plus explicite, cette fois. (Il posa le papier et se versa une autre tasse de café.) Très évocateur. Il semble confirmer ce que j'ai dit l'année dernière... que l'univers n'a pas de vrais fondements, que lorsqu'une bonne hypothèse se présente, qui explique les événements antérieurs, les fondements se modifient pour s'y adapter; et une théorie vraiment efficace est née.

– Alors, il n'y a pas de réalité ultime ?

– Apparemment non. Les mauvaises hypothèses, celles qui ne collent pas avec ce qui arrive à notre niveau, sont rejetées par l'univers. Les bonnes, celles qui sont efficaces, il se les incorpore.

– C'est très déroutant pour le théoricien.

– Oui, mais cela me permet d'expliquer ce qui arrive à notre planète.

– Ah bon ?

– L'univers ne reste pas éternellement le même. Une théorie qui fonctionne ne peut déterminer la réalité que pour un temps, et puis l'univers met quelques changements en chantier.

– Il chambarde tout afin que nous ne devenions pas vaniteux ?

– Oui, c'est cela. On ne doit pas *voir* la réalité changer. Elle doit le faire à un niveau qui ne peut pas être observé par le chercheur. Aussi lorsque nos noocytes ont absolument tout scruté de l'infiniment petit, l'univers a perdu sa flexibilité, il n'a pas pu se réorganiser. Ce qui a provoqué une tension. Elles ont compris qu'elles ne pouvaient plus rester dans le monde à macro-échelle, aussi ont-elles... eh bien, je ne suis pas du tout sûr de ce qu'elles ont fait. Mais lorsqu'elles sont parties, la tension s'est brusquement relâchée et cela a provoqué une rupture. Les choses sont déglinguées, maintenant. Le changement a été trop brutal, le monde irrégulièrement ébranlé. Le résultat, le voilà... un univers inconséquent avec lui-même, du moins à proximité de notre monde. Nous avons la neige brûlante, des machines auxquelles on ne peut plus se fier, une espèce de chaos modéré. Il est peut-être modéré parce que... (Il haussa les épaules.) J'ai bien peur que cela ne ressemble à un vase fêlé.

– Expliquez-moi cela.

– Parce qu'elles essaient de sauver le plus grand nombre possible d'êtres humains, en vue de quelque chose d'ultérieur.

– Le "grand changement" ?

– Oui.

Paulsen-Fuchs regarda fixement Gogarty puis secoua la tête.

– Je suis trop vieux, dit-il. Vous savez, ici, ça me rappelle la guerre. C'est comme cela que l'Angleterre devait être pendant le... vous appelez cela le "Blitz". Et l'Allemagne était devenue ainsi vers la fin de la guerre.

– Pendant le siège.

– Oui. Mais les hommes ont un équilibre chimique très fragile. Vous pensez que les noocytes limitent le taux de mortalité, même celui des morts accidentelles ? C'est pourquoi nous ne sommes pas rapidement emportés, les uns après les autres ?

Gogarty haussa de nouveau les épaules et reprit la lettre.

– Je l'ai lue un millier de fois, en espérant y trouver quelque clef. Rien. Pas le moindre indice. (Il soupira.) Je ne peux même pas hasarder une hypothèse.

Paulsen-Fuchs termina sa tranche de pain grillé.

– La nuit dernière j'ai fait un rêve plutôt frappant, dit-il. Dans ce rêve, on me demandait à combien de poignées de main j'étais de quelqu'un qui vivait en Amérique du Nord. Pensez-vous que cela ait une signification ?

– Prends tout en compte, c'est ma devise.

– Que dit la lettre, maintenant ? Lisez-la.

Gogarty déplia le papier et nota soigneusement le message.

– C'est pratiquement le même. Attendez... il y a un mot de plus. "De grands changements *bientôt*."

Ils sortirent se promener au soleil capricieux; leurs bottes faisaient craquer la neige qui se transformait en glace sous leur poids. Le froid était mordant mais il n'y avait presque pas de vent.

– Pouvons-nous espérer que tout redeviendra normal ? demanda Paulsen-Fuchs.

Gogarty haussa les épaules.

– Je dirais oui, si nous avions affaire à des forces naturelles. Mais les petits mots de Bernard ne sont pas très encourageants, si ? Je suis ignorant, reprit-il brusquement, en exhalant un nuage de condensation. Comme c'est agréable de dire cela. Ignorant. Je suis, tout autant que cet arbre, soumis à des forces inconnues. (Il désignait du doigt un vieux pin noueux sur une avancée de la falaise.) On ne peut que se conduire en attentiste.

– Alors, vous ne m'avez pas fait venir pour que nous cherchions une solution ?

– Non, bien sûr que non. (Gogarty tapa du pied sur une mare gelée, pour voir. La glace se brisa, mais il n'y avait pas d'eau en dessous.) J'avais simplement l'impression que Bernard voulait que nous soyons ici, ou du moins, ensemble.

– Je suis venu dans l'idée d'avoir des réponses.

– Je regrette.

– Non. Ce n'est pas tout à fait exact. Je suis venu ici parce que je n'ai plus rien à faire en

Allemagne, maintenant. Ni nulle part ailleurs. Je suis un directeur sans entreprise, sans travail. Je suis libre, pour la première fois depuis bien longtemps, libre de prendre des risques.

– Et votre famille ?

– Comme Bernard, j'en ai semé quelques-unes au long des années. Et vous-même ?

– Les miens étaient dans le Vermont l'année dernière; ils étaient allés rendre visite aux parents de ma femme.

– Je suis désolé, dit Paulsen-Fuchs.

Lorsqu'ils revinrent à la maison, ils burent encore quelques tasses de café chaud et rallumèrent du feu dans l'âtre. Le petit mot de Bernard disait :

Cher Gogarty, cher Paul...

Dernier message. Patience. À combien de poignées de main êtes-vous ?

De quelqu'un qui est maintenant parti ? Une poignée de main. Rien n'est perdu.

C'est le dernier jour. *Bernard.*

Ils lurent tous deux la lettre. Gogarty la replia et la rangea dans un tiroir. Une heure plus tard, éprouvant comme un pressentiment, Paulsen-Fuchs ouvrit le tiroir pour la relire.

Elle n'était plus là.

46

Londres

Suzy se pencha à la fenêtre et aspira une grande goulée d'air froid. Elle n'avait jamais rien vu d'aussi beau, pas même l'embrasement de l'East River lorsqu'elle avait traversé le pont de Brooklyn. La neige brûlante était simple et ravissante, élégante coda annonçant la fin d'un monde devenu fou. Elle en était sûre. Durant les neuf mois qu'elle avait passés à Londres, dans le petit appartement payé par l'ambassade des États-Unis, elle avait vu la cité s'acheminer vers une halte frissonnante, spasmodique. Elle s'était terrée dans son logement et, regardant par la fenêtre, elle avait vu de moins en moins de voitures ou de camions, et de plus en plus de piétons, même lorsque la neige brillante se fut épaissie, et puis…

Moins de gens marchaient, ils restaient plus chez eux, supposait-elle. Une employée du consulat américain venait la voir une fois par semaine. Elle s'appelait Laurie et parfois elle amenait Yves, son fiancé, qui avait un nom français mais était américain de naissance.

Laurie venait *toujours* avec des provisions pour Suzy, des livres pour enfants et des magazines, des nouvelles… le peu qu'il y avait. Laurie disait que les « transmissions hertziennes » devenaient de plus en plus difficiles. Ce qui voulait dire que personne ne pouvait tirer grand-chose de sa radio. Suzy avait toujours la sienne, bien que l'appareil ne marchât plus depuis qu'elle l'avait fait tomber en montant dans l'hélicoptère. Elle était fendue et ne sifflait même plus, mais c'était l'une des seules choses qu'elle possédait.

Elle se retira de la fenêtre et ferma les yeux. Elle avait mal chaque fois qu'elle se rappelait ce qui s'était passé. Cette impression, si stupide, d'être perdue, debout au milieu de Manhattan vide. L'hélicoptère avait atterri, une ou deux semaines plus tard, et l'avait emportée vers l'immense porte-avions, au large de la côte.

Puis ils lui avaient fait traverser l'océan jusqu'en Angleterre, et lui avaient trouvé un appartement à Londres, un joli petit logement où elle se sentait bien la plupart du temps. Et Laurie venait lui apporter ce dont elle avait besoin.

Mais la jeune femme n'était pas venue aujourd'hui, et elle n'était jamais passée une fois la nuit tombée. La neige tombait drue et brillante. C'était joli.

Chose étrange, Suzy ne se sentait pas du tout seule.

Il faisait très froid, aussi ferma-t-elle la fenêtre. Puis elle alla à la grande glace fixée à l'intérieur de la porte de la penderie et regarda les flocons lumineux qui fondaient et s'éteignaient dans ses cheveux.

Cela la fit sourire.

Elle se détourna et plongea le regard dans la garde-robe obscure. Les tuyaux, où circulait la vapeur, cliquetaient comme à la maison.

– Salut, dit-elle aux quelques vêtements rangés là.

Elle sortit la robe longue qu'elle avait portée au bal de l'ambassade, six mois auparavant. Elle était d'un merveilleux vert émeraude et lui allait très bien.

Elle ne l'avait pas mise depuis et c'était bien dommage.

Elle alla près du radiateur et se déshabilla; puis elle défit la fermeture éclair et passa les pieds dans l'ouverture de la robe. De la robe du soir, se reprit-elle.

N'est-ce pas une robe du soir que l'on doit mettre pour être présentée à la reine ? C'est logique.

Elle enfila le corsage et ajusta sur ses seins les bonnets cousus à l'intérieur. Puis elle remonta la fermeture éclair du dos, aussi haut qu'elle put, et revint devant le miroir, tournant et retournant, sans cesser de se sourire.

Elle avait eu beaucoup de succès à l'ambassade,

les premiers mois. Tout le monde l'aimait. Mais on ne l'invitait plus parce que c'était trop loin de chez elle et que la circulation devenait de pire en pire.

À vrai dire, pensa Suzy en regardant la jolie jeune fille dans le miroir, cela lui serait égal de mourir là, maintenant.

C'était si beau, dehors. Même le froid était beau. Ce n'était pas le même qu'à New York; et pas parce que c'était un froid anglais. Partout dans le monde le froid était différent.

Si elle mourait, elle pourrait monter dans la neige brûlante, très haut, dans les nuages noirs, noirs comme le sommeil. Elle pourrait chercher maman et Cary et Kenneth et Howard. Ils n'étaient probablement pas dans les nuages, mais elle savait qu'ils n'étaient pas morts.

Suzy se rembrunit. S'ils n'étaient pas morts, comment pourrait-elle les rejoindre en mourant ? Elle était complètement idiote. Elle détestait être idiote. Elle avait toujours détesté cela.

Et pourtant... Maman lui avait toujours dit qu'elle était une fille merveilleuse, qui faisait tout son possible (bien que l'on doive toujours aspirer à faire mieux). Suzy avait grandi en s'aimant et en aimant les autres, et elle ne voulait vraiment pas devenir quelqu'un d'autre, ou *quelque chose* d'autre... comme...

Elle ne voulait pas changer seulement pour être mieux. Bien que l'on doive toujours aspirer à faire mieux.

C'était très compliqué. Tout changeait. Mourir, c'était changer. Si cela lui était égal, alors...

Dehors, la neige faisait du bruit. Elle alla écouter à la fenêtre et entendit un joli bourdonnement, comme des abeilles dans un pré fleuri. Un bruit chaud pour un paysage froid.

– Comme c'est étrange, dit-elle. Oui, comme c'est étrange, comme c'est étrange.

Elle se mit à chantonner cette phrase, mais sa chanson était idiote et n'exprimait pas ce qu'elle éprouvait; et c'était...

Accepter.

Ce n'était peut-être pas la neige qui faisait ce bruit-là, mais le vent. Elle essuya la buée sur la vitre et retourna au chevet du lit pour éteindre, afin de mieux voir. Si la neige était poussée, soit d'un côté, soit d'un autre, c'était le vent qui faisait ce bruit. Mais cela ne ressemblait pas au bruit du vent.

Elle acceptait et se sentait solitaire.

Où était Laurie ? Où étaient tous les autres. Chez eux, en train de regarder la neige tomber, comme elle. Mais Laurie était probablement avec Yves. Ce n'était pas drôle d'être seule...

subitement, elle eut un sanglot qu'elle ravala

oui, *c'était*, elle le sentait bien

... le dernier soir du monde.

– Mince alors, dit-elle en déployant sa robe et en s'asseyant sur l'une des chaises disposées autour de la table.

Elle s'essuya les yeux. Cela lui était tombé dessus d'un coup. Elle devenait tout simplement dingue. Stupide, comme d'habitude.

Mais elle n'avait pas peur.

Elle acceptait.

La porte de la penderie craqua et elle se retourna pour la regarder, s'attendant presque à voir Narnia[1] derrière les vêtements. (Cet appartement lui avait tout de suite plu à cause de la penderie.)

1. Le pays magique d'une série de sept romans pour enfants de C.S. Lewis dont le deuxième volume s'intitule *The Lion, the Witch and the Wardrobe* (Le Lion, la sorcière et la penderie) (*N.d.T.*).

Il neigeait à l'intérieur. De petites taches de lumière dansaient sur ses habits. Elle frissonna, se leva lentement, défroissa sa robe et, pas à pas, se rapprocha de la penderie. Des confetti de lumière folâtraient à l'intérieur, sur la cloison du fond, sur les vêtements, même sur les cintres.

Elle ouvrit la porte toute grande et se regarda dans la glace. Derrière le miroir, elle était environnée d'étincelles lumineuses, comme des millions de bulles de ginger ale et de soda.

Suzy se pencha. Le visage, dans la glace, n'était pas le sien, pas tout à fait. Elle toucha ses lèvres puis, levant la main, rencontra le bout des doigts – froids et durs – de l'image.

De froids et durs, ils devinrent chauds et souples.

Suzy recula jusqu'à ce qu'elle vienne heurter la chaise.

L'image sortit du miroir et lui sourit.

Ce n'était pas seulement elle. C'était aussi sa mère. Et sa grand-mère. Peut-être aussi son arrière-grand-mère, et sa trisaïeule. C'était surtout Suzy, mais les autres aussi. Toutes en une. Elles lui souriaient.

Suzy remonta plus haut sa fermeture éclair. L'image ouvrit les bras et c'était surtout la mère de Suzy. Celle-ci courut enfouir son visage dans le cou de sa mère, contre la bretelle de velours vert de la robe. Elle ne pleura pas.

– Servons-nous de la penderie, dit-elle d'une voix étouffée.

L'image... surtout Suzy, maintenant... secoua la tête et la prit par la main. Alors, Suzy se souvint. Lorsque la cité transformée avait disparu, la laissant en rade – après qu'elle eut refusé de partir avec Cary et les autres – elle, elle s'était sentie *jumelée*.

Elles l'avaient copiée. Elles avaient tiré des copies de Suzy.

Et emporté ces copies, à tout hasard.

Maintenant, elles en avaient amené une pour qu'elle fasse connaissance avec la Suzy « originale ». La copie avait changé, d'une façon merveilleuse. Elle était Suzy, et sa mère et toutes les autres, individuellement, mais *ensemble*.

L'image entraîna Suzy dans le fond de l'appartement, loin de la fenêtre. Elles montèrent sur le lit, en échangeant des sourires.

Prête ? demanda silencieusement l'image.

Suzy regarda, par-dessus son épaule, la neige bourdonnante, puis sentit l'étreinte chaude et solide. À combien de poignées de main de quelqu'un qui est en Amérique ?

Tiens, pas de poignée de main du tout.

– Serons-nous lentes, là où nous allons ? demanda Suzy.

Non, formula silencieusement la bouche de l'image, qui maintenant était tout à fait Suzy. Elle le vit dans ses yeux. Cary avait dit vrai. Elles réparaient les gens.

– Bon. J'en ai terriblement assez d'être lente.

L'image leva la main et, ensemble, elles déchirèrent le papier du mur. C'était facile. Le mur s'ouvrait simplement et le papier se racornissait.

Il y avait de la neige, de l'autre côté du mur, mais elle n'était pas comme celle que l'on voyait par la fenêtre. Cette neige-là était encore plus belle.

Il devait y avoir un million de flocons pour chaque être vivant. Tout le monde dansait ensemble.

– Nous n'allons pas nous servir de la penderie ? demanda Suzy.

Cela ne nous conduirait pas où nous allons, formula l'image. Ensemble, elles s'accroupirent... prêt...

Et elles sautèrent du lit, franchissant l'ouverture dans le mur.

L'immeuble trembla, comme si, quelque part, une grande porte claquait. Dans la nuit, les flocons de neige brûlants exécutaient leur danse brownienne. Les nuages noirs se firent transparents et Suzy vit dans toutes les directions à la fois. C'était une manière de voir délicieuse et qui donnait le frisson.

La tempête mollit juste avant l'aube. La terre était très calme lorsque l'hémisphère de ténèbres mourut.

Le jour se leva par à-coups, jetant une longue lueur d'un gris orangé sur l'océan sans vagues et la terre silencieuse. Des cercles concentriques de lumière se détachèrent du soleil qui s'éteignait.

Suzy regarda loin à l'extérieur. (Elle était si minuscule, et pourtant, elle pouvait voir partout, voir de très *grandes* choses !)

Les planètes inférieures jetaient de longues ombres à travers la brume qui les enveloppait. Les planètes supérieures chancelèrent sur leurs orbites puis s'épanouirent en une splendeur kaléidoscopique, ouvrant leurs bras froids et lumineux pour accueillir le retour de leurs lunes prodigues.

La Terre, durant le temps d'un long soupir tremblant, tint ferme dans le maelström. Puis son heure vint, les cités, les villes et les villages – les maisons, les huttes et les tentes – furent aussi vides que des cocons abandonnés.

La Noosphère déploya et secoua ses ailes. Là où elles portaient, les étoiles mêmes dansèrent, glorifièrent, devinrent de brûlants flocons de neige.

INTERPHASE

L'Univers-Pensée

Michael Bernard, dix-neuf ans et toujours vierge, était assis au Klamshak, en face d'Olivia. Au-dessus de leur table étaient suspendus le poisson-lune fatigué, le homard en plastique et les flotteurs de liège, tout cela pas très original.

Elle venait de lui dire que ses fiançailles étaient rompues.

Il baissa les yeux, sentant qu'il y avait maintenant entre eux des potentialités très différentes. La voie était libre.

– Un bon dîner, dit Olivia en joignant les mains derrière son assiette jonchée de coquilles d'huîtres et de queues de crevettes. Merci. Ton coup de téléphone m'a fait très plaisir.

– Je me sentais seulement idiot. Je me suis conduit comme un vrai serin, la dernière fois.

– Non. Tu as été très galant.

– Galant. Hum.

Il éclata de rire.

– Je vais bien, vraiment. Tout d'abord, ça m'a fait un choc, et puis...

– Je m'en doute.

– Tu sais, quand il me l'a dit, j'ai juste pensé à retourner au cours et à continuer comme avant. Comme si rompre des fiançailles, c'était rien du tout. Ça m'a seulement fait mal une fois qu'il a été parti. Et puis, j'ai pensé à toi.

– M'accorderas-tu une seconde chance ?

Olivia sourit.

– Seulement si tu t'arranges pour que je me sente aussi bien que maintenant.

Rien n'est perdu. Rien n'est oublié.
C'était dans le sang, dans la chair.
Et maintenant, c'est à jamais.

NOTE ET REMERCIEMENTS

Mes remerciements vont à Andrew Edward Dizon, Ph. D., John Graves, Ph. D., Dr Richard Dutton, Monte Wetzel et Dr Percy Russel, qui m'ont ouvert leurs laboratoires et accordé leur aide et leur temps. Pour des problèmes particuliers, je remercie également Marian McLean, du World Trade Center, et Herbert Quelle, du consulat de la RFA à Los Angeles, ainsi que Ellen Datlow, Melissa Singer et Andy Porter.

John F. Carr et David Brin ont suggéré il y a quelques années que la nouvelle d'origine devienne un roman. Stanley Schmidt, en tant que rédacteur d'*Analog,* a proposé que je travaille l'idée originale pour voir s'il s'agissait d'autre chose que d'une fantaisie passagère. Beth Meacham s'est déclarée enthousiaste, d'un point de vue rédactionnel, au sujet de ce projet de roman et m'a apporté un soutien et un encouragement déterminants.

Je me trouvais à San Diego pour une convention sur l'hybridome et les problèmes de graduation lorsque j'aperçus la Volvo décapotable rouge de Vergil I. Ulam dans le parking de l'hôtel. À l'heure actuelle c'est un jeune diplômé de l'université qui cherche un travail à temps partiel.

J'ai lu BD

La bande dessinée est aujourd'hui admise partout. On l'enseigne même à la Sorbonne. La série J'ai lu BD est la première collection de poche consacrée à ce genre. Elle réédite les bandes dessinées françaises et étrangères les plus célèbres. Les dessins ne sont pas réduits mais remontés différemment ; ainsi un album de 48 pages donne 160 pages dans J'ai lu, et le papier est d'une qualité supérieure afin de permettre la reproduction des couleurs. J'ai lu BD est le panorama de la bande dessinée d'aujourd'hui.

ABULI, TOTH & BERNET	**Torpedo - 1** *BD25 (2★)*
AUTHEMAN	**Vic Valence - 1** *BD41 (4★ couleur, Alfred 87)*
BARBE	**Cinémas et autres choses** *BD30 (2★)*
BEAUNEZ	**Mes partouzes** *BD24 (3★)*
BINET	*Les Bidochon :*
	1 - Roman d'amour *BD4 (3★)*
	2 - Les Bidochon en vacances *BD48 (3★)*
	Kador - 1 *BD27 (3★)*
BOUCQ	**Les pionniers de l'aventure humaine** *BD34 (6★ c.)*
BRETÉCHER	**Les Gnangnan** *BD5 (2★)*
BRIDENNE	**Saison des amours** *BD65 (4★ couleur, avril 88)*
BROWNE	**Hägar Dünor le Viking - 1** *BD66 (3★, avril 88)*
BRUNEL	**Pastiches - 1** *BD46 (5★ couleur)*
COMÈS	**Silence** *BD12 (5★)*
DERMAUT & BARDET	**Les Chemins de Malefosse - 1** *BD19 (5★ couleur)*
DRUILLET	**Les 6 voyages de Lone Sloane** *BD60 (5★ c., mars 88)*
ÉDIKA	**Débiloff profondikoum** *BD38 (3★)*
FALK & DAVIS	**Mandrake le magicien** *BD58 (4★ couleur, fév.88)*
FOREST	**Barbarella** *BD49 (5★ couleur)*
FRANQUIN	**Idées noires** *BD1 (3★)*
	Gaston Lagaffe :
	1 - Gala de gaffes *BD17 (3★ couleur)*
	2 - Gaffes à gogo *BD39 (3★ couleur)*
GIARDINO	**Sam Pezzo - 1** *BD15 (3★)*
GOTLIB	**Pervers Pépère** *BD8 (3★)*
	Rhââ Lovely - 1 *BD21 (3★)*
	Rhââ Lovely - 2 *BD55 (3★, fév.88)*
	Gai-Luron - 1 *BD43 (3★)*
GOTLIB, LOB & ALEXIS	**Superdupont** *BD33 (3★)*

HERMANN & VERNAL	**Jugurtha - 1** BD53 (5★ couleur, fév.88)
LAUZIER	**Zizi et Peter Panpan** BD23 (5★ couleur)
LELONG	Carmen Cru :
	1 - Rencontre du 3e âge BD14 (3★)
	2 - La dame de fer BD64 (3★, avril 88)
LELOUP	**Yoko Tsuno/Le trio de l'étrange** BD37 (5★ c.)
LIBERATORE	**RanXerox à New York** BD3 (5★ couleur)
MACHEROT	**Chlorophylle contre les rats noirs** BD51 (4★ c. fév.88)
MAKYO & VICOMTE	**Balade au Bout du monde - 1** BD59 (5★ c., mars 88)
MALLET	**Les petits hommes verts** BD44 (4★ couleur)
MANARA	**HP et Giuseppe Bergman** BD20 (5★)
	Le déclic BD31 (4★)
MORCHOISNE, MULATIER, RICORD	**Ces Grandes Gueules...** BD16 (4★ c.)
MORDILLO	**Les meilleurs dessins d'Opus** BD10 (4★ couleur)
PÉTILLON	**Mr Palmer et Dr Supermarketstein** BD13 (5★ c.)
PICHARD & LOB	**Blanche Épiphanie** BD61 (4★, mars 88)
PRATT (Corto Maltese)	**La ballade de la mer salée** BD11 (6★)
	Sous le signe du Capricorne BD63 (6★, avril 88)
QUINO	**Mafalda** BD2 (4★ couleur)
	Encore Mafalda BD54 (4★ couleur, fév.88)
RAYMOND	**Flash Gordon** BD47 (5★ couleur)
ROSINSKI & VAN HAMME	**Thorgal - 1** BD29 (5★ couleur)
SCHETTER	**Cargo - 1** BD57 (5★ couleur, fév.88)
SEGRELLES	**Le mercenaire - 1** BD32 (4★ couleur)
SERRE	**Les meilleurs dessins** BD6 (5★ couleur)
	Humour noir BD35 (5★ couleur)
SERVAIS & DEWAMME	**Tendre Violette** BD42 (5★)
SOKAL	**Canardo - 1** BD26 (5★ couleur)
TABARY	**L'enfance d'Iznogoud** BD9 (5★ couleur)
TARDI	Les Aventures d'Adèle Blanc-Sec :
	- Adèle et la Bête BD18 (4★ couleur)
	- Le démon de la tour Eiffel BD56 (4★ c., fév.88)
	Brouillard au pont de Tolbiac BD36 (4★)
TARDI & FOREST	**Ici même** BD62 (6★, mars 88)
TILLIEUX	**Gil Jourdan/Libellule s'évade** BD28 (4★ couleur)
VAN DEN BOOGAARD	**Léon-la-Terreur** BD45 (5★ couleur)
VEYRON	**L'amour propre** BD7 (5★ couleur)
	Bernard Lermite BD50 (3★)
WALTHÉRY & GOS	**Natacha, hôtesse de l'air** BD22 (4★ couleur)
	Natacha et le Maharadjah BD52 (4★ c., fév.88)
WEYLAND	**Aria - 1 / La fugue d'Aria** BD40 (5★ couleur)

Romans policiers

On a trop longtemps cru en France qu'il n'existait que deux sortes de romans policiers : les énigmes classiques où l'on se réunit autour d'une tasse de thé pour désigner le coupable, ou les romans noirs où le sexe et le sang le disputent à la violence. Des auteurs tels que Boileau-Narcejac, Ellery Queen, Ross Macdonald, Demouzon démontrent qu'il existe une troisième voie, la plus féconde, où le roman policier est à la foie oeuvre littéraire et intrigue savamment menée.

ARNOLD Alan	Le secret de la pyramide 1945 ★★★
BAYER William	Une tête pour une autre 2085 ★★★★
BOILEAU-NARCEJAC	Les victimes 1429 ★★
DEMOUZON Alain	Adieu, La Jolla 1207 ★★★
	La pêche au vif 1779 ★★★
FALK Franz-Rudolf	On a tué pendant l'escale (Le paltoquet) 1647 ★★★
FRANCIS Dick	Le banquier 2149 ★★★★
FULLER Samuel	La grande mêlée 2118 ★★★
GARDNER Erle Stanley	La vierge vagabonde 1780 ★★★
	La prudente pin-up 2222 ★★★
	Le vison mité 2338 ★★
HUGUES Dorothy B.	Chute libre 2275 ★★★
IMBROHORIS Jean-Pierre	La trajectoire 1934 ★★★★
	Toska 2245 ★★★
LEBRUN Michel	Caveau de famille 2033 ★★
	Hollywood confidentiel 2305 ★★★
LOTTMAN Eileen	Le lendemain du crime 2199 ★★
McBAIN Ed	Blanche Neige et Rose Rouge 2072 ★★★
	Cendrillon 2353 ★★★★
MCDONALD Gregory	Fletch 1705 ★★★
	Fletch à Rio 2010 ★★★
	Fletch se défonce 2288 ★★★
MACDONALD Ross	Le frisson 1573 ★★★
	La côte barbare 1823 ★★★
	A chacun sa mort 1959 ★★★
	La grimace d'ivoire 2034 ★★★
	Il est passé par ici 2246 ★★★
NAHA Ed	Robocop 2310 ★★★

NORST Joel	*L'arme fatale*	2231 ★★★★
PÉRISSET Maurice	*Périls en la demeure*	2221 ★★
QUEEN Ellery	*La ville maudite*	1445 ★★★
	Le roi est mort	1766 ★★★
	Le mystérieux Monsieur X	1918 ★★★
	L'arche de Noé	1978 ★★★
	Le mystère du théâtre romain	2103 ★★★
	Les dents du dragon	2148 ★★★
	Les quatre côtés du triangle	2276 ★★★
	Lettres sans réponse	2322 ★★★
QUENTIN Patrick	*Puzzle pour fous*	1994 ★★★
	Puzzle pour acteurs	2260 ★★★
SADOUL Jacques	*La chute de la maison Spencer*	1614 ★★★
	Trois morts au soleil	2323 ★★★
SAYERS Dorothy L.	*Le mort de la falaise*	1889 ★★★★
	Noces de crime	1995 ★★★★
SPILLANE Mickey	*En quatrième vitesse*	1798 ★★★

2355

Composition Communication à Champforgeuil
Impression Brodard et Taupin
à La Flèche (Sarthe) le 25 mars 1988
1987-5 Dépôt légal mars 1988
ISBN 2-277-22355-7
Imprimé en France
Editions J'ai lu
27, rue Cassette, 75006 Paris
diffusion France et étranger : Flammarion